Gwen

Christoph Brandhurst

Gwen

Tagebuch meiner Lust

Schwarzkopf & Schwarzkopf

Inhalt

ICH

Ich heiße Gwen. Geboren wurde ich 1986. Jetzt bin ich 20 Jahre alt, werde dieses Jahr 21. Ich war gerade 13 geworden, als ich zum ersten Mal Sex hatte. Bewusst und willentlich. Und ja, es hat mir Spaß gemacht.

Ein Mann, der Frauen wie am Fließband vernascht, ist ein Held – ein Weiberheld. Frauen dagegen, die sich zu ihrer Lust, ihrem Liebesleben, ihren Träumen und Sehnsüchten bekennen, stehen schnell als Schlampen da.

Ich schere mich nicht um Geschlechterrollen, Moralvorstellungen und Vorurteile. Ja, ich gebe es zu: Ich lebe promiskuitiv. Ich habe Affären mit Männern. Und auch mit Frauen. Außerdem lebe ich SM. Ich bin devot. Ansonsten bin ich wohl von allem etwas: Voyeurin und Exhibitionistin, Lesbe und hetero, je nach Stimmung. Freunde behaupten, ich sei eine Nymphomanin. Wieder andere schütteln den Kopf ob meines leichtlebigen Treibens. Ich gehe sehr gerne auf Partys oder in Clubs. Hier lebe ich meine Neigungen aus. Mein Geld verdiene ich zurzeit in einem Swingerclub.

Damit wir uns richtig verstehen: Mir geht es gut. Ja, ich bin glücklich.

Wenn dies alles in Ihren Ohren abwegig klingt, wenn Sie sich beim besten Willen – so sehr Sie sich auch bemühen – nicht vorstellen können, dass eine Frau so denken und fühlen kann, klappen Sie das Buch ruhig erst einmal zu, legen Sie es beiseite und schlafen Sie eine Nacht drüber. Sollte sich Ihre Meinung bis morgen früh nicht geändert haben, dann verschenken Sie es doch bitte einfach an jemand anderen. Wenn Sie keine Kaffeeflecken aufs Titelbild gekleckert und keine Eselsohren in die Seiten geknickt haben, wird sich der- oder diejenige sicher darüber freuen.

Doch vielleicht kommen Sie ja auch zu dem Schluss: »Natürlich, Sex macht Spaß, man kann gar nicht genug davon bekommen. Auch als Frau!« Dann heiße ich Sie willkommen in meiner Welt.

Paulos
und eine gar nicht so enge Umkleidekabine

1

Mein Vater hatte mir das Rauchen verboten. Doch Verbote interessierten mich nicht. Das taten sie schon lange nicht mehr. Also kletterte ich, wie an den beiden Tagen zuvor, auch an diesem Mittag von meiner Sonnenliege und sagte: »Ich muss mal auf Klo.«

Mein Vater grunzte irgendetwas. Vielleicht war es auch nur ein schläfriges Schnarchen. Er war erschöpft. Gerade erst waren wir von unserem Sightseeing-Trip nach Pythagorion zurückgekehrt. Drei Kilometer zu Fuß, die gleiche Strecke wieder zurück. Ohne eine einzige Kippe.

Jetzt schlappte ich durch den Sand rüber zur Strandbar. Eigentlich war es nur ein bambusgedecktes Dach auf acht massiven Holzpfeilern, das die Theke und die Sitznischen vor etwaigen Regenfällen schützte, die um diese Jahreszeit aber eher selten waren. Linker Hand säumten Olivenhaine die Bar. Ich umrundete sie, steuerte die Umkleidekabinen an, die dahinter lagen und sich vortrefflich für eine oder zwei versteckte Zigaretten eigneten.

Ich zwängte mich in eines der schmalen Häuschen, verschloss die Holztür hinter mir und kramte die Schachtel aus meiner Handtasche. Ich entzündete eine Zigarette, atmete den Rauch ein und spürte, wie die Anspannung von mir wich.

Hinter mir lagen beschissene Wochen. Und wenn ich beschissen sage, dann meine ich das auch. Das werden Sie noch verstehen.

Ich nahm einen neuerlichen Zug von der Kippe und schnippte die Asche weg. Der Qualm wand sich in einem ellenlangen Faden hinauf, wurde von einem Windhauch über der Kabine zerpflückt.

Das enge Häuschen besaß kein Dach. Ich setzte mich auf die schmale Bank, streckte die Beine aus. Der Platz reichte gerade für eine Person.

Ich hörte das Meer, wie es an den Strand schwappte, klares Wasser, rein wie eine unschuldige Seele. Seit zwei Tagen befand ich mich mit meinem Vater auf Samos, einer der griechischen Inseln. Die Wiege des Abendlandes. Auch für mich so etwas wie eine Geburt. Ein Neuanfang.

Ich zog abermals an der Zigarette, als es plötzlich an der Tür klopfte. Hastig drückte ich die Kippe aus, ließ den halben Stummel in der Schachtel verschwinden, diese in meiner Handtasche und verließ die Kabine.

Vor mir stand ein Mann, mit T-Shirt und Badeshorts bekleidet, durchaus eine imposante Erscheinung. Er war einen halben Kopf größer als ich. Seine Haut war braun gebrannt; das dichte, schwarze Haar trug er ungekämmt. Seine tiefen, dunklen Augen blickten abschätzig auf mich herab. Ich kannte ihn vom Sehen. Es war der Betreiber der Strandbar. In flüssigem Englisch fragte er: »Kann es sein, dass du in den Kabinen rauchst?«

»Ja«, gab ich zu, ertappt und gleichsam beeindruckt. Der schwache Hauch eines Parfüms umgab ihn.

»Okay«, lächelte er. »Ich verrat's niemandem.«

»Danke.«

»Aber dafür darf ich dich auf einen Drink einladen.«

Während ich mein Bikinioberteil zurechtzupfte, kramte ich meine Englischkenntnisse zusammen. »Habe ich eine Wahl?«

Er setzte ein Grinsen auf. »Nein.«

Ich folgte ihm unter das Bambusdach. An der Theke orderte er bei seinem Barkeeper zwei Cocktails. Als wir die kühlen Drinks schließlich in den Händen hielten, stießen wir an. »Auf deinen Urlaub«, sagte er.

»Auf deine Bar«, entgegnete ich, weil mir nichts Besseres einfiel.

Wir ließen uns auf Hocker nieder. »Du bist mir gestern schon aufgefallen«, erklärte er.

»Aha«, sagte ich und nippte an meinem Drink.

»Wie lange bist du schon auf der Insel?«

»Seit zwei Tagen.«

»Und? Gefällt es dir?«

»Sehr«, antwortete ich. Und das war nicht gelogen.

Neben der Bar schaukelten die sonnendurchfluteten Haine im Wind. Ihre Blätter wisperten verführerisch. Auch wenn man sie nicht wirklich verstand, konnte man sich abends im Bett in ihrem Flüstern verlieren.

Nur zu gerne überließ ich mich diesem sanften Rauschen, gerade nachts, wenn sie zurückkehrte, die Erinnerung an meine Trauer. An die Enttäuschungen. An die verzweifelten … Nein, nein, ich wollte nicht mehr daran denken. Ich wollte endlich vergessen.

»Schau nicht so traurig«, sagte er und strich mir eine Strähne aus der Stirn. »Dazu gibt es doch keinen Grund.«

»Nein, da hast du recht.«

»Wie ist dein Name?«

»Gwen. Und deiner?«

»Paulos. Mir gehört die Bar.«

»Ich weiß«, grinste ich ihn an und reckte mein Kinn vor. Seit dem Frühstück hatte ich nichts mehr gegessen und der Alkohol in dem Cocktail entfaltete schon nach den ersten zwei, drei Schlucken seine Wirkung. Ich wurde mutiger. »Du bist mir auch aufgefallen.«

»Und, was machst du so?«

»Urlaub am Strand.«

»Ach, nee …« Er grinste. »Und danach? Studierst du?«

Ich weiß nicht, wie alt ich auf ihn wirkte. Offenbar alt genug, dass er glaubte, ich sei eine Studentin, die er einfach anquatschen konnte, um mit ihr zu flirten. »Ich möchte mal irgendwas mit Journalismus machen.«

»Journalistin?«

»Ja.« Das war schon damals mein Berufswunsch. »Finde ich cool.«

»Cool«, wiederholte er.

Eine Stimme drang vom Strand an mein Ohr. Für einen Augenblick dachte ich, es sei mein Vater, der nach mir rief. Ich löste meinen Blick von Paulos, schaute zum Strand und stellte fest, dass ich mich geirrt hatte. Nur ein Fremder, der nach seiner Tochter gerufen hatte.

Als ich mich zurück zu Paulos drehte, war sein Gesicht plötzlich ganz nahe. Ich roch sein Parfüm. Ein intensiver Geruch, aber nicht unangenehm. Unsere Nasen berührten sich. Dunkle Augen, die mich verschlangen. Mein Puls ging schneller. Bevor ich reagieren konnte, presste er seine Lippen auf meine. Seine Zunge bohrte sich in meinen Mund, berührte meine Zungenspitze. Ich war so perplex, dass ich keinerlei Anstalten machte, ihn von mir zu weisen. Eigentlich wollte ich das auch gar nicht.

Denn obwohl ich nichts über den Mann wusste, nicht womit er seine Freizeit verbrachte, nicht sein Alter, nicht einmal seinen vollen Namen – seine Attacke gefiel mir. Wieder einmal war es das Küssen. Ein guter Kuss macht mich willenlos.

Er wollte seinen Kopf zurückziehen, doch meine Hand schoss nach vorne und hielt ihn fest. Ich wollte mehr. Bitte, noch viel mehr davon. Als wir schließlich atemlos voneinander abließen, fragte er: »Kommst du mit?«

Beinahe hätte ich geschrien: »Ja!«

2

Die Tür der Umkleidekabine fiel hinter uns ins Schloss, da lag mein Bikinioberteil bereits am Boden. Paulos beugte sich zu meinen Brüsten herab, nahm eine der Warzen in den Mund, saugte und leckte daran. Wie gut sich das anfühlte. Beinahe hatte ich das schon wieder vergessen.

Mama & Papa und die schönste Sache der Welt

1

Andere Mädels spielen mit 13 noch mit Puppen. Ich gebe zu, ich hatte mit Puppen nicht viel am Hut. Mit Jungs allerdings zunächst auch nicht. Natürlich war ich, als ich die Grundschule besucht habe, in den einen oder anderen Jungen verknallt. Oder das, was man in jenen Kindertagen »verknallt« nennt. Seine Freunde und meine Freundinnen spielten Botschafter und überbrachten feierlich unsere Zettelbriefe: *Willst du mit mir gehen*? Antwort: *Ja*. Oder: *Nein*. Das war's. Händchen halten? Interessierte mich nicht. Küsschen geben? Kein Bock drauf. Klar, ich las mit meinen Freundinnen die »Bravo« und informierte mich über das, was Dr. Sommer mitzuteilen hatte. Aber als bei mir schließlich die Pubertät einsetzte, hatte ich keinen Kopf mehr dafür, im wahrsten Sinne des Wortes. Doch der Reihe nach.

2

Meine Mutter klärte mich auf, da ging ich noch in den Gießener Kindergarten. Eines Tages quittierte meine Gruppenleiterin, die ich sehr mochte, den Dienst. Daheim wollte ich den Grund dafür erfahren. Meine Mutter brachte ein kleines Buch zum Vorschein und nahm mit mir auf dem Sofa Platz.

»Weißt du«, erklärte sie, »die Erzieherin bekommt ein Baby.«

»Wie bekommt man ein Baby?«, wollte ich wissen.

Meine Mutter schlug das Buch auf und zeigte mir einige Zeichnungen, die an bunte Bilder aus Comic-Heften erinnerten. »Wenn Mama und Papa sich lieb haben und sie ein Baby haben wollen, dann nehmen sie ihre Geschlechtsorgane und verstöpseln sie miteinander. Und wenn sie Glück haben, dann gibt es ein Baby.«

Ich verstand, ohne wirklich zu begreifen. Als ich wenige Jahre später die Grundschule besuchte, legte die Lehrerin eine Aufklärungsstunde ein. Für all jene Kinder, die noch glaubten, Babys bringe der Storch. Ich gehörte nicht mehr dazu.

Die Lehrerin erzählte aber auch, dass man das, was Mama und Papa tun, nicht nur macht, um Kinder zu zeugen. »Viele Menschen haben Sex, weil es Spaß macht«, sagte sie. »Deshalb gibt es auch Selbstbefriedigung. Und auch Menschen, die keine Kinder kriegen können, zwei Männer oder zwei Frauen, haben manchmal Sex miteinander.«

Am Nachmittag kam ich von der Schule heim und baute mich vor meiner Mutter auf. »Du hast mich angelogen!«

Meine Mutter schaute mich erstaunt an. Mein Vater, der ebenfalls zu Hause war, fragte irritiert: »Was hat sie?«

Ich ging nicht auf die Frage ein. Ich war empört: »Das macht man ja nicht nur, wenn man Kinder kriegen will. Das macht man auch, wenn man Spaß haben will.«

Mein Vater lachte laut auf. Er nahm mich an die Hand und führte mich ins Wohnzimmer. Wir beide waren ein Herz und eine Seele, auch wenn er viel zu selten Zeit für mich hatte. Sein Job als Geschäftsführer einer großen Werbeagentur führte ihn quer durch Deutschland, häufig sah ich ihn die ganze Woche über nicht. Aber wenn er mal daheim war, dann verstanden wir uns prächtig. Keine Frage, ich war ein Papa-Kind. Jetzt rieb er sich das Kinn und schmunzelte verschlagen: »Ja, du hast recht. Sex macht man auch, wenn abends nichts im Fernsehen kommt.«

Ich wollte wissen: »Macht Sex wirklich Spaß?«

»Aber natürlich. Für viele Menschen ist Sex sogar die schönste Sache der Welt.«

Ich kratzte mir den Kopf. Das war alles ganz interessant zu erfahren. Aber wenn ich ehrlich bin: Was hätte ich damals mit diesem Wissen anfangen sollen? Deshalb vergaß ich es wieder. Fürs Erste zumindest.

3

Nein, ich war nicht frühreif. Allenfalls ein bisschen selbständiger als meine Freundinnen und Schulkameraden. Meine Mutter hatte, als ich drei Jahre alt war, eine Wirbelsäulenversteifung erlitten. Seitdem konnte sie im Haushalt nicht mehr so, wie sie wollte. Mein Vater war nach wie vor häufig auf Dienstreisen. Deshalb waren fortan ich und meine beiden Halbschwestern, zehn und 14 Jahre älter als ich, im Haushalt gefordert, mehr als vielleicht andere Kinder in unserem Alter.

Anfangs fingen meine Schwestern einen Großteil der Arbeit auf. Doch als meine älteste Schwester sich eine eigene Wohnung suchte, musste auch ich immer häufiger ran. Die Eigenständigkeit, mit der ich schließlich den Haushalt zu verantworten hatte, verlangte nach Entscheidungen. Diese wiederum führten zu einem eigenen Willen.

Wenn es hieß: »Wir müssen zum Arzt!«, dann antwortete ich: »Ich will nicht zum Arzt.«

»Aber du musst geimpft werden«, erklärte meine Mutter.

»Muss ich nicht.«

»Es ist doch nur eine Spritze.«

»Ich will keine Spritze.«

»Nur eine klitzekleine Nadel.«

»Ich hasse Nadeln!«, brüllte ich. »Ich hasse Spritzen. Und ich will nicht!«

»Aber du musst.«

»Muss ich gar nicht!«

Meine Mutter wollte nach mir greifen, aber da stand ich bereits auf den Stufen hinauf in mein Zimmer. »Jetzt sei vernünftig«, rief sie mir hinterher.

»Bin ich doch.«

Sie sog scharf die Luft ein. »Was wohl der Papa dazu sagt, wenn er am Wochenende von deinem Dickschädel erfährt?«

»Du musst ihm ja nichts sagen!« Und schon war ich in meinem Zimmer verschwunden.

Am darauffolgenden Sonntag verkündete mein Vater: »Wir fahren zur Oma.«

Ich erklärte: »Nö, heute hab ich keine Lust.«

»Was soll das heißen?«, wollte meine Mutter wissen.

»Ich hab keinen Bock.«

»Was soll denn die Oma denken?«

»Weiß nicht.«

Mein Vater nahm mich in den Arm und senkte verschwörerisch seine Stimme, so wie Eltern es tun, wenn sie ihre kleinen, ungezogenen Kinder überlisten möchten. »Es gibt leckeres Mittagessen.«

»Ich hab keinen Hunger.«

»Aber das von Oma magst du doch so gerne.«

»Heute aber nicht.«

»Du bleibst nicht alleine zu Hause.«

»Mache ich in der Woche doch auch!«

Er straffte seine Haltung. Seine Stimme wurde wieder lauter. »Erst die Sache mit dem Arzt ...«

»Hat Mama gepetzt?«

»... jetzt die Oma.« Er stemmte die Hände in die Hüfte. »Junge Dame, treib es nicht zu weit!«

»Ich mach doch gar nichts.«

»Dann fahren wir nächste Woche nicht in den Zoo.«

Ich hob die Achseln. »Dann eben nicht.«

»Jetzt sei nicht so stur!«

»Ich mag aber nicht.«

»Es ist mir egal, ob du magst oder nicht.« Er verlor die Geduld und begann zu schreien. »Das fehlt mir noch, dass du mit deinem Dickschädel den ganzen Sonntag zu Hause bleibst.« Und er packte mich am Kragen, so wie man nach kleinen, ungezogenen Kindern greift, die partout nicht hören wollen. Er schleifte mich ins Auto und wir fuhren zur Oma, wie es sich für den Sonntagmittag gehörte.

4

Wenige Monate nach meinem siebenten Geburtstag bat mich mein Vater: »Komm mal mit raus in den Garten.«

Ich legte mein Buch beiseite. Ich war eine kleine Leseratte und eigentlich mochte ich es gar nicht, wenn man mich dabei störte. Während ich durch die Seiten stöberte, träumte ich davon, selbst mal so schön schreiben zu können wie Astrid Lindgren, Enid Blyton und Otfried Preußler, deren Bücher ich verschlang.

Doch der Tonfall meines Vaters ließ mich aufhorchen. Auch wenn er eine Miene zur Schau trug, die Unbeschwertheit ausdrücken sollte, so einfach konnte er mir nichts vormachen. Er war schließlich mein Vater.

Ich legte das Buch beiseite und folgte ihm. Draußen hockten wir uns in den Sandkasten und er nahm meine Hand. Er hielt die Finger fest umschlossen, sagte ansonsten keinen Ton. Nur ein schweres Schnaufen. Als ich zu ihm aufschaute, entdeckte ich Tränen in seinen Augen. Das verunsicherte mich noch mehr. Es war das erste Mal, dass ich ihn weinen sah. Dann sagte er: »Ich ziehe zu Hause aus.«

Seltsamerweise fiel in diesem Augenblick die Verunsicherung von mir ab. Ich entgegnete mit einer Entschiedenheit, die mich wundert, wenn ich heute an diesen Moment zurückdenke: »Dann komme ich mit.«

»Das geht nicht.«

»Warum nicht?«

»Wegen meiner Arbeit, das weißt du doch.«

Trotz meiner sieben Jahre war mir das klar. Dennoch erwiderte ich: »Das ist mir egal.«

»Ich arbeite den ganzen Tag, ich bin so oft und so lange unterwegs.«

»Ich kann mir morgens und abends mein Brot alleine schmieren, das mache ich doch sowieso schon.«

»Schatz.« Er holte Luft und sagte gequält: »Das geht einfach nicht.«

»Geht es doch.«

»Sei nicht so stur.«

»Ich bin aber stur.«

»Ja«, lächelte er. »Das bist du.«

Natürlich half meine Sturheit mir in dieser Frage nicht weiter und ich blieb bei meiner Mutter. Die Trennung von meinem Vater fiel allerdings nicht so schlimm aus wie befürchtet. Obwohl ein Umzug ihm beruflich sehr viel Zeit erspart hätte, blieb er in Gießen wohnen. Wir sahen uns weiterhin regelmäßig. Mag sein, dass ich dies heute, rückblickend betrachtet, ein wenig verkläre, aber ich glaube, dass ich dies nicht zuletzt eben meinem Dickschädel verdanke. Womit wir wieder beim Kopf sind.

5

Es war der 20. Juni 1996. Für die ersten zwei Stunden stand Sport auf dem Stundenplan. Einige meiner Klassenkameraden sollten das Sportabzeichen nachholen. Ich hatte meines bereits in der Vorwoche errungen, weswegen ich zu jenen Schülern gehörte, die mit Stoppuhr bewaffnet an der Ziellinie wachten.

Mir war das ganz recht, denn bereits seit den frühen Morgenstunden plagten mich Kopfschmerzen. Nicht sehr heftig, aber doch so, dass ich wenig Lust verspürt hätte, eine Runde nach der anderen auf der Rennbahn zu absolvieren.

Im Anschluss blieb noch ein bisschen Zeit bis zur Pause und wir kehrten in die Halle zurück, wo wir Brennball spielten. Inzwischen hatten die Kopfschmerzen an Heftigkeit zugelegt. Die Turnhalle verschwamm vor meinen Augen. Meine Mitschüler und den Lehrer nahm ich nur noch schemenhaft wahr. Dementsprechend unaufmerksam war ich. Der Ball erwischte mich und ich schied aus. Erleichtert setzte ich mich zu den anderen an den Spielfeldrand.

Das Wummern hinter meiner Stirn war beinahe unerträglich. Tränen schossen mir in die Augen. Die anderen Schüler machten den Lehrer darauf aufmerksam. »Was ist mir dir?«, fragte er.

Ich würgte, so schlimm dröhnte es in meinem Kopf. »Kopfschmerzen«, brachte ich mühsam hervor.

Der Lehrer half mir auf und brachte mich zu dem Mattenwagen. »Leg dich hin, dann wird's bestimmt besser.«

Ich ließ mich auf den Berg Gymnastikmatten sinken. Tatsächlich verspürte ich ein bisschen Linderung. Beruhigt schloss ich die Lider. Die Dunkelheit besänftigte den Schmerz etwas. Müdigkeit schwappte über mich hinweg und trieb mich fort.

Emily und der erste Traum von Freiheit

1

Als ich die Augen wieder öffnete, trübte ein nebeliger Schleier meinen Blick. Um mich herum dudelte und fiepte es. Meine Lider flackerten und mein Blick schärfte sich ein wenig.

Durch den Dunst erkannte ich, dass ich nicht mehr auf den Gymnastikmatten lag, sondern in einem Bett, das umgeben war von seltsamen Geräten, die noch seltsamere Töne von sich gaben. Etliche Monitore zeigten Grafiken, deren Sinn sich mir nicht erschloss. Schläuche führten an meinen Kopf, in die Nase und in den Hals, an meine Arme und Beine, wo Kanülen unter meine Haut stachen. Dutzende Kanülen. *Ich hasse Nadeln!* Mir wurde schlecht bei dem Anblick.

Was war geschehen? Wo war ich? Wo war meine Familie? Ich bemerkte ein Stofftier in meiner linken Hand. Eine putzige Maus, die mich so munter anlachte, dass ich für einen Augenblick die Nadeln und all meine Fragen vergaß. Das kleine, süße Kuscheltier fesselte meine Aufmerksamkeit und ich wollte es mir näher vor Augen halten.

Doch aus irgendeinem Grund gehorchte mein Arm nicht. Genauso wenig wie mein Bein. Es schien, als hörte mein ganzer Leib nicht auf den Befehl, sich zu bewegen. Nein, nur meine linke Körperhälfte war wie gelähmt. Aber diese Erkenntnis konnte das Entsetzen nicht mildern.

Verzweifelt suchten meine Augen die Maus. Sie war meiner Hand entglitten, lag jetzt auf dem Boden. Ich wollte sie zurück, aber wie? So sehr ich es mir auch wünschte, ich konnte mich nicht bewegen. Es gelang mir lediglich, einige der Streifen und Pflaster von meiner Haut zu zupfen. Sirenen jaulten auf. Keine zehn Sekunden später kamen ein Arzt und eine Krankenschwester in das Zimmer gestürmt.

Mit großen Augen starrten sie mich an, als ich mit der rechten Hand auf den Boden wies. Die Schwester begriff als Erste, bückte sich und drückte mir das Stofftier zwischen die Finger. Kaum dass ich den Plüsch spürte, griff die Erschöpfung nach mir, der Nebel kehrte zurück. Kurz darauf versank ich in Dunkelheit.

2

Als ich das nächste Mal erwachte, rollte man mich gerade in einem Bett durch einen lang gezogenen Gang. Grelle Neonröhren waberten über mir. Stimmen geisterten an mein Ohr. Das Gesicht meiner Mutter erschien in meinem Blickfeld. Ihr Mund bewegte sich. Mit einiger Verzögerung hörte ich sie sagen: »Hallo, mein Schatz.«

»Mama!«, brachte ich hervor und es klang erstaunlich verzerrt. Was zum Teufel hatten die Ärzte mir gespritzt? Beim Gedanken an die Nadeln wurde mir wieder übel.

Ich konzentrierte mich auf meine Mutter. Sie rieb sich die Nase. Tränen blitzten in ihren Augenwinkeln.

»Wo bin ich?«

Meine Mutter schluchzte. »Wir bringen dich auf die Allgemeine Station.«

Ich verstand nicht. »Und wo war ich?«

Wieder ein Schluchzen. »Du warst auf der Intensivstation.«

Sie stockte. Obwohl die Medikamente, die aus einem Tropf in mich gluckten, mich noch immer benebelten, spürte ich, dass ihre Sprachlosigkeit nur Erleichterung war. Sie lächelte. »Ab sofort solltest du die Schwestern nicht mehr ärgern.«

Ich begriff nicht. Mein Sichtfeld verengte sich. Mein Verstand war wieder auf dem Weg in die Dunkelheit. Ich hörte sie noch sagen: »Das mit dem Stofftier … auf der Allgemeinen Station … weniger Personal als auf der Intensivstation …«

3

Als ich endlich wieder bei vollem Bewusstsein war, bekam ich drei Mal täglich 60 Milliliter Kortison. Noch mehr Spritzen! Was die Angelegenheit noch schlimmer machte: Die Ärzte verzweifelten an meinen schlechten Venen. Drei oder vier Mal am Tag legten sie einen neuen Zugang. Schon bald waren meine Arme verschorft und verknorpelt. Der Arzt resignierte: »Da geht nichts mehr rein.«

Jetzt nahmen sie meine Füße, die Hände, den Hals. Überall dort, wo Nadeln in der Haut richtig schmerzen, Tag für Tag, Woche für Woche. Eine Tortur. Zum Verzweifeln. Immer wieder kam die Krankenschwester ins Zimmer und stellte fest: »O nein, der Zugang ist schon wieder raus.« Und immer wieder holte sie den Arzt, der dann einen neuen Zugang legte. Noch mehr Stiche. Noch mehr Schmerzen.

Eines Tages reichte es mir. Ich war erschöpft und mit den Nerven am Ende. Alles tat mir weh. Ich heulte und tobte und wollte nicht mehr, dass der beschissene Arzt mich erneut mit seinen beschissenen Nadeln malträtierte.

Mit Hilfe der Schwester hatte er meinen kläglichen Widerstand schnell gebrochen und jagte mir die nächste Kanüle unerbittlich unter die Haut. Das Gleiche am nächsten Tag. In der nächsten Woche. Im nächsten Monat. Es ging immer weiter. Egal, was ich machte, es ging weiter. Es passierte und ich konnte nichts dagegen tun. Drei verfluchte Monate lang.

Und jeden neuen Tag bat ich inständig darum, dass es der letzte sein möge.

4

Doch während ich auf meinem Krankenbett lag und die Decke anstarrte, reifte in mir die Erkenntnis: Es gibt immer einen neuen Tag. Egal, was ich unternahm, wie sehr ich mich dagegen wehrte: Am nächsten Tag ging die Sonne wieder auf. Und sie war kein Zeichen für Hoffnung: Der Arzt kam vorbei. Er trieb mir die Nadeln unter die Haut. Ich konnte zusehen, wie ich damit klarkam. Ich *musste* lernen, damit umgehen.

Genauso wie mit der Gefäßmissbildung, die unbemerkt seit meiner Geburt in meinem Hirn gewachsen war.

Eigentlich fällt sie erst auf, wenn sie platzt. Oder niemals. Es gibt Menschen, die werden mit einem Angiom achtzig Jahre alt und entschlafen schließlich glücklich und in Frieden, ohne dass sie je von ihrem kleinen »Dachschaden« wussten. Bei anderen wiederum platzt das Blutgefäß unversehens. Dann staut sich das Blut im Kopf, kann nicht ablaufen und drückt auf das Gehirn. Wenn es anfängt, weh zu tun, ist auch schon Feierabend. Licht aus. Ende. Noch bevor man überhaupt erfährt, was Sache ist.

Es sei denn, zufällig ist rechtzeitig ein Arzt zur Stelle. Der kann fürs Erste das Schlimmste verhindern und einen darüber informieren, dass man an einem so genannten Angiom leidet. Die eigentliche Gefahr ist damit allerdings noch nicht gebannt. Die Blutung im Hirn kann jederzeit wieder auftreten.

Ob ich leben oder sterben würde, sollte sich bei mir mit einer Bestrahlung im Deutschen Krebsforschungszentrum in Heidelberg entscheiden. Als ich im Dezember 1996 dorthin verlegt wurde, war mir und meinen Eltern klar: Der Zeitraum, den der »Gefäßklumpen« in meinem Schädel nach der Bestrahlung brauchen würde, um zu heilen, konnte sich auf bis zu fünf Jahre erstrecken.

Ich gab mich tapfer. »Wenn's weiter nichts ist.«

Mein Vater schwieg und ich spürte, dass da noch mehr war. »Was noch?«

»In dieser Zeit kann das Angiom jederzeit erneut aufplatzen.«

»Und?«

»Dann müssen sie dich operieren.«

Noch immer wusste ich nicht, worauf er hinauswollte. »Was denn dann?«, drängte ich.

»Die Gefäßmissbildung liegt so ungünstig, dass sie, wenn sie operieren, wahrscheinlich einen Großteil deines Stammhirns beschädigen.«

Ich wollte witzig sein. »Dann bleibt nur Gemüse übrig, richtig?«

Wieder sagte er keinen Ton. Aber auch mir war nicht nach Lachen zumute. Denn was brachte mir ein Leben, von dem ich nichts mehr mitbekam?

5

Ich war gerade elf Jahre alt geworden. Mit einer Klarheit, die mir heute beinahe Angst macht, wusste ich plötzlich: Manche Dinge im Leben lassen sich beeinflussen. Aber es gibt eben auch Situationen, denen man hilflos ausgeliefert ist. So wie diese jetzt. Ein verflucht beschissenes Gefühl.

Ich schwor mir: Sollte die Bestrahlung anschlagen, sollte ich die Krankheit heil überstehen, dann würde ich alles daran setzen, mein Leben in die Hand zu nehmen, damit ich in Zukunft nie wieder irgendjemandem oder einer Sache so ausgeliefert sein würde wie in jenen Wochen und Monaten.

Was soll ich sagen? Die Bestrahlung schlug tatsächlich an, eine Operation war fürs Erste nicht mehr notwendig. Ich ging wieder zur Schule. Bis die Wunde in meinem Kopf endgültig abgeheilt war, durfte ich keinen Sport treiben und auch sonst nichts unternehmen, was den Blutdruck über den normalen Pegel trieb. Ich durfte in den Pausen nicht auf den Schulhof, im Sommer nicht ins Freibad. Jeden Morgen brachte mich meine Mutter zur Schule. Und holte mich am Mittag wieder ab. Wollte ich eine Freundin besuchen, fuhr mich mein Vater mit dem Auto.

So mischte sich die Krankheit noch fast zwei Jahre in mein Leben ein. Schränkte mich ein. Belastete mich. Erinnerte mich immer und immer wieder daran, wie haarscharf ich am Tod vorbeigeschrammt war.

Ich war jung, gerade mal zwöf Jahre alt. Doch die Erkenntnis war wie ein gewaltiger Orkan über mich hinweggefegt und hatte einen ungeheuren Lebenshunger zurückgelassen. Nicht dass ich diesen Zusammenhang schon damals begriffen hätte, aber in mir wuchs der Wunsch, mehr zu erleben. Denn ich wusste am besten: Es kann jeden Tag vorbei sein.

6

Als ich die siebte Klasse besuchte, auf dem Gymnasialzweig der Gießener Gesamtschule, trug uns die Religionslehrerin auf, das Vaterunser auswendig zu lernen.

Das tat ich, wie alle anderen in meiner Klasse. Tage später ging es reihum und jeder hatte das Vaterunser vorzubeten. Irgendwann stand die Lehrerin vor meinem Pult. »Kannst du es auch auswendig?«

»Ja«, erwiderte ich. »Ich kann es auswendig.«

Weil ich sonst nichts sagte, hob die Lehrerin die Augenbraue. »Dann sprich es doch bitte.«

»Nein, das mach ich nicht.« In der Klasse war es mit einem Schlag mucksmäuschenstill.

Die Lehrerin sah mich verunsichert an. Ich wich ihrem forschenden Blick nicht aus, sondern stellte noch einmal klar: »Ich kann das Vaterunser auswendig.«

»Das hast du bereits gesagt. Dann solltest du es auch aufsagen.«

»Nein.«

»Warum nicht?«

Ich hatte mir die Worte bereits sorgsam zurechtgelegt. »Ich finde, wenn es einen Gott gibt – was ich nicht glaube, aber ausschließen kann ich es auch nicht –, dann ist es ziemlich heuchlerisch, ihn anzurufen, nur um fünf Minuten später zu sagen: Ich glaube nicht an dich. Du interessierst mich nicht.«

Ein Tuscheln setzte unter meinen Mitschülern ein. Die Lehrerin strafte mich mit einem grimmigen Blick. »Betest du jetzt das Vaterunser oder nicht?«

Ich schüttelte den Kopf.

»Du weißt, dass ich dir dann eine Sechs geben muss. Wegen Arbeitsverweigerung.«

Ich nickte.

»Und auch, dass ich deiner Mutter Bescheid geben muss.«

Ich dachte an meine Mutter. Sie ist sehr gläubig. Sie geht zwar nicht jeden Tag in die Kirche und betet auch nicht jedes Mal vor dem Essen oder Zubettgehen. Aber sie glaubt an Gott. Daraus macht sie keinen Hehl.

Deshalb wurde bei uns häufig über Gott gesprochen, vor allem an kirchlichen Feiertagen wie Ostern oder Weihnachten. Ich wusste schon in jungen Jahren, dass das Christkind kein kleines, liebreizendes Kind mit blonden Locken war, sondern ein langhaariger, bärtiger Mann, der im Alter von 33 Jahren für die Sünden der Menschheit am Kreuz gestorben war.

Eine wirklich schöne Geschichte. Mehr aber nicht.

Ich bekam die Sechs. Und ein fürchterliches Donnerwetter daheim.

Meine Mutter tobte: »Du mit deinem Dickkopf. Es hätte dir doch keinen Zacken aus der Krone gebrochen, wenn du das Gebet aufgesagt hättest.«

»Ja, das stimmt, das hätte es nicht«, räumte ich ein. »Ich kann das Gebet auch aufsagen.«

»Aber?«

»Ich wollte einfach nicht.«

»Warum denn nicht?«

Ich schwieg. Und dachte: Ich will nicht den Glauben an das Leben. Ich will das Leben selbst.

7

Meine Klassenkameradinnen gingen zur Schuldisco, hörten langweilige Chart-Musik von den Spice Girls oder den Backstreet Boys, tranken Limonade, hielten Händchen, tauschten erste Küsse und träumten dabei vom Traummann, der ein schönes Auto fährt und möglichst eine Eigentumswohnung, noch besser ein eigenes Haus besitzt, über dessen Schwelle er sie trägt, natürlich im weißen Hochzeitskleid, um zwei oder drei Kinder zu zeugen.

Was für ein Bullshit!

Ich hing mit den Mädchen und Jungs aus den Klassen über mir ab. Sie waren 15, 16 Jahre alt, hörten Rock und Heavy Metal. Das klang nach Leben.

Leben extrem. Extrem schön. Ja, die Älteren an meiner Schule wurden zu meinen Vorbildern. Erst begann ich ihre Musik zu hören, laut und voller Gitarrengeschrammel. Dann wechselte ich wie sie mein Outfit, färbte mir meine Haare kunterbunt, schminkte mich stark, trug eine Lackjacke mit Fellkragen, eine schwarze Lackhose mit Nieten und einem Schlag.

Als ich die Klamotten im Schaufenster entdeckte, war ich Feuer und Flamme. Meine Mutter sah das Unheil kommen: »Lass uns zuerst noch in ein paar andere Geschäfte gehen.«

»Ich will aber diese Sachen haben!«

»Das ist doch Plastikzeug, in dem du fürchterlich schwitzt.«

»Ja und?«

Meine Mutter streckte die Waffen. Wir betraten den Laden und ich verdrückte mich in die Umkleide. Als ich mit den Klamotten am Leib vor dem Spiegel stand, entfuhr es meiner Mutter: »Du siehst nuttig aus!«

»Was soll das heißen?«

»Billig!«

Ein Wort wie ein Peitschenhieb, der voll daneben traf. »Nuttig ist extrem und extrem ist schön.« Ein blöder Spruch, ich weiß, aber damals war es mein Lebensmotto.

Meine Freunde waren begeistert und schickten mich in den Supermarkt zum Schnapsholen.

»Wieso geht ihr nicht selbst?«, wollte ich wissen.

»Weil du ihn kriegst, wir nicht.«

Auch in die Diskotheken, in die mich meine neuen Freunde schleppten, kam ich trotz meiner jungen Jahre problemlos rein. Aus den Boxen dröhnten die Ärzte und die Toten Hosen. An anderen Tagen hingen wir in Kneipen ab. Im »Taranis«, einer Mischung aus Rock- und Billard-Kneipe, trank ich zum ersten Mal Whiskey. Dort begann ich auch Zigaretten zu rauchen.

Daheim versteckte ich die Kippen in einer kleinen, unscheinbaren Box in meinem Kleiderschrank. Aus irgendeinem Grund kam meine Mutter dahinter. Sie petzte es meinem Vater. Als ich ihn am darauffolgenden Wochenende besuchte, stellte er mich übellaunig zur Rede: »Du rauchst?«

Leugnen war zwecklos, also gab ich unumwunden zu: »Ja.«

»Das will ich nicht.«

»Du rauchst doch auch.«

Er fuhr auf. »Du bist zwölf Jahre alt!«

»Und?«

»Und du bist noch immer nicht gesund.«

»Meinst du, das Rauchen ändert etwas daran?«

»Du hattest es mit den Gefäßen. Meinst du, es ist eine gute Idee, eine Droge zu nehmen, die dir die Gefäße ruiniert?«

Ich begriff, dass er Angst hatte, Angst, seine Tochter zu verlieren. Ich bekam ein schlechtes Gewissen und stammelte: »Es tut mir leid.«

»Dann mach es nie wieder.«

»Ja«, versprach ich und verabschiedete mich gleich darauf. Ich fühlte mich schäbig, denn ich wusste, dass ich ihn angelogen hatte. Die Krankheit lag hinter mir. Ich dachte nicht mehr daran. Nur noch ans Leben. Und daran, wie schnell es enden konnte.

Da half es auch nicht, dass meine Eltern mir mit Stubenarrest drohten oder damit, das Taschengeld zu kürzen. Ich verdrückte mich weiterhin an den Schultagen in den Pausen in die Raucherecke, wo ich von allen die Jüngste war. Das war mir egal, auch, dass ich nicht wirklich auf Lunge rauchte, sondern nur paffte. Bis eine der Oberstufenschülerinnen lachte: »Ja, ja, die Pimpfe, die paffen nur.«

Ich kannte das Mädel gar nicht, und eigentlich hätte es mir egal sein können, was sie von mir dachte. Aber dieser Spruch saß mir irgendwie quer und ich beschloss: Jetzt kiffe ich!

Natürlich wusste ich dank meiner Freunde längst, wer an der Schule was zu verticken hatte. Emily und ihr Freund Daniel waren daher meine erste Adresse. Die beiden waren drei Jahre älter als ich und staunten Bauklötze, als ich plötzlich vor ihnen stand: »Was willst du Küken denn von uns?«

»Ich will kiffen.«

Ich muss wohl ziemlich überzeugend gewirkt haben, denn sie gaben mir tatsächlich was. Wir rauchten einen Joint zusammen, alberten herum und verstanden uns prächtig.

Von da an hing ich mit den beiden beinahe täglich ab. Emily wurde so etwas wie mein Vorbild. Sie lebte in einer Jugendwohnstätte, war unglaublich hübsch, gepierct, tätowiert, cool und verwegen. Außerdem war sie mit einem 32-jährigen Typen von der Rockergang »Bones« zusammen und allein deshalb schon weit vorn bei mir, ganz weit vorne. Sie war der Inbegriff der Freiheit, die ich suchte. Sie war die erste Frau, in die ich mich hoffnungslos verliebte.

Ich war gerne in ihrer Nähe, lauschte ihren Worten, himmelte sie an. Ich suchte ihre Berührung. Und wenn sie mir kurz über den Arm streichelte, trieb ich noch Stunden später auf einer euphorischen Wolke der Glückseligkeit dahin.

Wahrscheinlich wusste sie um meine Empfindungen, verlor aber nie ein Wort darüber. Ich habe ihr auch nie davon erzählt. Nicht weil ich dachte, es sei etwas Schlimmes, sich in eine Frau zu verknallen. Schon damals mochte ich einfach Menschen, egal ob Frau oder Mann. Aber mein Verstand sagte mir, aus Emily und mir würde nichts werden. Denn Emily war meine Freundin, mit der ich gemeinsam Schule schwänzte und kiffte, bis wir völlig breit im Sessel ihrer Wohnung hingen. An manchen Tagen begannen wir schon vor der Schule mit einer Guten-Morgen-Tüte, rauchten eine Tüte in der Pause, genehmigten uns nach der Schule die nächste. Aber sie war eben auch nur eine Freundin, die auf mich aufpasste wie eine ältere Schwester.

8

Eines Tages, ich hatte meine Periode bekommen und wollte ein Tampon wechseln, ging ich auf die Schultoilette und sah Emily vor der letzten Kabine hocken. Im Spülkasten der allerletzten Kabine gab es – für alle, die es wussten – ein Depot mit Schnaps, Zigaretten und Drogen.

Alles, was man sich nur vorstellen konnte. Offenbar hatte Emily sich daran bedient. Sie hielt sich was vor die Nase und zog. Nicht in dem Klohäuschen. Sondern davor. Wenn jetzt ein Lehrer reinkommt…

Ich verdrängte den Gedanken und trat näher. »Was ist das?«

»Speed«, sagte Emily.

Ich schaute mir an, wie das Zeug in ihre Nase verschwand, war beeindruckt und wollte auch. Als sie fertig war, verlangte ich: »Lass mich mal probieren!«

Sie sah mich entgeistert an: »Bist du bescheuert?«

Ich beschwichtigte: »Ich will das Zeug doch nur Probieren.«

»Vergiss es. Das will ich nicht sehen, dass du so was nimmst.«

Eines Tages fand ich Pornos bei Daniel im Regal. Er besaß eine ganz beachtliche Sammlung und während wir uns bei ihm daheim auf der Couch einen Joint genehmigten, entdeckte ich die Filme. Breit grinsend schwenkte ich einige der DVD-Cover.

»Scheiße«, sagte Daniel zu Emily. »Sie hat die Pornos gefunden.«

»Ich will einen sehen«, sagte ich.

»Hast du noch nie einen gesehen?«

Ich hatte schon davon gehört und auf dem Computer meines Vaters, heimlich im Internet, ein paar Bilder gesehen. Aber einen Film? »Nö, nur die Softpornos im Nachtprogramm von *Vox* oder so.«

Die beiden lachten. »Tolle Pornos!«

»Können wir nicht einen einlegen?«

Er runzelte die Stirn. »Du möchtest also einen Porno gucken?«

»Ja.«

»Aber du bist doch ein Mädchen.«

»Ja und?«

Er erhob sich und schob einen der Streifen in den DVD-Player. An Handlung ließ der Film natürlich vermissen. Aber der Rest war ... was soll ich sagen? Ich war 13, hatte noch keinen Sex gehabt, mir aber durchaus das eine oder andere darunter vorgestellt. Ich hatte es mir sogar schon ein paar Mal selbst gemacht und dabei auch an Sex gedacht. Die Empfindungen dabei waren angenehm gewesen. Jetzt sah ich es leibhaftig – auf der Mattscheibe.

Ich war weder entsetzt noch schockiert oder angewidert. Zum einen war ich so bedröhnt von den Joints, dass ich eigentlich nur stumpf konsumieren konnte. Zum anderen wirkte der Film auf mich tatsächlich ansprechend.

Okay, die Darstellerinnen waren fast alle blond, hatten enorme Brüste und waren wie Barbie geschminkt – also das genaue Gegenteil von dem, was mir schon damals an Frauen gefiel. Sämtliche Frauen trugen noch dazu einen weißen Tangaabdruck zur Schau, während der Rest ihres Körpers solariumgebräunt war. Die männlichen Darsteller benutzten Kondome, was ich in einem Porno nicht erwartet hätte.

Bis auf einige Details also, die mir weniger gefielen, war der Film – es war ein amerikanischer Streifen, der in einem Feuerwehrhaus spielte – durchaus eine positive Erfahrung. Er gefiel mir so sehr, dass ich Pornos danach gerne als – wie sagt man als Frau dazu? – »Wichsvorlage« benutzte.

Meinen Eltern dagegen gefiel es keineswegs, als sie von den Discos, der Schulschwänzerei, der Kifferei erfuhren. Natürlich sprachen sie mich darauf an. Sie waren wütend, aber ich wusste, dass es auch Angst war, die aus ihren Worten sprach. Die Heilungsphase nach meiner Krankheit war nach wie vor noch nicht abgeschlossen. Daher schwor ich ihnen: »Ich nehme nichts.«

Ich weiß nicht, ob sie mir Glauben schenkten. Aber ich denke, sie waren ganz froh, dass ich wenige Wochen nach meinem dreizehnten Geburtstag für einige Wochen zur Revitalisierung in eine Kurklinik musste.

Emily habe ich nach meiner Rückkehr aus der Klinik lange Zeit nicht gesehen. Als ich sie vor einigen Monaten zufällig traf, spritzte sie sich »H«.

Heroin.

Ron
und das erste Mal

1

In der Kurklinik landete ich in einer Gruppe von Mädchen und Jungen, die so alt waren wie ich. Viel zu jung. Zu langweilig.

Ela dagegen, das Mädel, das in der Kurklinik das Zimmer mit mir teilte, war 15 Jahre alt und hörte die Böhsen Onkelz. Sie rauchte und kannte einige der älteren Jungs; ein oder zwei Mal die Woche stromerte sie mit ihnen in der Stadt herum.

»Magst du mitkommen?«, fragte mich Ela an meinem fünften Tag in der Klinik.

»Was für eine Frage!«, antwortete ich.

Wir waren zu sechst: ich, Ela, ihre Freundin Janine, Paul, Ron und ein Typ, den alle nur »Maulwurf« nannten, weil er mit seinem spitzen Gesicht, den vorstehenden Zähnen und einer Brille ausschaute wie ein kleiner Nager. Wann immer wir die Möglichkeit hatten, schlenderten wir durch die Stadt, tranken einen Milchshake, alberten herum, machten uns über die Leute lustig und hingen auch sonst ständig miteinander ab. Wenn wir es nicht raus in die Stadt schafften, trafen wir uns im »Eck«, das war eine Ecke auf dem Klinikgelände, wo wir heimlich rauchen konnten.

So auch an jenem Nachmittag. Er unterschied sich nicht sonderlich von den Tagen zuvor. Vielleicht nur insoweit, als dass sich Ron an mich lehnte. Ich dachte mir zunächst nichts dabei. In der Clique waren kumpelhafte Gesten normal. Irgendwann schlang er seinen Arm um mich. Auch das war völlig in Ordnung. Dann aber knabberte er an meinem Ohr. Eine Gänsehaut legte sich über meinen Körper. Ein eigentümliches Gefühl. Irgendwie wunderbar berauschend. Bevor ich mich versah, passierte es: Meine Lippen lagen auf seinen. Unsere Zungenspitzen berührten sich, gingen auf Erkundungstour. Wow, das gefiel mir! Mein erster Zungenkuss.

Von da an waren wir ein Paar. Verknallt über beide Ohren. Meine erste große Liebe. Ständig knutschen wir herum. Nichts und niemand konnte uns davon abhalten, auch nicht die Anweisung der Krankenpfleger, Jungs und Mädels dürften nicht gemeinsam auf ein Zimmer.

Auf dem Bett in Rons Zimmer schob er seine Hand unter mein T-Shirt, streichelte meine Brüste. Eigentlich war es mehr ein Fummeln. Aber es war nicht unangenehm. Ich berührte seinen Rücken, streifte seine Brustwarzen. Ich spürte seinen Penis unter der Jeans, nestelte ein wenig an dem Stoff. Mehr hatte ich gar nicht vor. Trotzdem zuckte meine Hand erschrocken zurück, als ein Pfleger ins Zimmer schaute.

»Was macht ihr da?«, rief er.

»Nichts«, schüttelte Ron seinen Kopf.

»Nichts«, stammelte ich mit hochrotem Schädel.

Der Pfleger setzte eine böse Miene auf. »Ihr wisst, dass ihr das nicht dürft?«

»Ja«, antworteten wir wie aus einem Mund.

»Dann raus hier!«

Also gingen wir runter in den Gruppenraum, wo die anderen Kids Billard oder Karten spielten, stellten uns mitten in die Menge und begannen zu knutschen. Als der Pfleger kurze Zeit später vorbeikam, grinste Ron ihn an: »Besser so?«

Die Kids um uns herum johlten und feixten. Der Pfleger verließ kopfschüttelnd den Raum.

Einige Tage später sprach mich Janine an. Bei ihr bahnte sich was mit Paul an. »Aber wie ist das mit dem Küssen?«, fragte sie mich. »Ich hab noch nie.«

»Und du hast Schiss davor, dass Paul dich jetzt küsst?«

»Ja. Wie war das denn bei dir?«

»Weiß nicht. Das ist einfach passiert. Viel kann man dabei eigentlich nicht falsch machen.«

Sie beäugte mich skeptisch. »Nicht?«

»Solange du Paul nicht auf die Zunge beißt.«

Sie kicherte. »Kannst du mir nicht zeigen, wie man küsst.«

Ich hob die Achseln. »Klar.«

Entschuldigend schob sie hinterher. »Mädchen üben so was doch.«

Ich hatte nichts dagegen. »Wenn du möchtest.«

Wir saßen in ihrem Zimmer auf dem Boden, und ich beugte mich vor. Sie spitzte die Lippen, schloss die Augen. Mein Mund berührte ihre Lippen. Sie waren weich und warm. Meine Zunge schob sich nach vorne, fand ihre Zunge. Gar nicht übel, ein Mädchen zu küssen.

In diesem Augenblick ging die Tür auf und Ron und Paul betraten das Zimmer. Wir ließen voneinander ab und starrten die Jungs an, die wiederum uns verdattert anglotzten.

»Was macht ihr da?«, fragte Ron, nicht wirklich wütend.

»Ich hab ihr nur das Küssen erklärt.«

Er lächelte. »Erklärt?«

»Gezeigt.«

2

Als ich nach fünf Wochen die Klinik verließ, gab es keinen Zweifel daran, dass Ron und ich uns wiedersehen würden. Selbst der Umstand, dass er 400 Kilometer von Gießen entfernt wohnte, war kein Hindernis. Zwei Wochen nach meiner Entlassung und etliche Telefonate, Briefe und E-Mails später kam er mich eines Freitagabends für ein Wochenende besuchen. Was für ein Wiedersehen!

Sogar meine Mutter freute sich ihn kennenzulernen, nachdem ich ihr so viel von ihm vorgeschwärmt hatte. Nach dem Abendessen knutschten wir noch auf meinem Zimmer herum. Dann musste Ron ins Gästezimmer verschwinden. Schon direkt nach seiner Ankunft hatte meine Mutter freundlich, aber bestimmt darauf hingewiesen, dass Ron im Gästezimmer übernachten würde.

Der Samstag gehörte uns. Nach dem Frühstück stromerten wir Händchen haltend durch die Stadt, waren froh, dass wir endlich wieder beisammen waren, sagten uns gegenseitig immer wieder, wie sehr wir uns vermisst hatten und genossen die Zeit, die wir endlich füreinander hatten.

»Ich hab dich lieb«, sagte er.

Ich mochte ihn so sehr.

Der Abend kam viel zu schnell. Ich lud ihn auf einen Whiskey in meine Lieblingskneipe »Taranis« ein, aber Ron trank lieber ein Bier. Egal. Wir ließen die Erinnerung an die Zeit in der Klinik aufleben, lachten über die Streiche, die wir in der Clique ausgeheckt hatten.

Gegen Mitternacht schlenderten wir heim, blieben mehr als einmal am Straßenrand stehen, weil wir uns küssten und dabei die Welt um uns herum vergaßen. Daheim rauchten wir ein paar Zigaretten auf dem Balkon, knutschten abermals wild herum. Schließlich landeten wir auf meinem Zimmer.

»Eigentlich dürfen wir hier nicht zusammen sein«, gab Ron zu bedenken.

»Na und?« Wenn ich etwas wollte, ließ ich mich bekanntlich nicht von Verboten abhalten. Und jetzt mochte ich küssen. Streicheln. Liebkosen. Irgendwann lagen wir nackt auf dem Bett.

Wir sprachen nicht über Sex. Und wir hatten bis zu diesem Moment auch keinerlei Gedanken daran verschwendet. Es geschah einfach. Und ich wollte, dass es geschah. Er spielte mit meinen Brüsten, berührte meine Scheide. Irgendwann zog er mit seiner Zunge eine feuchte Spur von meinem Bauch bis hinunter zwischen meine Schenkel und leckte mich. Ich mochte das. Danach streichelte ich sein steifes Glied. Ich war entspannt, als sei es die natürlichste Sache der Welt und nicht das erste Mal für mich. Es passte zu dem Abend, zu der Situation, es war – wie sagt man? – einfach perfekt.

Ich floss über vor Erregung, und auch Ron konnte seine Lust nicht mehr verbergen. Doch kurz bevor er sich auf mich legen konnte, sah ich ihn fragend an: »Was ist, wenn ich schwanger werde?«

»Nimmst du die Pille?«

»Nein«, antwortete ich.

»Hast du Kondome?«

»Nein, wozu?«

»Na, für Sex.«

Ich schüttelte den Kopf. Sex hatte bisher keine sonderlich große Rolle in meinen Gedanken gespielt.

Ron sah mich amüsiert an. »Und was jetzt?«

»Wir kaufen welche!«

Also stiegen wir zurück in unsere Klamotten und wollten uns ein weiteres Mal aus dem Haus schleichen. Meine Mutter saß vor dem Fernseher. »Wo wollt ihr denn noch hin?«

»Ach«, sagte ich, »noch eine Runde spazieren.«

»Um diese Zeit?«

Es war kurz nach halb zwei. »Warum nicht? Es ist so schön draußen.« Ich fügte hinzu. »Schön romantisch.«

Ich dachte daran, was mir ältere Freunde erzählt hatten: Das erste Mal mit Kerzen, Rosenblättern ... prickelnd und romantisch. Mein erstes Mal schien alles andere als prickelnd zu werden. Und schon lange nicht romantisch.

Statt bei Kerzenschein im Bett zu liegen, aneinander gekuschelt unter der Decke, stiefelten wir zurück zum »Taranis«. Ich wartete draußen, während Ron die Toilettenräume aufsuchte. Er kam mit einem Dreierpack Kondome zurück.

»Was willst du mit so vielen?«, lachte ich.

»Besser drei Pariser als keinen.«

Bevor wir nach Hause zurückkehrten, drehten wir noch eine kleine Runde um den Block, schließlich hatten wir vorgegeben, spazieren gehen zu wollen. Als wir das Haus betraten, lag es in Dunkelheit. Meine Mutter war zu Bett gegangen. Auch das noch. Ihr Zimmer lag direkt neben meinem.

Trotzdem: Rauf aufs Zimmer, die Pariser griffbereit auf den Nachttisch, alles von vorne. Und jetzt in absoluter Stille.

Von meiner Erregung und Vorfreude war nichts mehr übrig, ich war nervös, angespannt und verkrampft. Ron beugte sich zu meiner Scheide hinab und leckte mich ein wenig, ich spielte kurz an ihm herum. Er wollte, dass ich sein Glied in den Mund nehme, aber danach war mir nicht.

Also griff er irgendwann nach einem der drei Gummis, zog es über und drang in mich ein. Er gab sich Mühe, rücksichtsvoll zu sein, trotzdem tat es weh. Nicht so dramatisch allerdings, dass ich es nicht hätte aushalten können. Es gab Sachen, die schmerzten definitiv mehr. Wer wusste das besser als ich?

Es dauerte nicht lange und Ron kam zum Höhepunkt. Ich dagegen war meilenweit davon entfernt, auch nur erregt zu sein, und viele Lichtjahre entfernt von einem Orgasmus.

Er verknotete das benutzte Kondom, wickelte es in ein Taschentuch und vergrub es tief unten im Papierkorb. Anschließend ließ er die beiden übrigen Kondome in seiner Hosentasche verschwinden. Ich unterzog inzwischen das Bettlaken einer eingehenden Prüfung, stellte aber erleichtert fest, dass ich keine Blutspuren hinterlassen hatte.

Bevor er zurück auf sein Zimmer schlich, lagen wir noch eine Weile nebeneinander, tranken ein Bier, rauchten. Er fragte: »Und, wie war es für dich?«

»Skurril«, sagte ich. Und dachte: eine Katastrophe. Vermutlich hat mich dieses Erlebnis geprägt: Ich bin bis heute nicht der romantische Typ. Wie hat ein Bekannter von mir mal gesagt? *Romantik ist Analsex mit Vaseline statt mit Spucke.* Das haut schon ganz gut hin.

Am nächsten Tag kam bereits der Abschied. Das war schade, trotz des misslungenen Abends, aber leider nicht zu ändern.

Wir schrieben uns heiße Briefe, schickten uns Fotos. Was dann passierte, hat mein weiteres Leben noch stärker beeinflusst als der erste Sex, jedenfalls glaube ich das heute.

3

Zwei Wochen später war ich dran, ihn zu besuchen. Ron war voller Vorfreude und konnte es kaum erwarten. Die Briefe, die er mir geschrieben hatte, waren so vertraut gewesen, dass sie – trotz des missratenen ersten Mals – auch in mir eine hoffnungsvolle Erwartung weckten.

Der Zug war noch nicht in den Bahnhof eingefahren, da sah ich Ron schon am Bahnsteig stehen. Ich winkte ihm und er winkte zurück. Der Waggon stand kaum still, da fiel ich ihm um den Hals und wir küssten uns, als müssten wir die vergangenen 14 Tage in eben dieser Sekunde nachholen.

»Ist ja gut«, hörte ich eine brummige Stimme. »Ihr habt noch das ganze Wochenende vor euch.«

Der Junge neben Ron, den ich erst jetzt bemerkte, war unverkennbar sein Bruder Jonas, wie er ihn mir in Briefen und E-Mails geschildert hatte. Jonas grinste breit. Er besaß schon den Führerschein und fuhr uns heim.

Händchen haltend saßen wir im Fond und wechselten kein Wort. Einander einfach zu spüren, das genügte für den Moment.

Ich lernte Rons Eltern und den Rest seiner Geschwister kennen, eine ziemlich wilde Rasselbande. Wir hatten viel Spaß miteinander, trotzdem konnte ich es kaum erwarten, dass am Abend Ruhe einkehrte und wir endlich Zeit für uns hatten. Irgendwie war diesmal klar, was passieren würde. Es war geplant. Trotzdem war es gut. Es war um Welten besser.

Wir hatten Kondome besorgt. Seine Eltern waren nicht im Haus. Wir hatten alle Zeit dieser Welt, uns ohne Ablenkung aufeinander zu konzentrieren. Ich war entspannt, unverkrampft, erregt. Ron gab sich Mühe, war zärtlich, leidenschaftlich. Ausdauernd küsste er mich. Mit seinen Küssen machte er mich schwach. Ich konnte kaum glauben, dass ich seine erste Freundin war. Als ich sein steifes Glied in mir spürte, er es in mich bohrte und dabei unablässig einen Punkt berührte, der mich beben ließ, kam ich zum Höhepunkt.

Ja, dachte ich bei mir, ich fange an zu verstehen, was den Leuten daran Spaß macht.

Kurzum, es war ein schönes Wochenende. Als ich im Zug heimfuhr, fühlte ich mich glücklich und zufrieden. Ich war verliebt.

4

Weitere zwei Wochen später besuchte ich Ron das nächste Mal. An diesem Freitag holte er mich alleine am Bahnhof ab und wir fuhren mit der S-Bahn zu ihm.

Wir saßen nebeneinander und ich schmiegte meinen Kopf an ihn. »Es ist schön, dich zu sehen.«

Er zog seine Schulter weg.

»Was ist denn?«, fragte ich.

Er sagte keinen Ton.

»Redest du nicht mehr mit mir?«

Erst jetzt schaute er mich an. »Nee, du, eigentlich will ich nicht mehr.«

Ich begriff nicht. Ich wollte nicht begreifen. »Was willst du nicht mehr.«

Er druckste herum. »Ach, das mit dir.«

»Was ist mit mir?«

»Du bist zu jung.«

Ich spürte, wie Tränen in mir aufstiegen. »Ich bin zu jung?«

»Hab ich doch gesagt.«

»Aber …« Ich schluckte. Unter mir schien der Boden nachzugeben. »Wieso denn jetzt?«

»Ist einfach so.«

»Ist einfach so?«, wiederholte ich. Mein Blick verschwamm durch die Tränen, mit denen sich meine Augen füllten.

»Ja.«

»Ja«, sagte ich. »Aber zum Ficken war ich gut genug.«

Er schwieg. Auch eine Antwort. Ich kämpfte die Tränen nieder. Auf keinen Fall wollte ich losheulen. Nicht jetzt. Nicht hier. Nicht vor ihm. Äußerlich gefasst fragte ich: »Und was jetzt?«

»Weiß nicht.«

Ich kramte das Zugticket hervor, das ich mir von meinem nicht gerade üppigen Taschengeld zusammengespart hatte. »Meine Rückfahrt ist erst am Sonntag.«

»Ich weiß.«

»Na toll«, stieß ich hervor.

Aber toll waren die folgenden zwei Tage keineswegs. In frostiger Atmosphäre mühten wir uns ab, taten vor seinen Eltern, als sei nichts passiert.

Dabei gärten die Gefühle in mir, wechselten nahezu stündlich, ein Strudel der Emotionen, in dem ich versank: Der Trauer folgte die Enttäuschung, dann die Verzweiflung, die schließlich der Wut wich. An liebsten hätte ich Ron die Augen ausgekratzt. Doch dann verspürte ich nur noch Kummer, schmerzhaft, unerträglich, noch viel schlimmer als die ungezählten Spritzen und Nadeln, die die Ärzte vor gar nicht so langer Zeit unter meine Haut getrieben hatten.

Zurück blieb die Angst vor der Zukunft. Dabei war es weniger Ron, den ich vermisste. Nein, ich hatte ihn zu keiner Zeit als den Mann meines Lebens betrachtet. Ich hatte auch nie an eine Hochzeit, geschweige denn an Kinder mit ihm gedacht, an all das also, was andere Mädels in meinem Alter zu euphorischen Schwärmereien anspornte. Diese ganzen rosaroten Plüschszenarien hatten mir vor Ron fern gelegen, sie hatten auch mit ihm keinerlei Rolle gespielt.

Aber ich hatte die Zeit mit ihm genossen, jene Unbeschwertheit, die Heiterkeit, den Spaß, den wir miteinander geteilt hatten, im Alltag und im Bett, das Küssen, das Kuscheln, das Streicheln. Vor allem das Küssen! Das alles zu verlieren, zu akzeptieren, dass es vorbei war, fiel mir so unglaublich schwer.

Nachts, während ich mich in dem Gästebett herumwälzte, drängte es mich mehr als einmal dazu, aufzustehen und in sein Zimmer zu gehen, mich einfach neben ihn zu legen, als sei nichts passiert. Vielleicht würde er dann merken, was er mit mir verlor.

Ich verwarf den Gedanken. Das hat er nicht verdient!, beschwor ich mich.

Am nächsten Morgen fragte er mich: »Wie fühlst du dich?«

Ich antwortete: »Gut!« Und lächelte. In Wahrheit ging es mir hundeelend.

»Bist du dir sicher?«

Ich starrte ihn an. »Du bist nicht mehr mit mir zusammen. Ich glaube nicht, dass es dich noch etwas angeht, wie ich mich fühle.«

Er hielt den Mund, und auch ich schwieg. Verkniff mir ein weiteres Mal die Tränen. Wollte mir keinerlei Blöße geben. Fraß das Leid lieber in mich hinein.

Endlich war Sonntag. Noch nie war ich so froh wie an diesem Tag gewesen, in einen Zug zu steigen. Ron stand am Bahnsteig. Ich weiß nicht, ob er mir noch winkte. Ich schenkte ihm keinen Blick, sah nicht einmal zurück, als der Zug anfuhr. Ich wahrte die Fassung, präsentierte mich voller Stolz.

Doch der Zug war keine Minute gefahren, da zerbrach die Tapferkeit in tausend Scherben und ich hockte wie ein Häufchen Elend in dem Abteil. Ich fühlte mich verletzt und benutzt, abgeschoben. Mit einem Mal flossen die Tränen und endlich ließ ich ihnen freien Lauf. Ich heulte wie ein Schlosshund, ohne Ende, die ganze Fahrt über. Eine ältere Dame reichte mir ein Taschentuch. Sie lächelte. Ich weinte.

Das war mein erster Liebeskummer. Ich wusste nicht, wie ich damit umgehen sollte.

Als ich endlich daheim ankam und die Auffahrt zu unserem Haus entlanglief, sah ich meine Mutter im Garten. Erneut brach ich in Tränen aus. »Mein Kind, was ist los mit dir?«, fragte sie entsetzt, obwohl sie mir vermutlich ansah, was geschehen war.

»Ich brauch erst mal einen Schnaps«, sagte ich.

Jetzt war ihr Entsetzen wahrhaftig. Nachdem sie sich wieder gefangen hatte, nahm sie mich in den Arm. »Liebeskummer ist ganz schlimm«, sagte sie und streichelte mir tröstend übers Haar. Für eine Weile schwieg sie und fügte dann hinzu: »Diese Erfahrung wirst du in deinem Leben noch viele Male machen.«

Ich wischte mir über das Gesicht, in dem die Schminke verlaufen war. »Aber das will ich nicht.« Von Beziehungen hatte ich fürs Erste die Nase voll.

»So sind nun mal das Leben ...«

»Scheiße!«

»... und die Liebe.«

»Nicht für mich.«

Meine Mutter nahm mich bei den Schultern, streichelte mich erneut. »Ach, mein Kleines«, seufzte sie.

Ich löste mich von ihr. Ich stemmte die Hände in die Hüften, reckte den Kopf nach vorne und blickte meine Mutter entschlossen an. Wie ich schon sagte: Was ich mir in den Kopf setze, das bekomme ich auch.

5

Drei Wochen später flog ich mit meinem Vater nach Griechenland. Eine willkommene Abwechslung. Auf die wunderschöne Insel Samos. Damals war ich 13 Jahre alt.

Gefühle

Wenn mir jemand wehtut, zeige ich ihm den Schmerz nur ungern. Überhaupt gehe ich nicht mit meinen Gefühlen hausieren. Tränen zeige ich nur sehr guten Freunden. Selbst dann muss mir sehr Schlimmes widerfahren sein, damit ich mir ihnen gegenüber die Blöße gebe.

Damit ich jemandem »Ich bin in dich verliebt« oder »Ich liebe dich« sagen kann, muss es mich ordentlich erwischt haben. Liebe, das ist nichts, was ich an die große Glocke hänge.

Eigentlich passt das Wort »Liebe« eher auf das Verhältnis zu meinen Freunden. Freunden vertraue ich. Freunde sind länger für mich da. Bei Freunden passiert es mir nicht so schnell, dass sie sagen: »Hiermit löse ich die Freundschaft zu dir auf.«

Eine Beziehung hält nicht ewig. Das gilt natürlich auch für die meisten Freundschaften, aber sie stehen doch auf einer anderen Basis und haben eine dementsprechend längere Lebensdauer.

Ich habe zu meinen Freunden ein sehr enges Verhältnis. Ich weiß, wenn ich sie brauche, dann sind sie da. Dann nehmen sie mich in den Arm, helfen mir, geben mir Rückhalt, egal zu welcher Zeit.

Das bekomme ich bei meinen Freunden. Ohne dass sie irgendwann aus einer Laune heraus die Freundschaft beenden oder ihr Wissen über mich dazu benutzen, mich zu verletzen.

Meine Einstellung ist: Sexuellen Spaß suche ich mir überall. Aber Geborgenheit und Nähe bekomme ich nur bei meinen Freunden. Allerdings gebe ich zu: Auch körperliche Nähe gehört manchmal zu einer Beziehung mit meinen Freunden.

Ich schlafe gewiss nicht mit jedem meiner Freunde. Bei einigen geht es nicht. Ich könnte es gar nicht. Bei anderen ist das überhaupt kein Problem. Sex mit ihnen ist dann eine Sache der Vertrautheit.

Der Nähe. Und des gegenseitigen Respekts. Das ist dann nicht einfach Sex. Oder Spaß. Wir zeigen uns viel mehr, wie lieb wir uns haben, indem wir miteinander schlafen.

Paulos
und immer wieder
Mittagspausenspass

1

Schon am nächsten Tag stand ich erneut in der Strandbar. Paulos lächelte, als er mich sah. Ohne ein Wort nahm er mich an die Hand. Diesmal führte er mich zu den Toiletten. Kaum in der engen Kammer, ging ich vor ihm in die Hocke, riss seine Shorts herab, spielte mit seinem Glied und nahm es, als es steif war, in den Mund. Ich schaute zu ihm auf. Entrückt verzog er das Gesicht. Sein Atem ging schneller.

Vergnügt löste ich meine Lippen von ihm. Ich nestelte am Verschluss meines Bikinis, ließ ihn zu Boden gleiten. Paulos verstand den Wink und stürzte sich regelrecht auf meine Brüste. Dann küsste er mich. Und er konnte verdammt gut küssen. Ich schmolz dahin.

»Ich will nicht schwanger werden«, sagte ich ihm.

Er bückte sich und griff nach seiner Shorts, die sich um seine Fußgelenke schlang.

Nach kurzer Suche brachte er ein Kondom zum Vorschein, streifte es sich über seinen Schwanz, hob mich an den Schenkeln empor und drang in mich ein. Nach wenigen Stößen kam ich. Er setzte mich ab, drehte mich um, vögelte mich von hinten. Sein Becken klatschte gegen meinen Po. Ein knallendes Geräusch, das vermutlich am ganzen Strand zu hören war.

Aber das war mir in diesen Sekunden egal. Der nächste Höhepunkt jagte bereits wieder über mich hinweg. Was für ein Gefühl.

Wunderbar! Nur beiläufig bekam ich mit, wie auch Paulos seinen Orgasmus erlebte.

Wir gingen zurück zur Theke, rauchten ein paar Zigaretten und tranken einen Cocktail. Ansonsten wechselten wir kaum ein Wort miteinander. Aber auch das war kein Problem. Ich bin zufrieden. Du bist befriedigt. Es war ein einvernehmliches Schweigen. Was wollen wir also noch mehr?

»Danke für den Drink«, sagte ich artig.

»Kein Problem«, erwiderte er und deutete auf die Uhr, die über der Theke hing. »Ich mache jeden Tag gegen 12 Uhr Pause.«

Ich lachte. Ich hatte verstanden. Und dachte mir: Schauen wir mal.

Ich kehrte an den Strand zurück. Mein Vater hatte sich hinter einer Zeitung versteckt. Ich legte mich auf die Sonnenliege und griff nach einem Buch. Ich begann ebenfalls zu lesen. Trotzdem bekam ich nichts vom Inhalt mit. Die Buchstaben vor meinen Augen wollten sich nicht zu Worten zusammenfügen, meine Gedanken weilten an einem anderen Ort. In der Strandbar. Auf der Toilette.

Bei der Erinnerung daran rieselte ein wohliger Schauder über meine Haut. Ein Kribbeln im Körper. Ein Säuseln im Ohr. Am liebsten hätte ich schon jetzt Paulos meine erneute Aufwartung gemacht. Ich war voller Tatendrang. Erfüllt mit neuem Selbstbewusstsein. Hey, gar nicht schlecht für einen Neuanfang.

Aber war es Liebe? Nein. Ich machte mir nichts vor: Ich war Paulos völlig schnuppe. Auch ich hätte gelogen, wenn ich behauptet hätte, er bedeutete mir etwas. Die Wahrheit war: Wir wussten, was wir voneinander wollten. Sex. Nicht mehr. Und nicht weniger.

2

Am darauffolgenden Tag verdrückte ich mich erneut gegen Mittag vom Strand. Ebenso am nächsten Tag. Und am übernächsten. Immer dann, wenn Paulos eine Mittagspause einlegte. Oder ich gerade über »Freizeit« verfügte. Ausreden, mir diese zu nehmen, waren kein Problem. »Ich hab was im Hotel vergessen.« Oder: »Ich möchte was trinken.« Oder: »Ich muss aufs Klo.« Was ja nicht einmal gelogen war.

Mein Vater blieb ahnungslos. Zum Glück. Nicht auszudenken, wie er reagiert hätte, wenn er herausgefunden hätte, dass seine gerade mal 13-jährige Tochter mit einem Griechen im besten Mannesalter herumvögelte, von dem sie nicht einmal wusste, wie alt er wirklich war. Doch mal ehrlich: Wozu hätte ich das wissen müssen? Selbst wenn er mir seinen Namen nicht gesagt hätte, es wäre in Ordnung gewesen.

Denn ich stellte fest: *Es geht auch anders*. Ich konnte Sex haben, ohne mich auf etwas Verbindliches einzulassen, ohne jedwede Hoffnung, Erwartung oder Verpflichtung. Also auch ohne die Gefahr von Ärger, Enttäuschung und Verletzung.

Einfach nur Spaß. Völlig wertfrei.

Am Ende der Woche saß ich im Flieger und hatte eine folgenreiche Erkenntnis im Gepäck: In einer Beziehung werde ich verletzt. Die Aspekte einer Beziehung, die mir wichtig sind, Geborgenheit, Vertrautheit und Nähe, die kann ich mir bei Freunden holen. Den Sex kann ich mir bei jedem holen, der mir über den Weg läuft.

Was nicht bedeutete, dass ich fortan mit jedem Mann, der mir begegnete, in die Kiste stieg. Ich wählte sehr wohl aus. Aber die Freiheit, es tun zu können, wann, wo und mit wem ich wollte, die ließ ich mir nicht mehr nehmen. Vorerst zumindest.

3

Der Alltag in Gießen holte mich schon bald wieder ein: Schule, Unterricht und natürlich – als wohlverdienter Ausgleich – das »Taranis«. In Anke, einer Klassenkameradin, fand ich eine gute Freundin. Sie war nicht ganz so wild und stur wie ich, trug ihr Haar lang und blond, war zierlich und von unscheinbarer Gestalt. Eigentlich war sie das genaue Gegenteil von mir. Vielleicht verstanden wir uns deshalb so gut.

Der Sommer ging, der Winter folgte ihm zügig. Mit ihm hielt auch der Karneval Einzug in unsere Stadt. Fasching ist ein Thema für sich. Ich bin mit dem Karneval groß geworden. Mein Vater war jahrelang zweiter Vorsitzender im örtlichen Karnevalsverein. Ich wurde bereits im Alter von sieben Jahren Mitglied und war in die Vereinsaktivitäten, Sitzungen und Umzüge involviert.

Meine eigentliche Passion aber galt – und gilt noch heute – dem Straßenkarneval.

Der findet nicht in irgendwelchen verräucherten Hinterzimmern mit knorrigen, alten Funktionären statt, die getreu ihrer Vereinsstatuten Umzugswagen und Büttenreden planten, sondern in den Kneipen, auf den Straßen – auf den Partys. Insbesondere im »Wodan« ging es jedes Jahr hoch her. Dort traf sich ein bunt gemixtes Publikum aus Rockern, Punks, Grufties und Metallern.

Ich mochte das Bunte. Die Kostüme. Das Anderssein. Die Ausgelassenheit und den Blödsinn. Es gefiel mir, dass nichts mehr wirklich galt, keine Regel, kein Gesetz. Nur im »Wodan« während der Karnevalszeit konnte man sehen, wie böse Grufties und anarchistische Punks in bunten Kostümen Arm in Arm auf Tischen Sirtaki tanzten, mit oder ohne Klamotten.

An einem Freitagmittag stieg eine Faschingsparty an unserem Gymnasium. Mit Anke, die inzwischen zu meiner besten Freundin geworden war, half ich beim Aufbau in der Sporthalle. Auch Bia und Heiko stießen zu uns, weitere Freunde, mit denen ich häufiger abhing. Zur Clique gehörten noch Brit, Tirti und Sall, drei schräge Vögel, die bevorzugt in Lackklamotten herumliefen. Sie waren alle älter als ich, zwischen 18 und 25 Jahren alt, die Großen, die mich als ihr »Küken« bezeichneten und mich überall mit hinschleppten, jedem vorstellten – aber stets beschützten. Ich fühlte mich erwachsen und geborgen in ihrer Gesellschaft.

Gegen Abend machte Kai, einer der Soundtechniker, den Vorschlag, eine Zigarettenpause einzulegen. Er wurde von allen, die am

Aufbau beteiligt waren, einhellig angenommen. Wir legten Hammer und Nägel beiseite, gingen raus auf den Schulhof und steckten uns die Kippen an.

Die letzten Tage hatte es heftig geschneit. Jetzt zog die Temperatur wieder an. Es war wirklich verdammt kalt draußen. Wir zitterten und schlotterten, während wir qualmten. Einer nach dem anderen verschwand hastig zurück in die Halle, aus der inzwischen laute Musik erschallte. Heute Abend, so viel war klar, würde es ganz sicher eine tolle Party geben.

Am Ende stand ich mit Kai alleine auf dem Schneefeld. Er war der Bruder einer Klassenkameradin. Ich glaube, er war 17. Mit seinem kahlen Schädel, den breiten Schultern und den Muskeln, die unter seinem Parka zu erahnen waren, erinnerte er mich ein wenig an eine jugendliche Ausgabe von Bruce Willis. Wir alberten herum, das typische Pennäler-Geschwätz. Ich stöhnte über das Wetter: »Mann, ist das scheißkalt.«

»Mach dir ein paar warme Gedanken«, grinste Kai. Er hatte nur einen Witz gemacht.

Doch ich fragte nach: »Nur Gedanken?«

Das schien ihn zu verwirren. Er sah mich an. »Was sonst?«

Ich zuckte mit den Achseln. »Nur daran denken …« Irgendetwas ließ mich an Paulos auf Griechenland denken, an seine Leichtigkeit, seine unkomplizierte Direktheit. »… ist doch langweilig.«

Kai war sich wohl nicht ganz sicher, was er von meinem indirekten Angebot halten sollte. »Bei mir ist das letzte Mal schon ’ne ganze Weile her.«

»Wieso?«

»Ich hab mich vor drei Monaten von meiner Freundin getrennt.«

»Ich hab auch schon seit einigen Wochen nicht mehr.« Wieder fanden meine Gedanken zurück zum Urlaub auf Samos. Aber das brauchte Kai ja nicht zu wissen.

Jetzt sah er mich mit einer unverhohlenen Aufforderung an. »Sollen wir?«

Auf mich wirkte er in diesem Augenblick tatsächlich wie Bruce Willis, unglaublich stark und unglaublich energisch. Habe ich schon gesagt, dass ich den amerikanischen Schauspieler unglaublich attraktiv finde? Ich sagte: »Ja.«

Wir eilten zurück ins Gebäude. Eine Lehrerin rief nach mir. Ich winkte ihr: »Gleich. Ich muss vorher noch was erledigen.«

Wir holten Kondome. Kai fragte: »Und jetzt?«

»Nach draußen.«

»Draußen?«

Ich wies auf die Jugendlichen, die sich in der Halle herumtrieben. »Etwa hier?«

Er presste die Lippen aufeinander. »Du hast recht.«

Wir schlichen uns nach draußen, zum Sportplatz und auf die Tribüne.

»Bist du dir sicher?«, fragte er.

»Ja.«

Inzwischen brach die Dämmerung herein, was auch Kai die letzten Zweifel nahm. Zwischen den Bänken lupfte ich seine Hose, brachte sein Glied auf Vordermann.

Es dauerte eine Weile, bis er stand, aber seit Samos hatte ich Erfahrung darin. Dann zog ich meine Hose herab und setzte mich auf ihn. Es war kalt. Aber es war gut!

Als ich am nächsten Montag die Schule betrat, grinste mich Sibylle an. Sie war einige Jahre älter als ich. Anfangs nahm ich sie gar nicht zur Kenntnis, doch dann wurde mir ihr Feixen zu viel. »Was ist denn?«, ranzte ich sie an.

»Ich war Gassi«, sagte sie triumphierend, als sei mit diesem Satz alles erklärt.

»Schön für dich«, entgegnete ich. Was interessierte mich ihre Töle?

»Am Freitagabend.«

Ich stutzte. »Wo?«

»Am Sportplatz.«

Autsch. »Hast du was gesehen?«

»Och, *was* ich gesehen habe, ist gar nicht so interessant, viel spannender ist, *wen* ich gesehen habe.«

»Wen?«

»Dich! Und Kai!«

Ich wollte im Erdboden versinken. »Bitte«, sagte ich. »Verrate es keinem.«

»Nein, mache ich nicht.«

»Dein Ehrenwort?«

»Ehrenwort!«

Kurz darauf saß ich im Englischunterricht. Der Lehrer bat uns, einen Satz zu konjugieren. Der Satz lautete: »I've never kissed a boy.«

Als die Reihe an mir war, winkte er ab, noch bevor ich überhaupt ein Wort über die Lippen brachte. »Ach, Gwen«, seufzte er. Seine Lippen umspielte ein feinsinniges Lächeln. »Ich denke, *du* brauchst diesen Satz nicht zu konjugieren…«

Die Klasse grölte, und ein Wissen schwang in diesem ausgelassenen Lachen mit, das mir klarmachte: Ich hatte Sibylle das Versprechen zu spät abgerungen.

Eine Woche später lief mir Kai erneut über den Weg.

»Blöd gelaufen, oder?«, stellte er fest.

»Na ja«, grinste ich. »Aber es war trotzdem ganz nett.«

»Könnte man doch wiederholen, oder?«

Ich zögerte nicht lange. »Klar.«

Freilich nicht mitten auf der Straße, soviel hatten wir inzwischen gelernt. Der Zufall wollte es, dass schräg gegenüber ein Kindergarten lag.

Wie zwei übermütige Kinder kletterten wir über den Zaun und enterten den Spielplatz. Eine Holzhütte, einem Piratenschiff nachempfunden, bot uns ausreichend Deckung. Genau das Richtige zum Karneval!

Was ich am Fasching vor allem mag, ist der Sex. Weil zum Karneval fast jeder mit jedem rummacht, und deswegen auch niemand meint, er müsse irgendwen Schlampe nennen.

Schlampe?

»Schlampe«, so bezeichnen mich manche. Weil ich gerne Sex habe. Sex bedeutet mir sehr viel. Sollen sie mich also »Schlampe« nennen. Ich kokettiere damit. Ich besitze ein schönes T-Shirt, auf dem in großen Buchstaben geschrieben steht: »Schlampe aus Leidenschaft«.

Sex ist Leidenschaft. Und Sex ist Triebbefriedigung. Und Sex kann noch so viel mehr sein. Was genau, das hängt von der jeweiligen Situation ab.

Wenn ich mit jemandem schlafe, den ich liebe, also mit einem Partner oder mit guten Freunden, dann ist der Sex Ausdruck von Nähe und dem wortlosen Geständnis: Ich hab dich lieb! Wobei ich auch Freunde habe, mit denen ich definitiv nicht schlafen könnte. Aber das sagte ich bereits.

Häufig ist Sex einfach nur Spaß. Daran, einen anderen Körper zu erkunden und zu befriedigen. Daraus ziehe ich meine eigene Befriedigung. Aber natürlich auch daraus, dass sich jemand mit mir beschäftigt.

Und zu guter Letzt ist Sex auch … so etwas wie Jagdfieber. Wenn ich in einer Diskothek stehe und denke: Hey, der oder die gefällt mir. Mal gucken, ob es klappt! Dann suche ich auf gewisse Weise auch die Selbstbestätigung.

Ein One-Night-Stand ist geil. Ich muss nicht mit jemandem stundenlang dinieren oder einen langweiligen Film im Kino durchstehen, nur um dann irgendwann Sex mit ihm zu haben. Ich verstehe Frauen – und auch Männer! – nicht, die meinen, sie müssten eine Beziehung führen und jedes Detail über ihren Partner wissen, nur um guten Sex zu haben. Ich mag es, dass ich mit jemandem Sex haben kann, ohne gleich seine Eltern, Großeltern und den Rest der Familie kennenlernen zu müssen. Ich muss nicht einmal wissen, wie alt er ist.

Aber wenn sich aus einem One-Night-Stand eine Affäre entwickelt, weil man merkt, man ist sich über den Sex hinaus sympathisch, man liegt vielleicht sogar auf einer Wellenlänge, kann sich miteinander unterhalten, dann bin ich durchaus nicht abgeneigt. Warum auch nicht?

Wenn ich jetzt so darüber nachdenke, habe ich eigentlich eine Menge dieser freundschaftlichen Affären, bei denen man sich mit den Leuten nicht nur zum Vögeln trifft, sondern auch mal zusammen ein Bier trinken und reden kann. Diese Affären sind die besten.

Marita und der schlappe Viktor

I

Bia und Heiko luden mich auf den Geburtstag von Ela ein. Ela kannte ich entfernt aus einer der Kneipen im Ort, wo sie als Kellnerin jobbte. Sie kam aus Äthiopien und hatte viele Bekannte und Freunde in Gießen, weswegen auf der Party Hochbetrieb herrschte.

Weil ich wieder meine Lackhose trug, darüber einen roten Pulli, wurde es mir später am Abend zu heiß im Haus. Meine beiden Freunde waren irgendwo im Getümmel verschwunden, daher gesellte ich mich zu den Leuten, die auf der Straße standen und rauchten. Ein Typ quatschte mich an. Er sprach kein Deutsch. Auf Englisch erklärte er, er sei gerade erst gekommen und auf der Suche nach Ela.

Ganz am Anfang war ich ihr kurz über den Weg gelaufen und hatte ihr gratuliert, doch seitdem hatte ich sie nicht mehr gesehen. »Keine Ahnung«, antwortete ich wahrheitsgemäß.

»Hast du ’ne Zigarette für mich.«

»Klar.« Ich reichte ihm meine Schachtel, er schnippte eine Kippe heraus und zündete sie sich an.

»Coole Party, oder?«, sagte er.

»Ich dachte, du bist gerade erst gekommen?«

Er wackelte verlegen mit dem Kopf. »Tolles Outfit«, wechselte er das Thema.

»Danke«, gab ich zurück.

»Steht dir ziemlich gut.«

Ich lächelte. »Deswegen trag ich’s ja.«

Er setzte ein Grinsen auf. »Und wie sieht's drunter aus?«

»Genau so gut.«

»Wenn du so gut küsst, wie du ausschaust ... dann ...«

Es dauerte nicht lange und wir küssten uns. Irgendwie begann immer alles mit dem Küssen. Und wie es enden würde, war klar. Zumindest mir. Bloß wo?

»Können wir nicht zu dir?«, fragte er.

»Ich wohne nicht hier«, antwortete ich, obwohl es bis zu mir nach Hause nur fünf Minuten zu Fuß waren. Doch erstens war meine Mutter daheim und zweitens ging es einen One-Night-Stand einen Dreck an, wo und wie ich wohnte. Das interessierte mich bei ihm ja auch nicht.

Wir schlenderten die Straße entlang auf der Suche nach einem passenden Eckchen. Kein leichtes Unterfangen, mitten in einem Wohngebiet.

Eines der Häuser lag in Dunkelheit. Es hatte eine lang gezogene Auffahrt, außerdem einen überdachten Treppenaufgang zur Hautür. Wir drückten uns in die Schatten, fummelten aneinander herum, vögelten miteinander. Er nahm mich von hinten, ein schneller Fick. Sehr schön.

Als wir unsere Hosen wieder hochzogen, meinte er: »Ich bin noch zwei Tage in der Stadt. Was hast du morgen vor?«

Ich lächelte: »Morgen? Morgen ist schlecht. Morgen beginnt mein Konfirmationsunterricht.«

2

Gruppengespräche über Gott, die Kirche und das öffentliche Aufsagen des apostolischen Glaubensbekenntnisses. Schon am ersten Tag fällte ich mein Urteil: »Ich will das nicht.«

»Schatz«, wandte meine Mutter ein, als sie am Abend davon erfuhr. Natürlich hatte sie Probleme mit meiner Entscheidung. Denn meine Mutter besaß bekanntlich ein großes Faible für Gott und dessen Sohn, der all die Sünden der Menschheit auf sich genommen hatte – um den Menschen den Weg in den Himmel zu ebnen.

Derweil war ich dabei, für reichlich Nachschub an Sünden zu sorgen. Überhaupt: Was will ich im Himmel? Da werde ich eh niemandem begegnen, den ich kenne. Aber das konnte (und wollte) ich meiner Mutter nicht erzählen. Daher begnügte ich mich mit einem schlichten: »Ich will das nicht. Ich brauche das nicht.«

»Warum denn nicht? Es gibt doch schöne Geschenke.«

»Ich finde es heuchlerisch, zur Konfirmation hinzugehen ... nur wegen der Kohle.«

»Es ist ja nicht nur wegen des Geldes.«

»Wegen was denn noch?«

»Wegen Gott.«

»Aber mich interessiert das nicht.«

»Du kannst doch nicht von vornherein sagen, dass es dich nicht interessiert.«

»Kann ich wohl.«

»Du musst es doch wenigstens mal mitgemacht haben.«

»Danke, nein.«

Ich suchte das Gespräch mit meinem Vater. Mein Vater ist Atheist. Er war mit 18 aus der Kirche ausgetreten. Ich sagte ihm: »Ich habe überhaupt keine Lust auf die Konfirmation.«

Er meinte: »Ist mir recht.«

Ich setzte ein perplexes Lächeln auf. »Wirklich?«

»Klar, dann spar ich mir das Geld für die Feier und gebe dir lieber so 2000 Mark ... und komme immer noch günstiger weg.«

Das Angebot war verlockend. Am Ende wurde ich dann aber doch noch konfirmiert. Es war der letzte Gefallen, den ich meiner Mutter erfüllen sollte. Okay, ich ließ mich darauf ein. Dabei hätte ich das Geld von meinem Vater so gut gebrauchen können. Denn in jenen Tagen begann ich die weite Welt zu entdecken.

Bia und Heiko waren der Auffassung, es sei an der Zeit, dem Nachtleben in Gießen Adieu zu sagen, um das »Darkside« in Frankfurt zu entdecken. So hieß der Club, direkt auf der Zeil, gegenüber der Konstablerwache. Ein heißes Pflaster. Weshalb ich meiner Mutter auch nur erzählte, ich würde bei meiner besten Freundin Anke übernachten. Oder bei Bia und Heiko. Was nicht einmal gelogen war. Nur dass ich, bevor wir in die Betten fielen, bis in die Puppen in Frankfurt tanzte.

Meine Mutter hatte auch keinen Grund, sich Sorgen zu machen, wenn Bia, Heiko und Brit, Tirti und Sall mich abholen kamen und dabei gleich noch in voller Montur aufliefen: Lack, Leder, Latex und Gummi. Trug ich doch selbst seit Jahren und mit inniger Liebe Lack- und Lederhosen. Ein nuttiges Outfit zwar, aber längst ein normaler Anblick für meine Mutter. Alles also halb so wild.

In Frankfurt parkten wir an der Zeil unweit der Rundschau. Das »Darkside« war bereits in Sichtweite, doch weil Heiko Hunger bekam, kehrten wir kurz bei McDonald's ein. Der Lack- & Leder-Aufmarsch sorgte für Aufmerksamkeit.

Es wurde getuschelt, gehetzt, gespottet. Wir aßen in aller Seelenruhe und genossen die Aufmerksamkeit, die man uns schenkte. Als die Fritten-Tüten und Burger-Schachteln geleert waren, nutzten wir Mädels die Gelegenheit, gingen aufs Klo, machten uns frisch und schminkten uns.

Nach einer Viertelstunde brachen wir endlich auf. Alle Blicke hefteten sich auf uns. Heiko blieb stehen. Wir anderen folgten seinem Beispiel. Heiko sah sich um. Er ist fast zwei Meter groß, ein Leuchtturm von Mann. Er rief in das Restaurant: »So, meine Herrschaften, machen Sie bitte Ihre Fotos, wir haben nicht mehr viel Zeit, wir müssen weiter.«

Verschämte Blicke fixierten den Fußboden. Was haben wir gelacht. Heiko strahlte über beide Wangen, klatschte in die Hände und sagte: »Kommt, Kinderchen!«

Im Gänsemarsch tapsten wir Mädels hinter ihm her, über die Straße rüber und spürten die Blicke der Leute in unserem Rücken. Dann waren wir im »Darkside« verschwunden.

Das »Darkside« ist eine Diskothek, und freitags gibt's »Sinister Zone« mit Dark Wave, EBM, Industrial und Gothic Rock.

Mir gefiel's, weswegen ich von da an beinahe jedes Wochenende, freitags und samstags, mit meinen Freunden dort anzutreffen war – trotz meiner 13 Jahre.

Aber mein Alter war ja noch nie ein Problem gewesen.

3

Marita ging wie ich aufs Gymnasium. Sie war 14, trug ihr langes, blondes Haar bevorzugt offen, sah ziemlich gut aus und hielt es ansonsten ähnlich wie ich: Mach, worauf du Lust hast! Dementsprechend trug auch sie den Ruf einer Schlampe wie einen Bauchladen vor sich her.

Vielleicht verstanden wir uns deshalb so gut. Die Woche über unternahmen wir gelegentlich was zusammen, ab und an übernachtete ich sogar bei ihr.

An diesem Abend war noch Elke an unserer Seite. Sie war in meiner Klasse und wie ich 13, ansonsten aber noch ganz grün hinter den Ohren. Sie hatte mir bei den Mathe-Hausaufgaben geholfen. Danach hatte ich sie nicht einfach abfertigen wollen und sie deshalb gefragt, ob sie nicht Lust hätte, noch ein bisschen mit uns im Park abzuhängen. Hatte sie. Zusammen mit Viktor lungerten wir im Park herum, kifften ein paar Joints. Viktor war ein weiterer Schulkamerad, der eine besondere Vorliebe für Metallica besaß, dementsprechend wuchs ihm eine entsetzlich lange Matte vom Schädel. Wir machten unsere Scherze darüber. Die Stimmung war ausgelassen. Unvermittelt gestand Viktor: »Ich bin noch Jungfrau.«

Wir musterten ihn, denn wir wussten: Viktor war 16. »Du bist noch Jungmann!«, scherzte Marita.

»Ihr habt doch schon, oder?«

Marita und ich sahen uns an. »Ach ja?«

»Was man so hört ...«

»Was hört man denn?«

»Dass ihr zwei ...« Er stockte.

»Was?« Wir prusteten los. »Dass wir zwei Schlampen sind?«

»Ja«, sagte er.

»Und? Was denkst du?«

»Ihr seid ganz nett.«

»Und wir hatten Sex.«

»Ja.«

Irgendwie ahnte ich plötzlich, woher der Wind wehte. »Und du denkst, wir könnten dir vielleicht zeigen, wie es ist?«

»Ja.«

Marita und ich wechselten einen kurzen Blick. »Okay.« Wir standen auf.

Elke, die das Gespräch bisher schweigend verfolgt hatte, stieß die Luft aus. »Das macht ihr doch nicht wirklich?«

»Wieso denn nicht?«, fragte ich.

»Aber ich könnt doch nicht …«

»Was?«

Elke stammelte. »Na ja, ich meine, ihr könnt doch nicht einfach Sex haben.«

Marita lachte. »Können wir nicht?«

»Ihr seid doch …« Sie sprang auf. »Da mach ich nicht mit.«

Ich zuckte mit den Achseln. »Das hat auch keiner verlangt.«

»Ihr seid doch blöde!« Und weg war sie.

Viktor schaute ihr hinterher. »Mann o Mann«, meinte er.

»Was jetzt?«, fragte Marita. »Willst du, oder nicht?«

»Klar«, antwortete er.

Wir gingen zu Marita nach Hause und genehmigten uns einige Drinks. Die Stimmung lockerte sich auf. Marita und ich knieten uns aufs Bett und zogen uns gegenseitig aus. Viktor saß im Sessel gegenüber und erfreute sich an dem Anblick, den wir ihm boten. Als wir jedoch zu ihm rübergingen, verlor sich seine Sicherheit. Als wir ihm seine Hose auf die Knöchel schoben, regte sich gar nichts mehr bei ihm. Ich nahm seinen Schwanz in den Mund, aber irgendwie waren wir zwei Frauen für sein erstes Mal dann doch eine zu viel.

»Und jetzt?«, fragte Marita.

»Na ja«, machte ich. »Wenn er nicht will ... ich hab Bock.«

»Ich auch«, erklärte sie feierlich und packte mich am Arm. Sie zog mich zu sich aufs Bett. Erwartungsvoll ließ ich mich führen. Würde es anders werden als mit einem Mann? Würde es sogar besser sein? Sie küsste mich. Ihre Lippen waren weich und warm, nicht so schroff wie die der Jungs. Sie streichelte mich, massierte meine Brüste. Sie erkundete meinen Körper, liebkoste meine pochende Scheide, bohrte ihre Finger hinein, leckte meine Klitoris. Ohne dass sie lange suchen musste, traf sie meinen empfindsamsten Punkt. Ihre Zunge spielte daran herum, während ihre Hände mich unentwegt streichelten. Sie war unglaublich einfühlsam, viel zärtlicher als ein Mann.

Wir tauschten die Rollen. Jetzt begann ich sie zu verwöhnen. Berührungsängste hatte ich keine. Im Gegenteil, ich wusste den Heimvorteil zu nutzen, kannte die Stellen, an denen eine Frau empfänglich für Zärtlichkeiten ist. Schon bald keuchte sie unter dem Orgasmus, den ich ihr bescherte.

Viktor schaute derweil mit großen Augen zu. Mir gefiel es, einen Zuschauer zu haben, während ich mich mit meiner Freundin vergnügte. Beides eine schöne Erfahrung.

4

Eine neue Erfahrung war in jenen Tagen auch das Internet, wo ich Chats und Foren als mein neues Jagdrevier entdeckte. Wenn ich nicht mit Freunden unterwegs war, klickte ich mich als »Hanfkeks«, so der Name meines virtuellen, augenkrebsgrünen Alter Egos, nächtelang in die Quasselbuden ein. Wohlweislich gab ich in dem Profil mein Alter nicht an, dafür lud ich einige hübsche Fotos von mir hoch – die hatte eine Freundin von mir geknipst, kurz nach meinem dreizehnten Geburtstag.

Viele Jugendliche treiben sich ja in den Chats und Foren herum, weil sie kontaktgestört sind. Das konnte ich von mir nun wirklich nicht behaupten, mir machte es einfach Spaß, mit Leuten über Gott und die Welt zu sprechen, die weiß der Kuckuck wo wohnten und mental aus ganz anderen Sphären stammten. »Parker« zum Beispiel war 42, Vater von zwei Kindern und verstand sich super mit mir. Vermutlich, weil er nicht wusste, wie alt ich tatsächlich war. Andernfalls hätte er sich wohl nie mit mir jungem Hüpfer abgegeben, erst recht nicht so erwachsen unterhalten.

Dennis dagegen schrieb, er käme aus der Ecke Bielefeld und sei 27 Jahre alt – oder so um den Dreh. Ich hatte sein Alter schon wieder vergessen, kaum dass er es geschrieben hatte. Nach etlichen, intensiven Chat-Nächten und einigen zwanglosen Telefonaten kamen wir auf die Idee, uns doch endlich mal persönlich zu treffen, zwanglos und ohne Hintergedanken. Weswegen wir uns auch nur fürs Kino verabredeten. Ich weiß, was ich Ihnen über Kinoverabredungen erzählt habe, aber in diesem speziellen Fall schien es mir eine gute Idee zu sein.

Dennis' Zug kam am frühen Nachmittag. Ich schwänzte die letzten zwei Stunden Mathe und erwartete ihn am Bahnsteig. Eine Bekannte sah mich dort stehen. »Und, wohin fährst du?«, wollte sie wissen.

»Ich warte auf einen Kumpel.«

Mein Ruf eilte mir schon damals voraus. »Einen Kumpel?«, fragte sie skeptisch.

»Ja, ganz entfernter Kumpel. Er kommt mich besuchen.«

Schon fuhr der Zug ein. Die Waggons standen still, die Zugtür öffnete sich. Dennis und ich erkannten uns auf Anhieb. Wir reichten uns die Hand, wollten uns einen Begrüßungskuss geben – und schon knutschen wir herum.

»Wow«, machte er außer Atem. »Gehst du immer so ran?«

»Wieso ich?« Auch ich hatte Mühe, genügend Luft für diese kurze Frage zusammenzubekommen. Aus dem Augenwinkel bemerkte ich die Bekannte, die mich verdattert anschaute. Ein entfernter Kumpel? »Du hast doch angefangen.« Und davon war ich tatsächlich felsenfest überzeugt.

Er ging nicht auf meine Bemerkung ein, grinste nur und fragte stattdessen: »Gehen wir noch ins Kino?«

Ich zuckte mit den Achseln. »Meinetwegen nicht.«

Er lachte. »Schön!«

Was für ein Glück, dass ich an diesem Nachmittag sturmfreie Bude hatte. Ich schleifte ihn kurzerhand mit zu mir nach Hause. Wir vögelten und verließen die Wohnung am Abend, kurz bevor meine Mutter heimkehrte. Jetzt wollten wir den Besuch im Kino nachholen: »Scream«, ein Horrorfilm, der mich durchaus interessierte. Ich liebe Horrorfilme. Weswegen wir uns auch keine Hinterbänke oder Plätze auf der Empore aussuchten, sondern weit vorne im Parkett. Perfekt.

Leider bekam ich von dem Streifen nicht viel mit. Kaum, dass das Licht im Kinosaal erloschen war, langte Dennis mir zwischen die Beine. Er fingerte mich, was mich ganz geil machte. Ich neigte meinen Kopf in seinen Schoß. So ging es die ganze Zeit abwechselnd hin und her. Das Geld für den Film hätten wir uns sparen können, so viel war klar. Was wohl auch für unsere Sitznachbarn galt, deren Blicke ich im flackernden Halbdunkel des Kinosaals häufiger auf unserem Schauspiel ruhen sah als auf der Leinwand. Hätten wir doch mal besser die Hinterbank genommen.

Als ich meiner Freundin Anke von diesem Treffen erzählte, schlug sie die Hände über dem Kopf zusammen. »Warum hast du mir nichts davon erzählt?«

Ich schaute sie befremdet an. »Wieso? Hättest du ihn auch mal ficken wollen?«

Sie verzog den Mund. »Nein. Aber nicht auszudenken, was alles hätte passieren können!«

»Was denn?«

»Du kannst dich doch nicht mit einem wildfremden Mann aus dem Chat zum Sex verabreden!« Sie sah mich vorwurfsvoll an.

Ich wiegelte ab. »Aber wir haben uns doch gar nicht zum Sex verabredet. Wir haben uns nur gut verstanden und wollten ein bissel quatschen. Dass wir dann gefickt haben, na ja, das war dann …«

»Das ist doch egal«, unterbrach mich Anke. »Ob du jetzt nur quatschen wolltest oder ob ihr euch gleich zum Sex verabredet habt, spielt doch keine Rolle. Das Problem ist, dass du nicht wissen konntest, wer er in Wirklichkeit ist. Stell dir vor, das wäre so ein Psychopath gewesen.«

Ich legte ihr meine Hand auf den Arm. »Beruhig dich. Ist doch alles gut gegangen.«

»Aber was, wenn nicht?«

»Wenn mir was passiert, dann passiert mir was«, erklärte ich achselzuckend. Natürlich waren die Sorgen meiner Freundin nicht unbegründet. Aber darüber hatte ich mir im Vorfeld keinerlei Gedanken gemacht. Und ich war nicht enttäuscht worden.

Ich verabredete mich auch in den darauffolgenden Wochen und Monaten ungezwungen mit anderen Chat-Partnern, erst recht, nachdem ich den Channel GayClub im Red7-Chat entdeckt hatte, betrieben vom Fernsehsender Pro7.

Dort trafen sich neben den Schwulen viele Hetero-Männer, die keine Lust auf das übliche »Fisch sucht Fahrrad«-Geschwätz der circa dreihundert User in den anderen Chaträumen hatten. Im GayClub versammelten sich allenfalls dreißig oder vierzig Mitglieder zu ernsthaften Gesprächen über Politik, Gesellschaft und Kultur – und manchmal auch mehr.

Es gab da eine besondere Funktion, die hieß: »/me«. Wenn ich also eingab: »/me Parker«, dann stand im Chat: *Hanfkeks krault Parker den Rücken.*

»/me« entwickelte sich zu einer viel genutzten Funktion, vor allem bei mir. Es brauchte nur jemand andeuten, er habe Rückenschmerzen, schon antwortete ich mit »/me«.

»Blindfisch« gab sich jedoch nicht damit zufrieden: *Ich habe Lust auf Sex.*

Ich schrieb: *Ich auch. Was machst du gerade?*

Ich habe meinen Schwanz aus der Hose geholt. Er ist ganz steif. Würdest du ihn in den Mund nehmen?

Gerne. Sehr tief sogar.

Spielst du dabei an deiner Möse rum?

Bin schon dabei.

Wie fühlt sich das an?

Nass.

Ich reibe meinen Schwanz und stelle mir vor, es wäre deine Hand.

Ein Wort ergab das andere. Zum ersten Mal hatte ich Cybersex. Bis sich andere in den Schlagabtausch einmischten.

Aufhören!, maulte jemand. *Ihr seid hier im GayChat.*

Igitt, Heten-Sex, protestierte ein anderer.

Geht ins Separee!, forderte ein dritter User.

»Blindfisch« und ich verzogen uns ins virtuelle Separee. Dort ging's dann ans Eingemachte. In den darauffolgenden Wochen immer häufiger. Klar, ab und an machte ich es mir dabei selbst. Das hing ganz von meinem Chatpartner ab und wie geschickt er mit Worten umgehen konnte. Aber eigentlich ging es mir nicht um den Höhepunkt, sondern um die Phantasie.

Beim Chatten lernte ich Nico kennen. Er war 23 oder 24, vielleicht auch etwas älter. Interessanter war: Er wohnte ganz in der Nähe von Gießen. Nach etlichen Eskapaden in den Chats beschlossen wir eines schönen Sommertags: Was wir daheim erlebten, jeder für sich alleine vor dem Computer, das könnten wir doch auch mal draußen am Busen von Mutter Natur probieren – und zwar gemeinsam.

Am darauffolgenden Wochenende fuhr ich Nico mit dem Zug besuchen. Er holte mich mit dem Wagen ab. Durch die vielen Chats bereits angeheizt, verloren wir keine Zeit. Er parkte den Wagen auf einem abgelegenen Feldweg, breitete eine Decke aus und schon zog ich ihm die Hose und mir meinen Rock aus, setzte mich dann auf ihn, ohne ein Wort zu sagen.

Es war nicht schlecht, aber die Sonne hatte inzwischen ihren Zenit erreicht und es war heiß. Unerträglich heiß. »Ich hätte gerne Schatten«, meinte ich. »Sonst halte ich das nicht mehr lange durch.«

»Dann fahren wir zu mir.«

Wir zogen uns wieder an und machten uns auf dem Weg zu seiner Wohnung, wo wir unseren Fick vor dem Ventilator beendeten. Anschließend fuhr er mich zurück zum Bahnhof.

»Und? Sehen wir uns noch mal?«, fragte er.

Ich schüttelte den Kopf. »Ich glaub nicht.«

»Wirklich?«

»Ja. Wir wollten doch vögeln. Das haben wir gemacht.«

»Okay.«

Wir trafen uns noch einige Male im Chat, aber tatsächlich nicht mehr real.

Cybersex

Cybersex übt einen ganz besonderen Reiz auf mich aus. Cybersex ist – im Prinzip – wie ganz normaler Sex. Je nachdem, was der Partner mit mir macht, reagiere ich unterschiedlich.

Der große Unterschied ist, dass sich die Spannung beim Cybersex erhöht, weil kein Partner vorhanden ist, der wirklich etwas mit mir macht. Mein Gegenüber schreibt mir lediglich, was er mit mir machen möchte. Niemand berührt, leckt oder vögelt mich. Ich stelle es mir nur vor. Das ist das Spannende daran. Sex findet also nur im Kopf statt.

Natürlich ist das vom jeweiligen Partner und von meiner eigenen Stimmung abhängig. Es gibt keine verbindliche Formel dafür, was der andere schreiben muss, damit ich in Fahrt komme. Manchmal reicht: »Ich lecke deine Möse.« Oder: »Ich stecke dir meinen Schwanz in den Mund.« Aber dann gibt es auch Situationen, in denen der Partner viel mehr schreiben muss, damit ich mich in die Situation, die er erzeugen will, hineinversetzen kann. Er muss also mit seinen Worten einen Film bei mir auslösen. Gelingt es ihm, dann ist das wunderbares Kopfkino.

Ich gebe zu, Cybersex ist nicht wahnsinnig befriedigend. Aber ich mag es, wenn der Kopf beim Sex etwas zu tun bekommt. Ja, schon damals spürte ich, wie geil es ist, wenn ich beim Sex den Kopf benutzen kann.

Das Internet ist für mich keine explizite Möglichkeit, mir Sexpartner an Land zu ziehen. Ich treibe mich in den Chats und Foren herum und habe Bekanntschaften gemacht – Freunde möchte ich nicht sagen, denn zu einer Freundschaft gehört ein bisschen mehr, als man im Chat bekommt.

Ich treibe viel Blödsinn in den Diskussionsforen, unterhalte mich mit meinen Bekannten aber auch sehr ernsthaft. Und manchmal kommt es auch zum Sex. Cybersex. Oder zu einem realen Treffen. Aber das ist ein Nebeneffekt, wenn auch ein positiver.

Ich sage aber nicht: »Ich gehe heute ins Internet und suche mir was zu ficken.« Das wäre mir zu banal.

Ich sage ja auch nicht: »Ich gehe in die Disco und suche mir was zu ficken.« Ich gehe an den Wochenenden weg, weil ich Bock auf meine Freunde, auf die Musik, auf Spaß habe. Wenn sich dabei ein One-Night-Stand ergibt, umso besser. Aber ich suche nicht danach. Ich lasse mich einfach überraschen, was passiert.

Tobi
und die verhängnisvolle Baumwurzel

I

Tobi war 16. Nach einigen wüsten Eskapaden in den Separees im GayChat schrieben wir uns schließlich Mails, tagelang, über Wochen. Wir tauschten uns über Gott und die Welt aus. Er schrieb mir: *Ich komme aus Neu-Isenburg.*

Das ist ja bei Frankfurt.

Ja.

Ich freute mich. *Cool.*

Warum?

Dann bist du bestimmt jedes Wochenende unterwegs.

In Frankfurt?

Klar.

Nö.

Ich war entsetzt. *Du gehst nicht in die Clubs? Auf die Partys?*

Nö.

Und das, wo du Frankfurt gleich um die Ecke hast?

Ja.

Mensch, dort gibt es so viele geile Clubs.

Kenne ich nicht.

Ich konnte es nicht glauben. *Das ist nicht wahr, oder?*

Doch.

Du kennst all die Clubs nicht?

Nö.

Willst du sie nicht kennenlernen?

Doch.

Ich fasste einen Beschluss. *Dann zeige ich sie dir.*

Wir verabredeten uns für das kommende Wochenende auf der Zeil in Frankfurt. Wir gingen essen, danach was trinken. Ich bestellte Whiskey. Als wir anstießen, gestand er: »Das ist mein erster Whiskey.«

Ich starrte ihn an. »Nicht wahr, oder?«

»Doch.«

Anschließend landeten wir im »Dorian Gray«. Die Musik war laut, aber gut. Wir tanzten und irgendwann, nach dem fünften oder sechsten Wodka-Lemon, beugte er sich zu mir rüber und schrie in mein Ohr: »Ich bin zum ersten Mal in einem Club.«

Ich schüttelte den Kopf und tanzte weiter. Inzwischen wunderte mich gar nichts mehr.

Je später der Abend, desto mehr Drinks hatten wir intus. »Kommst du mir zu mir?«, fragte ich ihn. Ich hatte sturmfreie Bude. Meine Mutter war übers Wochenende zu ihrer Schwester gefahren.

Er nickte. Also fuhren wir mit der Bahn nach Hause. Ich führte ihn in mein Zimmer, legte mich aufs Bett und gab ihm zu verstehen, dass er nun an der Reihe sei. Er ließ sich sehr viel Zeit, streichelte mich endlos und küsste mich. Er stellte sich dabei ein bisschen unbeholfen an, so dass es eine Weile dauerte, bis ich wirklich in Fahrt kam. Der Sex zwischen uns war aber gut und unglaublich zärtlich.

Als wir anschließend nebeneinander lagen, fragte ich: »Was war los mit dir?«

Es überraschte mich nicht, als er räuspernd gestand: »Das war mein erstes Mal.«

Offenbar war er auch das erste Mal verliebt. Aber das merkte ich erst später, nachdem wir uns noch einige Male getroffen hatten. Inzwischen rauchte, trank und kiffte Tobi, was durchaus meinem »guten« Einfluss zu verdanken war. Und auch sonst war er ziemlich häufig mit mir und meinen Freunden in Frankfurt unterwegs. Irgendwie war ich ja auch ein bisschen in ihn verliebt …

Als er mir einen seiner Kumpels vorstellte, erklärte der: »Du bist also die, die den Tobi so versaut hat.«

Mag sein. Aber niemand hat ihn dazu gezwungen. Genauso wenig, wie ich Tobi verpflichtet war. Eines Tages ließ er mich von seinem jüngeren Bruder am Busbahnhof abholen, was mich schon verwunderte. »Was ist denn los?«, fragte ich.

»Das muss dir Tobi schon selbst sagen«, wich der kleine Bruder aus.

Als wir bei ihm zu Hause angekommen waren, stellte ich Tobi zur Rede: »Was ist denn los? Warum holst du mich nicht vom Busbahnhof ab?«

»Ich lieb dich nicht mehr.«

»Okay«, entgegnete ich und machte mich augenblicklich auf den Weg zurück zum Bahnhof.

2

Am nächsten Tag wartete ich an der Haltestelle auf den Bus, der mich zu meiner Mathe-Nachhilfe bringen sollte. Der öffentliche Nahverkehr hatte mal wieder Verspätung, deshalb gesellte ich mich zu den Punks, die im Stadtpark gegenüber abhingen. Wir blödelten herum. Ich knutschte mit einem von ihnen. Und wer gut küssen kann, das ist wohl inzwischen bekannt, der hat bereits die halbe Miete eingefahren.

»Hast du Bock?«, fragte er in einer kurzen Atempause.

Ich dachte an Tobi, der mich am Vortag abserviert hatte. Frust stieg in mir auf. Ich sah auf die Uhr. »Ja, ich hab noch ein paar Minuten Zeit.«

Wir machten es uns unter einem Baum bequem, dessen Zweige zur Straße hin bis zum Boden hinabhangen. Perfekt. Kaum das Kondom übergestreift, vögelten wir miteinander, ich unten, er auf mir drauf. Es war ziemlich geil, spontan, an der frischen Luft. Nur die Baumwurzel, die sich jedes Mal in meinen Rücken bohrte, wenn er in mich stieß, machte sich unangenehm bemerkbar. Aber ich spürte sie nicht mehr, als ich zum Orgasmus kam. Danach ließ sich die Mathe-Nachhilfe viel leichter ertragen.

Am nächsten Morgen erwachte ich mich Rückenschmerzen. Es gelang mir, sie vor meiner Mutter zu verbergen, doch als ich in der Schule ankam, konnte ich kaum noch aufrecht laufen. Anke schaute mich entgeistert an: »Was ist denn mit dir passiert?«

Ich verdrehte die Augen. »Gestern Abend, im Stadtpark …«

»Sag nichts«, unterbrach mich meine Freundin. »Ich seh's an deinem Blick. Den kenn' ich inzwischen. Du hast schon wieder … Im Stadtpark?«

»Ja«, gestand ich. »Auf einer Wurzel.«

Auch der Lehrer schaute besorgt, als ich mich in die Klasse schleppte. Ich sagte, ich sei nur unglücklich gefallen. Er war mit der Erklärung zufrieden. Das Kichern meiner Mitschüler verriet mir, dass sie mir diese Ausrede nicht abnahmen.

Ich hatte mittlerweile meinen Ruf endgültig weg. Wenn ich auf eine Party ging, jemanden kennenlernte und anschließend berichtete, ich hätte nur mit ihm gequatscht, wirklich nur geredet, dann wollte mir das irgendwie keiner mehr glauben.

3

Ich weiß bis heute nicht, wie Tobi von meinem kleinen Abenteuer im Stadtpark erfahren hat, aber als wir uns zufällig begegneten, fragte er ohne auch nur Hallo zu sagen: »Was war das denn gestern im Park?«

»Wieso?«

»Das war scheiße!«

»Na, hör mal«, fauchte ich ihn an. »Du hast dich doch von mir getrennt. Da kann es dir scheißegal sein, was ich mache.«

Er starrte mich an. »Dann hast du mich ja gar nicht geliebt!«

Womit er vielleicht nicht einmal unrecht hatte. Die Frage, die ich mir inzwischen immer häufiger stellte, lautete: Was ist überhaupt Liebe?

Ben
und die Kommune
Nummer 5

1

Als ich 14 war, erklärte ich das »Apollon« in Gießen – neben meinem Uralt-Treff »Taranis« – zu meiner Stammkneipe. Das »Apollon« war – keine 200 Meter vom Krankenhaus entfernt, in dem ich das Licht dieser Welt erblickt hatte – eine Mischung aus Rock-Kneipe und Metal-Disco, mit dem leichten Einschlag einer Studentenkneipe.

Der Laden lag mitten im Gießener Bermuda-Dreieck, einer Ansammlung von Kneipen, in denen der eine oder andere aus unserer Clique durchaus eine Nacht lang verschwand. Jeden Mittwochabend trotzte ich mit Bia und Heiko den Mysterien im »Apollon«.

Meine Mutter hätte mir das nie erlaubt. Mit 14 war ich – ihrer Ansicht nach – noch viel zu jung dafür. Außerdem war am nächsten Tag Schule. Wenn sie gewusst hätte! Wusste sie aber nicht.

Ich wünschte meiner Mutter eine Gute Nacht und ging aufs Zimmer. Dort machte ich mich ausgehfertig, frisierte meine Haare, schminkte mich, zog meine Klamotten an – bis auf die Schuhe. Auf leisen Sockensohlen schlich ich mich die Treppe runter. Nicht etwa durchs Wohnzimmer zur Haustür, denn das hätte meine Mutter gehört. Sie saß meist bis 2 Uhr im Wohnzimmer, guckte Fernsehen, hörte Musik. Nein, ich tapste leise weiter in den Keller und kletterte von dort in den Garten. Dann: Schuhe an und raus zur Straße, wo Bia und Heiko mich erwarteten. Nicht auszudenken, wenn meine Mutter mich erwischt hätte. Aber ich blieb unentdeckt. Zum Glück.

Diese Heimlichtuerei hatte allerdings einen Nachteil: Da meine Mutter niemals vor 2 Uhr ins Bett ging, konnte ich vorher nicht zurückkehren. Leider fuhr der letzte Zug um 1 Uhr. Und das »Apollon« machte um 3 Uhr dicht, kurz danach auch McDonald's um die Ecke. Dort hätte ich aber ohnehin meine Zeit bis zum ersten Zug nicht verbringen wollen. Ich wollte nichts essen oder trinken, ich wollte nur nicht frieren. Wo also so lange bleiben?

So kam es, dass ich den ersten Wochen und Monaten, die ich mittwochs im »Apollon« abhing, häufig bei männlichen Bekanntschaften unterkam, die mir im Anschluss an die Party Obhut gewährten. Körperliche Freuden gab es quasi gratis dazu.

Einige der Jungs, die schon über einen Führerschein und ein Auto verfügten, setzten mich morgens zu Hause ab. Bevor ich daheim hereinschneite, kaufte ich beim Bäcker um die Ecke frische Brötchen. Wenn meine Mutter wissen wollte, wo ich denn herkäme, sagte ich, die Tüte schwenkend: »Ich bin schon was früher aufgestanden, habe mir Zigaretten geholt und gleich Brötchen mitgebracht.«

2

An diesem Mittwoch wollte ich mit Tina, einer alten Bekannten vom Konfirmationsunterricht, mit der ich mich ganz gut verstand, ins »Apollon«. Wir warteten am Bahnsteig auf den Zug. Da kamen zwei Kerle daher, groß, lange Haare, Bärte, in Lederkluft. Sie steuerten schnurstracks auf uns zu.

»Wo wollt ihr denn noch hin?«, fragte einer der beiden. Seine Ohren waren mit Flesh-Tunnels gepierct, seine Unterarme mit großflächigen Tattoos übersät. Also genau die Sorte Mann, vor der mich meine Eltern immer gewarnt hatten.

»Erst ins ›Taranis‹ ...«, erklärte ich unbedarft.

»... und dann ins ›Apollon‹«, fügte Tina hinzu.

Der Tätowierte sah seinen Kumpel an: »Ich glaube, die beiden haben uns belauscht. Denn dort wollen wir auch hin.«

Der Kumpel schlug vor: »Gehen wir doch einfach gemeinsam.«

Ich zwinkerte Tina zu. Sie verdrehte die Augen. Wir stiegen zu viert in die Bahn und quatschten drauflos. In der Kneipe tranken wir am Tresen ein paar Bier miteinander, und in der Disco folgten Whiskey und Tequila.

Wir tranken furchtbar viel, aber nicht so viel, als dass ich nicht mehr mitbekommen hätte, dass mir einer der beiden Typen, der mit den Tattoos und Piercings, besonders viel Aufmerksamkeit schenkte.

»Bist du oft im ›Apollon‹?«, wollte er wissen.

»Klar, jede Woche.«

»Komisch, ich hab dich noch nie hier gesehen.«

»Wenn ich's dir sage!«

Er hob beschwichtigend die Hände. »Ist cool hier, oder?«

»Auf jeden Fall.«

»Stehst du auf Rock?«

»Auch auf Metal. Gothic. Solche Sachen.«

»Ist nicht zu übersehen.« Er tätschelte meine schwarze Lackhose.

»Wie heißt du?«, erkundigte ich mich.

»Ben.« Er straffte seine Haltung wie ein wackerer Soldat.

»Ich bin in Kassel geboren. Ich bin Stahlarbeiter von Beruf. Ledig, wohnhaft noch immer in Kassel. Ich habe keine Kinder. Und was ist mit dir?«

»Ich bin Gwen«, erklärte ich und prostete ihm zu. Dann sagte ich: »Deine Tattoos gefallen mir. Dieses da ...« Ich deutete auf die raffinierte Darstellung eines Dolches. »... gefällt mir besonders gut. Ich steh auf Waffen.«

»Du stehst auf Waffen?«

»Ja, auf Messer, Schwerter, Schusswaffen. Vor allem Pistolen. Der Anblick ist ...« Ich überlegte kurz. »Der Anblick macht mich einfach an.«

»Ist das wahr?«

»Warum sollte ich lügen.« Ben schmunzelte vor sich hin. Ein Blick auf die Uhr ließ mich wissen, dass es Zeit war aufzubrechen. Die nächsten Tage standen in der Schule Prüfungen an, weshalb ich heute ausnahmsweise mal pünktlich zu Hause sein wollte. »Ich muss los. Die letzte Bahn fährt gleich.«

»Ich bring dich zum Bahnhof. Dann musst du nicht alleine laufen.«

Ich, ganz arglos, auch benebelt von dem vielen Alkohol, hatte nichts dagegen. Als der Zug in die Station einfuhr, verabschiedeten wir uns am Bahnsteig, indem er mir seine Zunge in den Hals steckte. Er sagte: »Dann sehen wir uns morgen, gleiche Zeit, gleicher Ort.«

Tatsächlich erschienen Tina und ich am nächsten Tag erneut in der Kneipe, und am übernächsten und überübernächsten Tag. Zusammen mit der Rockerclique um Ben feierten wir ziemlich wüste Partys im »Taranis« und »Apollon«.

Vier Tage nach unserer ersten Begegnung fragte Ben mich: »Kommst du morgen mit zu mir?«

Natürlich wusste ich, was er wollte. Und ihm war klar, dass ich es wollte. Ich erzählte meiner Mutter, ich würde in der kommenden Nacht bei Bia bleiben.

Kaum dass Ben und ich am folgenden Abend aus der Disco raus waren, knutschten wir drauflos. Von allen Typen, die ich bisher hatte, war er der Raffinierteste.

Wie heißt es in Liebesschmonzetten so schön: Sie war Wachs in seinen Händen. Ich hasse solche Ausdrücke, aber diesmal traf es voll und ganz auf mich zu.

Ich ließ mich von ihm führen, vertraute ganz und gar seiner Erfahrung. Und er wusste ganz genau Bescheid. Der Sex mit ihm war leidenschaftlich und zügellos, kein Vergleich zu den ungestümen und immer etwas unbeholfenen Versuchen bisher.

Ich kam mehrfach zum Höhepunkt, leckte und blies seinen Schwanz, bis meine Lippen ganz wund waren. Wir schliefen ein, als die Sonne endlich aufging. Was für eine Nacht. Was für ein Erlebnis!

Und es war erst der Anfang. Aber das konnte ich an diesem Morgen noch nicht wissen.

3

Von dieser Nacht an war ich beinahe regelmäßig an Bens Seite. Er war ein echter Partycrack und kannte die Rock- und Metalszene der Region wie seine Westentasche. Keine Party, keine Disco, kein Club und keine Kneipe, die er nicht schon einmal auf ihre Qualitäten hin überprüft hatte.

Doch das absolute Highlight war die Bude von seinem Kumpel Robbie, die »Kommune 5«. Dort feierte ihre Clique jedes Wochenende Partys. Wobei »Party« nicht wirklich den Kern traf. »Orgie« wäre wohl besser gewesen. Während Rockmusik aus den Lautsprecherboxen hämmerte, waren die Leute überall in der Wohnung zugange: Sie trieben es im Wohnzimmer, Schlafzimmer, in der Küche, selbst im Heizungskeller. Und dummerweise auch im Bad – blöd, wenn das Bier zu treiben begann und man dringend aufs Klo musste. Es sei denn, man befand sich selbst hinter der Tür. Mehr als einmal klopfte es an dem Holz. »Macht mal hinne!«, schrie es von draußen.

Ben und ich machten hinne, aber offenbar immer noch zu langsam. »Verdammt, ich muss schiffen«, brüllte es erneut. Das Klopfen war jetzt einem unbeherrschten Donnern gewichen.

»Geh doch in den Garten schiffen«, schrie Ben unbeeindruckt zurück, während er mich weiter fickte.

Bis dahin hatte ich mir unter dem Begriff »Kommune 5« nicht viel vorstellen können. Aber nach meinem ersten Aufenthalt bei Robbie beneidete ich die 68er zutiefst.

Selbst Tina, die einstmals »brave« Konfirmandin blieb nicht vor dem Fieber gefeit.

Sie war längst mit Klaus zusammen, einem Typen aus der Clique. Eines Abends saßen wir im Wohnzimmer, tranken unseren Whiskey und Tina, mächtig angesäuselt, seufzte: »O Mann, ich will jetzt ficken.«

Klaus verzog das Gesicht. »Hab grad kein Bock.«

Sie griff ihrem Freund in den Schritt. »Jetzt hab dich nicht so.«

»Ich will nicht«, rülpste er, erhob sich und verschwand zum Kühlschrank. Kurz darauf ploppte eine Dose Bier und er setzte auf ex an.

»Willst du unbedingt ficken?«, grinste Ben.

»Ja!« Tina stöhnte die Antwort beinahe. Klaus stand noch immer am Kühlschrank, er torkelte und es erweckte nicht den Anschein, als könne er sich noch lange auf den Beinen halten.

Ben sagte: »Na, dann komm mit. Kannst mir einen blasen.«

Ich sah den beiden hinterher, wie sie im Schlafzimmer verschwanden, das gerade frei geworden war. Ab und an hörte ich es röcheln und stöhnen. Aber ich war mir nicht sicher, ob die Geräusche jetzt von Tina und Ben stammten, oder aus einem der anderen Zimmer drangen.

Ein bisschen später am Abend saß Tina plötzlich wieder neben mir. Sie trug eine betroffene Miene zur Schau, deutlich nüchterner als noch vor zwei, drei Stunden, als sie mit Ben verschwunden war. »Gwen«, stammelte sie. »Das mit vorhin, das tut mir so leid. Das war der Alkohol und …«

»Was denn?«, unterbrach ich sie. »Hab ich was dagegen gesagt?«

»Nein, aber … ich meine … macht dir das nichts aus?«

»Nö, sollte es?«

»Aber das ist doch dein Typ.«

»Nein«, wehrte ich ab. »Das ist nicht mein Typ. Wir sind doch kein Paar.«

»Nicht?«

»Nö.«

Sie schaute irritiert aus der Wäsche. »Was denn dann?«

Mit einem Seitenblick auf das Treiben um uns herum hob ich die Schultern. »Ach, eigentlich nur eine Party-Sauf-und-Fick-Geschichte.«

Oder netter umschrieben: Ben war meine erste Affäre – im Alter von 14 Jahren. Wir hatten Spaß, sobald wir uns trafen, feierten und soffen. Und wir fickten, wenn wir Bock drauf hatten. Aber jeder wusste vom anderen, dass er sich keinen Kompromissen unterwarf. So schleppte ich Anke schließlich mit ins »Apollon«. Ich hatte ihr inzwischen so viel davon berichtet, jetzt sollte sie den Laden endlich mal leibhaftig erleben. Sie war zwar ein bisschen skeptisch, als ich ihr schilderte, wie es in der Clique abging, aber ich beruhigte sie: »Es kann dir nichts passieren. Die sind alle ganz lieb. Die wollen nur spielen.«

Ich stellte sie Ben vor, der sie mit den Worten »Anke, magst du einen Orgasmus mit mir haben?« begrüßte.

Anke lief knallrot an. Alle lachten. Ich nahm sie in den Arm: »Damit ist nur ein Cocktail gemeint.«

Erleichtert ließ Anke die Luft aus ihren Lungen. Ich entschuldigte mich kurz, weil ich aufs Klo musste. Auf dem Rückweg legte ich einen Zwischenstopp an der Theke ein, bestellte mir ein Bier. Als ich zu den beiden zurückkehrte, knutschten sie. Völlig baff schaute ich ihnen dabei zu.

Als sie schließlich innehielten, sagte ich: »Da lässt man euch mal fünf Minuten aus den Augen …«

Ben grinste: »Deine Freundin wollte wissen, wie wir beide uns kennengelernt haben.«

»Was du ihr gezeigt hast«, stellte ich amüsiert fest. Der Freundschaft zu Anke schadete diese Episode nicht. Sie war und ist meine einzige beste Freundin und wird das auch immer bleiben.

Und dann war da jener Mittwochabend, abermals im »Apollon«. Wie immer hatten wir bereits einiges gebechert, Whiskey, Wodka, auch den einen oder anderen Jägermeister. Selbst Kolja hatte sich zu uns gesellt. Kolja war der Türsteher im »Apollon« und Ben gelegentlich seine Aushilfe.

So auch an diesem Mittwoch. Ich kann mich gar nicht mehr daran erinnern, worüber wir gequatscht haben. Ich weiß nur, dass ich wild und wirr plapperte wie ein Wasserfall. Manchmal, wenn ich allzu viel getrunken habe, bekomme ich einen Laberflash. Irgendwann hatte Ben die Nase voll davon und stupste seinen Kumpel Sven an.

»Hey, Mann, was zahlst du für die Frau?«

Kolja lachte laut auf. Der Angesprochene überlegte kurz. »Ein Bier!«

Ben zögerte nicht lange. »Verkauft!« Er hielt seinem Kumpel die Hand hin. Dieser schlug ein. Kolja schüttelte fassungslos den Kopf. Ben und Sven dagegen gingen zur Theke, tranken das Bier. Der Kaufvertrag war besiegelt. Kurz darauf war Ben mit Kolja an die Tür verschwunden. Ich blieb mit Sven zurück. Worüber lange reden?

»Na ja«, meinte Sven. »Jetzt gehörst du also mir.«

»Bitte schön«, sagte ich.

An einem anderen Mittwoch schlich ich mich daheim raus und stellte fest, dass sich außer mir offenbar niemand aus unserer Clique ins »Apollon« verirrt hatte. Einzig Felix, einen von Bens Kumpels, entdeckte ich nach einigen Minuten im Getümmel.

Wir tranken ein paar Bier zusammen. Dazu ließen wir uns auf den Treppenstufen nieder und beobachteten das tanzende Volk. Irgendwann ergriff er meine Hand, streichelte sie. Er sagte kein Wort, und auch ich schwieg.

Die Musik war sowieso viel zu laut. Nicht wirklich überraschend knutschten wir bald darauf.

Wir fuhren zu ihm heim. Dort erlebte ich eine große Überraschung. Als ich ihm die Hose herunterzog, wölbte sich mir der mit Abstand größte Schwanz entgegen, den ich je gesehen hatte. Mir verschlug es die Sprache. Als ich sie schließlich wiederfand, sagte ich zögernd: »Den krieg ich niemals rein!«

»Das geht schon«, grinste Felix, während er sich ein Kondom überstreifte.

Tatsächlich: Es ging. Aber es war kaum zum Aushalten. Eigentlich tat es nur noch weh. Selbst das Blasen geriet zu einem Kraftakt, der kaum zu bewältigen war. Zum Schluss beließ ich es beim einfachen Wichsen. Als er endlich kam, folgte mein Blick verblüfft dem Spermaflug.

Ich schüttelte den Kopf und sagte: »Ich glaube, deine Zimmerdecke braucht jetzt einen neuen Anstrich.«

4

Ein paar Tage später war ich verzweifelt. Ben stand vor Gericht. In seiner Funktion als Türsteher hatte er Scheiße gebaut. Prügelei, Körperverletzung.

Morgens in der Pause läutete mein Handy. »Ich bin's, Ben«, hörte ich seine Stimme.

»Und, was ist mit dir?«, wollte ich wissen.

Er holte Luft. »Drei Jahre hab ich gekriegt.«

»Wie bitte?«, schrie ich, und die Mädels und Jungs auf dem Schulhof richteten ihre Blicke auf mich.

»Na ja«, druckste Ben herum. »Weil ich so schön artig war, haben sie mir drei Jahre gegeben ... auf 18 Monate Bewährung.«

Erneut galt die Aufmerksamkeit der versammelten Schülerschaft mir, so laut krachte es, als der Stein von meinem Herzen fiel. »Gott sei Dank.« Sogar einige Tränen flossen.

»Wir holen dich nachher von der Schule ab, dann wird gefeiert«, schlug er vor.

Nichts lieber als das. Am Nachmittag saßen wir an der Lahn, die Füße im Wasser, die eisgekühlten Bierflaschen in der Hand und prosteten uns zu. Marion stieß zu uns und setzte sich neben mich. »Was hast du mit meinem Bruder gemacht?«

Ich sah, wie die Ohren der anderen spitzer wurden. Ich flüsterte: »Woher weißt du das?«

Sie hob ihre Stimme »Er hat es mir erzählt.«

»Pst«, machte ich noch.

Zu spät. Alle anderen johlten: »Was hast du mit Felix gemacht? Sag schon!«

»Ihr könnt euch doch an einer Hand abzählen, was ich mit ihrem Bruder gemacht habe. Also fragt nicht.«

Marion nahm mich in den Arm. Sie lächelte breit. »Warst du sehr verzweifelt?«

Zum ersten Mal seit langer, langer Zeit lief ich knallrot an. »Halt doch bitte die Schnauze.«

»Nein, nein«, brüllten die anderen. »Wie schlimm war es denn?«

Nun denn, sagte ich mir, jetzt ist es eh nicht mehr zu verhindern. Und überhaupt: Angriff ist die beste Verteidigung. Ich erklärte: »Es war fürchterlich. Eine Katastrophe!«

Auf jeden Fall war es eines der wenigen Male in meinem Leben, bei denen mir der Sex überhaupt kein Spaß bereitet hat.

Ben
und der süsse Schmerz

1

Der Zufall wollte es, dass Robbies jüngerer Bruder uns eines Samstagmorgens dabei ertappte, wie wir alle, reichlich angeschlagen, aus Robbies Partybude wankten und zur After Hour ins »Apollon« wollten.

»Hey, Robbie«, rief der familiäre Anhang.

»Hallo Michael«, rülpste Ben, der mich gerade im Arm hielt.

Michael war, bevor er uns entdeckt hatte, mit seinem funkferngesteuerten Auto beschäftigt gewesen. Doch das schien ihn in diesem Augenblick nicht mehr sonderlich zu interessieren. Sein Blick war auf mich gerichtet.

Was Ben trotz seines alkoholisierten Zustands nicht entging. »Kennt ihr euch?«, fragte er.

»Ja«, sagten Michael und ich wie aus einem Mund.

»Aha«, machte Ben.

»Ich kenne Gwen aus der Grundschule ... sie ist mit mir in eine Klasse gegangen.«

Ben drehte den Kopf langsam, beinahe wie in Zeitlupe, in meine Richtung. Ich will nicht behaupten, dass er plötzlich ernüchtert war. Aber sein Blick war deutlich klarer als noch vor wenigen Sekunden – zumindest kam es mir so vor. Er betonte jedes Wort, als er wissen wollte: »Gwen, sag mal, wie alt bist du eigentlich?«

»Ich bin 14.«

Ben legte die Stirn in Falten. »Das hast du mir nie gesagt.«

»Du hast mich nie danach gefragt, also ...«

»Aber ...«

»Also ...«, unterbrach ich ihn. »... gab es auch keinen Grund, es dir zu sagen.«

Er überlegte einen Augenblick. Es war früh am Morgen. Der Alkohol rotierte in seinem Schädel. Er sah seinen Freunden hinterher, die schon ein Stückchen weiter in Richtung S-Bahnhof gezogen waren. Er zuckte mit den Schultern. »Na ja«, sagte er, »jetzt ist es ja eh zu spät.«

Damit war das Thema für ihn erledigt. Auch für den Rest der Clique krähte kein Hahn danach. Schließlich hatte mein Alter vor der überraschenden Enthüllung keine Rolle gespielt. Warum sollte es jetzt? Ich wußte ja, dass ich deutlich älter wirkte und spielte damit. Und alles was ich mit ihm getan hatte und mit ihm tun würde, habe ich freiwillig und mit Spaß getan. Auch wenn ich nicht wußte, was noch alles folgen würde, hatte ich Lust darauf – und habe es auch bis heute keine Sekunde bereut.

Fortan gab es zwar dumme Sprüche: »Du kriegst keinen Schnaps, du bist zu klein.«

Oder morgens in aller Herrgottsfrühe: »Darfst du um diese Zeit noch auf der Party sein?«

Aber das war nur Spaß. Und um Spaß ging es letztlich. Auch bei dem, was bald darauf passierte.

2

Weil alle anderen Räume belegt waren, verkrümelten Ben und ich uns in Robbies Heizungskeller. Wir fummelten wild aneinander herum. Ich bückte mich, um mir meine Stiefel aufzuschnüren, weil ich anderenfalls meine Lackhose nicht hätte abstreifen können. Das Teil wand sich bereits um meine Knöchel und Ben drängelte. »Ich kann es kaum erwarten.«

Ich sah zu, dass ich die verflixten Schuhe ausbekam. Mein blanker Arsch reckte sich in die Höhe, vermutlich sehr verlockend. Denn plötzlich erklang ein Knall. Im ersten Augenblick dachte ich, eines der Heizungsrohre wäre explodiert. Dann erst spürte ich den Schmerz, unter dem mein Po loderte.

Wie betäubt drehte ich mich um. Ben hatte mich geschlagen. Nicht mit einem freundschaftlichen Klaps, sondern mit einem richtig saftigen Hieb. Mir stockte der Atem.

Nicht, weil der Schmerz so groß gewesen wäre, auch nicht vor Wut. Der Schlag war einfach ... verblüffend ... erregend gewesen. Verdattert blickte ich Ben an. Der feixte: »Wenn's nicht wehtut, macht es eigentlich keinen Spaß.«

Mir fehlten die Worte. Was wollte er mir damit sagen? Er machte weiter wie bisher: knutschen, streicheln, lecken, blasen, ficken. Als wäre nichts gewesen. Doch ich spürte, dass etwas anders war als sonst. Da lag etwas in der vor Hitze und Schweiß triefenden Luft. Aber was?

Unvermittelt verpasste er mir einen neuerlichen Schlag auf den Po. Danach auf die Brust. Immer dann, wenn ich den Schmerz am allerwenigsten erwartete. Bevor er meinen Nacken küsste. Meine Schläfe. Meinen Hals. Plötzlich biss er zu, so fest, dass Blut floss. Tränen schossen mir in die Augen. Es tat furchtbar weh.

Ben streichelte und beruhigte mich. Doch ich ahnte, dass noch mehr kommen würde. Bloß was? Und wann? Mein Körper war höllisch angespannt. Zu meiner eigenen Überraschung genoss ich dieses Gefühl der Unsicherheit, denn mein Geist war in Aufruhr, mehr als sonst, wenn wir nur drauflos vögelten.

Er saugte an meinen Brüsten. Er lutschte, bis die Nippel wie zwei gewaltige Stachel von meinem Körper abstanden. Dann biss er zu. Ich schrie auf. Vor Schmerz. Vor Lust. Er kniff zu, hielt die Nippel mit seinen Fingern fest umschlossen, als würde er zwei Knöpfe bedienen. Er zog die eine Titte nach links, die andere nach rechts. Keinerlei Chance, der Bewegung zu folgen. Ich war wie zerrissen, der Schmerz floss in mich hinein. Der süße Schmerz.

3

Ben verlor nicht viele Worte über diesen Abend, nicht am Tag danach, auch nicht in den folgenden Wochen. Aber schon beim nächsten Mal, als wir uns trafen und Sex miteinander hatten, erweiterte er den Akt um eine neue Komponente. Statt seiner Hände kam eine Peitsche zum Einsatz, mit der er auf meinen Po eindrosch.

Schließlich legte er mir Fesseln an und befahl mir in einem Tonfall, der mich wissen ließ, dass er keine Widerrede duldete: »Knie dich hin!«

Ich zögerte. Sich beim Sex vom Partner den Arsch versohlen zu lassen, war eine Sache. Vor dem anderen in demütiger Pose zu warten, war etwas ganz anderes.

Ich war nun mal von Kindheitsbeinen an kein Mädchen gewesen, das sich duckte, eher ein sturer Dickschädel, der sich sehr wohl durchzusetzen wusste und sich erst recht nichts sagen ließ. Deshalb kostete es mich Überwindung, meine alte Rolle zu verlassen und seinem Befehl zu gehorchen.

Schließlich tat ich es doch. Er schlang weitere Seile um meinen Körper, meine Brüste, meine Scham. Mit jedem Knoten, den er zurrte, war ich ihm ein Stückchen mehr ausgeliefert. Noch immer war mir mulmig zumute.

Dann verpasste er mir Schläge auf den Arsch und auf die Brüste. »Das ist dafür, dass du meinem Befehl nicht sofort Folge geleistet hast.«

Gefesselt wie ich war, spürte ich auf einmal mit einer sonderbaren Klarheit: Ihm ging es nicht mehr nur um Sex. Nicht um jenen Sex zumindest, den wir bisher erlebt hatten. Schwanz rein. Wackeln mit dem Arsch. Abspritzen.

Nein, es ist keine große Kunst, sich hinzulegen und die Beine breit zu machen. Oder sich von hinten nehmen zu lassen. Das können sogar Kaninchen.

Jetzt bekam mein Kopf plötzlich Nahrung. Was plante Ben als Nächstes? Und wie würde es sich anfühlen? Tausende Gedanken.

Ein bisschen Angst. Noch mehr Phantasie. Erregung. Das war fast wie beim Cybersex. Mit einem kleinen Unterschied: Jetzt war neben dem Kopf auch der Körper gefordert.

Doch erst einmal passierte nichts. Ich kniete gefesselt vor Ben. Er ragte vor mir auf, beobachtete mich. Ihm schien zu gefallen, was er sah: eine junge Frau, ihm auf Gedeih und Verderb ausgeliefert, verwirrt und doch unglaublich erregt. Ein zufriedenes Lächeln umspielte seine Lippen.

Er ging in die Hocke. Er streichelte mich. Erst langsam und zögerlich, als hätte er Angst, mich zu zerbrechen. Aber natürlich wusste er, was er tat. Ein Zittern ging durch meinen Körper. Die Erregung floss in mich zurück. Er wiegte mich in Sicherheit. Nur um mich plötzlich wieder überraschen zu können. Denn ich würde mich nicht dagegen wehren können. Das war das Schlimme. Und zugleich das Schöne daran.

Wie zum Beweis wurden seine Berührungen fester und energischer. Mit einer Hand knetete er meine Brust, mit der anderen drang er grob in mich ein. Trotzdem war es geil. Auf eine besondere, eine ganz eigene Weise.

Ich presste meinen Schoß seinen Fingern entgegen, so weit es meine Fesseln erlaubten. Ich gierte danach, dass er mit mir machte, was er wollte. Mich zum Höhepunkt trieb. Aber das war nicht sein Ziel. Er lächelte gemein, zumindest empfand ich es als gemein, und er zog sich zurück. Gemächlich, als hätte er alle Zeit der Welt, erhob er sich, knöpfte seine Hose auf, brachte seinen Schwanz zum Vorschein. Er stand wie eine Eins von seinem Körper ab. Er bog ihn herab und ich nahm ihn in den Mund. Ich lutschte, bis Ben rief: »Aufhören!«

Sofort ließ ich von ihm ab. Schon packte er mich an den Seilen, bog mich herum, bis ich mit dem Arsch nach oben vor ihm hockte. Die Haltung war alles andere als bequem, doch ich gab keinen Ton von mir. O doch, ich stöhnte auf, als seine Hand auf meine Pobacken klatschte. Ich weiß nicht, wie viele Schläge er mir versetzte. Immer wieder unterbrach er das Ritual, spielte mit meiner Möse, streichelte meinen Rücken, meine Brüste, meinen Po. Das machte mich ganz wahnsinnig, dieses Hin und Her zwischen Lust und Schmerz.

Endlich drang er in mich. Kurz darauf erlebten wir beide unseren Höhepunkt.

Manchmal zeigte Ben mir vorher Fotos aus Bondage-Büchern, damit ich ein Bild davon hatte, was auf mich zukam. Aber nachdem wir einige Male gespielt hatten, ließ ich mich lieber von ihm überraschen.

Ich schenkte ihm mein Vertrauen, was es mir leicht machte, mich in seinem Spiel zu verlieren. Ein Spiel nicht mehr nur für den Körper, auch für den Geist. Ben entwickelte Szenarien, in die wir uns vertieften. Es war wie im Rollenspiel, ich devot, er dominant.

Ich musste ihm beim Sex zu Diensten sein. Sachen machen, die er von mir verlangte. Dinge erdulden, von denen er wollte, dass ich sie ausprobiere.

4

Wieder feierten wir eine Party in der »Kommune 5«. Meine Zigaretten waren alle. Ich ging zu Ben und fragte, ob er eine Kippe hätte. Er lächelte. »Hast du die überhaupt verdient?«

Ich spitzte die Lippen, spielte das gehorsame Mädchen. »Natürlich habe ich das. Ich hab dir gestern einen geblasen.«

Er grinste noch breiter. »Das nennst du blasen?«

»Nicht?«

»In meinen Augen rechtfertigt es keine Zigarette.«

»Was dann?«

»Du bekommst eine Zigarette für zwanzig Schläge.«

Ich sah ihn ungläubig an. Doch plötzlich war sein Lachen verschwunden. Er meinte es ernst. Ich fragte: »Wo?«

Wir verkrümelten uns in den Heizungskeller. Tapfer ertrug ich die Hiebe auf meinen Po. Die wohlverdiente Zigarette danach schmeckte umso besser. Während ich sie rauchte, saß ich auf der Waschmaschine. Sie war in Betrieb, ruckelte und rasselte, und allein das weckte Assoziationen in mir. Ben schien es mir anzusehen. Er fasste mir in den Slip.

»Du bist ja feucht«, stellte er fest.

»Ja.«

Er riss mir den Slip herab, schob den Rock hoch. Er öffnete seine Hose und schob seinen Schwanz in meine Möse. Eine Waschmaschine im Schleudergang konnte wirklich Wunder wirken. Vor allem, wenn Ben mir dabei in die Brustwarzen kniff, meine Brüste auseinanderzog. Anfangs genoss ich es. Dann wurde der Schmerz immer heftiger, bis ich quiekte: »Lass das!«

Bevor ich mich versah, verpasste er mir eine Ohrfeige. Augenblicklich war meine Lust erloschen. Ich blickte ihn ernüchtert an. »Was war das?«

Er sagte: »Du hast hier überhaupt kein Mitspracherecht.«

Moment!, dachte ich. Ausgerechnet ich, die ich mir noch nie den Mund hatte verbieten lassen ... »Ich glaube schon, dass ich hier ein Mitspracherecht habe. Es geht schließlich um meinen Körper.«

Er griff in meine Haare und riss meinen Kopf nach hinten. Wie auf einer Brücke lag ich auf der ratternden Waschmaschine. Sein Gesicht näherte sich meinem. »Na dann, mach das, was du machen möchtest.«

Ich war unfähig mich zu bewegen. Ich öffnete den Mund. Und schloss ihn wieder. Die Situation war nicht gerade geeignet, um eine Grundsatzdiskussion zu führen.

Er schien zu merken, dass nicht mehr viel Gegenwehr zu erwarten war. Er ließ mein Haar los und musterte mich. »Und? Warum hast du dich nicht gewehrt?«

»Was hätte ich denn tun sollen?«

Er zuckte mit den Achseln. »Du hättest mich treten können. Mich schlagen können. Du hättest um Hilfe rufen können. Irgendetwas.«

Ich presste die Lippen aufeinander. Natürlich, ich hätte ihm in die Eier treten können, um meiner Hilflosigkeit ein Ende zu bereiten. Doch das hatte ich nicht gewollt. Offenbar hatte Ben mich genau richtig eingeschätzt. Wenn ich mich wirklich hätte wehren wollen, hätte ich es auch getan. Es war eine Fortsetzung unseres Spiels auf einer neuen Ebene. *Und wenn's nicht wehtut, macht es eigentlich keinen Spaß.*

Er nickte befriedigt und ging vor mir in die Hocke. Ich hielt den Atem an. Was kam jetzt?

Ich entspannte mich, als seine Zunge meinen Oberschenkel hinaufkroch. Seine Lippen berührten meine Schamlippen. Ich spürte seinen heißen Atem. Zärtlich und so ganz anders als noch vor wenigen Minuten liebkosten seine Hände meinen Körper. Meine Erregung kehrte zurück, schneller als ich erwartet hatte.

»Das gefällt dir?«, fragte er zwischen meinen Schenkeln hervor.

»Ja«, seufzte ich.

»Dann würde ich gerne wissen, wie dir dies gefällt?« Er beugte mich über die Waschmaschine und stieß ohne langes Zaudern seinen steifen Schwanz in meine Möse. Ich japste auf, als er mich von hinten fickte und mir dabei auf den Arsch schlug.

Kurz darauf ließ er von mir ab, hob mich auf die Waschmaschine, nahm mich erneut.

Diesmal zog er mir an den Brüsten, kniff mir in die Warzen. Das alles nicht sonderlich schlimm. Jetzt war ich ja fügsam. Kurz darauf hatte Ben einen Orgasmus. Er ging noch einmal in die Hocke, leckte mich und es dauerte nicht lange, da erlebte auch ich einen Höhepunkt.

5

Als die Party vorüber war, saßen wir auf seinem Zimmer. Ich war müde, erschöpft und hatte Durst. »Hast du noch was zu trinken?«, erkundigte ich mich. Sein Kühlschrank war chronisch leer.

Er schlug vor: »Ein Bier gegen einen Blowjob – und diesmal einen ordentlichen.«

Ich verzog den Mund. Der Gedanke, ihm nach dem Erlebnis im Heizungskeller noch ausgiebig einen zu blasen, weckte nicht unbedingt Begeisterung. Aber ich hatte Durst.

Also fickte er mich in den Mund. Er verlangte: »Mach es dir dabei selbst.«

Auch das noch! Ich hatte schon Mühe genug, mich auf seinen Schwanz zu konzentrieren. Wie sollte ich mich da auch noch gleichzeitig mit mir beschäftigen? Einzig der verlockende Gedanke an ein kühles Bier ließ mich nachgeben.

Umso erstaunter war ich, als ich merkte, dass ich immer erregter wurde. Auch Ben schien meine veränderte Stimmung nicht verborgen geblieben zu sein, denn als ich kurz vor dem Höhepunkt stand, zog er seinen Schwanz aus meinem Mund und rief: »Hör auf!«

Ich rubbelte weiter ungeduldig an mir rum, spürte den Orgasmus schon heranschwappen, da packte er meine Arme. Ich japste verzweifelt auf.

»Du sollst dir dein Bier verdienen«, sagte er. »Und dich nicht vergnügen.«

Er legte mich aufs Bett. Es raschelte. Er brachte einen Rohrstock zum Vorschein. Mir stockte der Atem. Ich hatte noch nie einen Rohrstock am eigenen Leib erfahren, aber das, was ich darüber gehört hatte, ließ mich Unangenehmes befürchten. Er begann ganz sanft auf meinem Po zu trommeln. Dann steigerte er das Tempo und die Härte.

Ich schrie auf. Das hatte nur noch wenig mit »Schmerz, der Spaß macht« zu tun. Es war nahezu unerträglich. Nein, dachte ich, den Rohrstock werde ich niemals lieben.

Dann drehte er mich auf den Rücken, fesselte meine Hand- und Fußgelenke ans Bettgestell. »Ich möchte keinen Ton von dir hören«, sagte er. »Ansonsten höre ich auf.«

Er begann mich zu streicheln. Mein Gesicht. Meinen Hals. Meine Brüste. Meinen Bauch. Und wieder von vorne. Er küsste mich, liebkoste mich, scheinbar endlos, bis ich plötzlich seine Zunge zwischen meinen Beinen spürte. Er steckte seine Finger in meine Möse, befeuchte sie, stecke sie mir in den Mund. Mein eigener Saft schmeckte köstlich.

Ich wurde immer geiler, spürte, wie ein Höhepunkt heranrauschte, während seine Zunge an meinem Loch leckte, während seine Finger mein Innerstes erforschten. Ich wollte meine Lust herausschreien, ich musste sie herausschreien. Aber ich beherrschte mich, wollte auf gar keinen Fall, dass er aufhörte. Welche Qual!

Verwundert und entsetzt schaute ich auf, als er innehielt. Er stand über mir, ganz und gar nackt, der steife Schwanz aufrecht stehend. Warum hörte er auf? Ich hatte doch keinen Ton von mir gegeben?

Da drang er in mich ein. Er packte meine Brüste, zerrte an ihnen, kniff und biss. Ich wusste nicht, was ich tun sollte. Ich wollte stöhnen und schreien, weil ich kam. Aber ich konnte nicht stöhnen und schreien, weil er dann aufhören würde. Wirklich? Ich konnte nicht mehr anders, ich stand kurz vor dem Höhepunkt. Ich stöhnte auf.

Sofort zog er sich zurück. Mein Unterleib wölbte sich seinem Schwanz entgegen, der nicht mehr in mir war. Ich wollte ihn spüren. Ich wollte kommen. Ich kam nicht.

6

Ben löste meine Fesseln, packte mich am Haar, riss mich von der Matratze und stellte mich vor das Gitter des Bettgestells. Er beugte mich nach vorne, bis meine Brüste genau über dem kalten Metallrand lagen. Ich fragte mich noch, was er wohl vorhatte, da klatschte seine Hand bereits direkt auf meine linke Brust. Dann sofort auf die rechte Brust. Und wieder die linke. Die rechte. Die linke. Die rechte. Der Schmerz war heftig. Aber nicht so schlimm wie der, den die zehn Hiebe verursachten, die er auf jede meiner Arschbacken verteilte.

»Du warst unartig«, schimpfte er. »Und das war deine Strafe.«

Ich traute mich nicht, mich zu rühren. Ich wartete. Was hatte er als Nächstes vor? Ich hörte es hinter mir rascheln. Aus dem Augenwinkel bemerkte ich, wie er aus seiner Tasche neues Spielzeug hervorbrachte. Er band mir die Hände auf den Rücken. Meine Arme bogen sich nach hinten durch, so dass sich meine Brüste hervorhoben. Etwas klapperte. Eine Klemme wurde an meine Brustwarze befestigt. Noch eine.

Er führte mich ums Bett herum, drückte mich auf den Fußboden. Ich spürte irgendetwas zwischen meinen Beinen. Es war kühl. Ein Dildo. Ich kam nicht umhin, er flutschte in mich hinein. Ben sagte: »Egal was jetzt passiert, ich möchte nicht, dass du den Dildo verlierst.«

Er setzte sich aufs Bett. »Ich möchte keinen Ton von dir hören! Ich möchte nur, dass du bläst.«

Ich wusste, was ich zu tun hatte. Ich beugte mich ein Stück nach vorn, nahm seinen Schwanz in den Mund, begann zu lecken und zu lutschen. Ich weiß nicht, wie viel Zeit dabei verging. Ich spielte mit seinen Eiern, dann mit seinem Po, bevor er mir wieder sein steifes Glied in den Mund stopfte. Zwischendurch erhob er sich und ließ mich meine Zunge rausstrecken, auf die er mit seinem Schwanz einschlug. Dann rieb er seine Eier durch mein Gesicht. So demütigend die Prozedur war, so sehr erregte sie mich auch.

Er fixierte meinen Kopf mit seinen Händen und fickte meinen Mund. Minutenlang ein ständiges Rein und Raus, so dass ich kaum noch dazu kam, Atem zu holen. Ich spürte den Brechreiz in der Kehle, ächzte und würgte.

Stopp!, brüllte eine Stimme in mir, oder ich muss kotzen!

Doch wie hätte ich mich verständlich machen sollen? Die Rotze lief links und rechts über mein Kinn, Tränen rannen meine Wangen herab.

Er presste mir seinen Schwanz unerbittlich in den Hals, tiefer und noch fester. Ich bekam keine Luft mehr, rang um Atem. Ein feuchtes Gurgeln brach aus meiner Kehle hervor.

Ich spürte, wie sein Penis noch mehr anschwoll. Er zuckte. Und dann stellte er sich vor mich hin und spritzte ab, mitten in mein Gesicht, auf die Stirn, in die Augen, auf die Nase und in den Mund.

Mir selbst blieb an diesem Tag der Höhepunkt versagt.

Blowjobs

Beim Sex ist meine eigene, rein körperliche Befriedigung nebensächlich. Ob ich einen Höhepunkt habe oder nicht, ist mir egal. Es interessiert mich nicht.

Nicht dass es an einem Orgasmus etwas auszusetzen gäbe, aber eigentlich kriege ich ihn häufig gar nicht mit. Was mir viel mehr Spaß bereitet ist, meinem Partner einen Orgasmus zu bescheren. Ich blase nämlich unheimlich gerne.

Oralsex ist mir sehr, sehr wichtig. Es macht mir unwahrscheinlich viel Spaß. Ich liebe es, jemanden oral zu verwöhnen – egal ob Mann oder Frau. Klar, ich finde ich es auch geil, wenn mich jemand leckt. Aber noch lieber bin ich der aktive Part.

Ich spiele einfach unwahrscheinlich gern mit Zunge und Zähnen an Schwänzen herum. Lecken, knabbern, saugen. Vielleicht ist es ein Überbleibsel des kindlichen Saugreflexes. Ich könnte es stundenlang machen. Dass der Mann dabei kommt, ist eigentlich nur ein Nebeneffekt. Deshalb höre ich selten auf, nur weil der Mann abspritzt.

Dabei komme ich dann sogar auf meine Kosten. Ich liebe es, wenn der andere stöhnt, keucht, zittert, zuckt, sich festkrallt, was auch immer. Ich frage manche Typen ganz gezielt, ob ich es bei ihnen machen darf.

Ich bin schon einige Male bei Thommy gewesen, eine meiner gegenwärtigen Lieblingsaffären, nur um ihm einen zu blasen. Einfach weil's Spaß macht. Morgens um sechs 'nen Kaffee vorbeigebracht, Guten-Morgen-Blowjob und wieder heim. Ich muss danach nicht unbedingt körperlich befriedigt werden, wobei ich durchaus beim Blasen selbst klatschnass werde.

Meiner Erfahrung nach sind es keineswegs nur Männer, die aufs Orale fixiert sind. Der Unterschied ist nur, dass die wenigsten Frauen ihren Partner mit dem Kopf an ihre Möse pressen würden. Sie fragen den Typen eher verschüchtert, ob er sie mit der Zunge verwöhnen würde.

Manche Männer dagegen sind grob. Wenn mir jemand grob kommt, lass ich's lieber. Es sei denn, das Blasen ist in ein SM-Spiel eingebunden, aber das ist ja dann wohl klar.

Grundsätzlich gilt: Ich mache das freiwillig und weil ich selbst Spaß daran habe. Sobald die Herren das verstanden haben, sind wir meistens Freunde. Sehr schnell sogar.

Wie beispielsweise am Tag meiner letzten mündlichen Abiturprüfung. Die ging bis mittags um vier.

Danach wollte ich mit einigen Freunden das Ende des Schulstresses feiern. Anke holte mich – mit einem Kasten Bier – an der Schule ab. Ich bat sie: »Können wir vorher noch kurz zu meinem Piercer? Ich muss den Schmuck an meinem Brustwarzenpiercing wechseln.«

Wir fuhren zum Studio. Als wir den Laden betraten, war es proppevoll. Ich musste eine Weile warten, bis ich endlich in den »Behandlungsraum« durfte. Anke blieb solange draußen.

Ich zog mein Oberteil aus, worauf Hans, der Piercer meines Vertrauens, spöttisch konstatierte: »Ah, sie ist nackt.«

Ich entgegnete ebenso bissig: »Besser, als wenn du nackt wärst.«

Er gab sich beleidigt: »So klein ist er ja auch wieder nicht.«

»Woher soll ich das denn wissen?«

Er grinste mich an. »Kannst ja mal fühlen.«

Ich grinste zurück: »Ich werde einen Teufel tun, an dir rumzufummeln, während du mit deinen Zangen an mir rumschraubst.«

Sichtlich enttäuscht begann er meine Piercings zu wechseln. Nach drei Minuten war er fertig. Ich knöpfte mir meine Bluse wieder zu und stand auf. Hans sagte: »Jetzt hast du immer noch nicht gefühlt.«

Ich sah ihn an. Er sah mich an. Wir küssten uns. Meine Hand fuhr in seinen Schritt. Sein Schwanz war steif. Ich öffnete seine Hose, setzte mich auf die Liege und blies ihm einen.

Als ich fünf Minuten später das Studio verließ, schaute Anke mich an und zog eine Augenbraue hoch: »Du hast dir nicht nur den Schmuck wechseln lassen, oder?«

Ich begann zu lachen. Und ich konnte nicht mehr aufhören, selbst nachdem wir die Schule erreicht und den Wagen geparkt hatten. Wir schleppten den Bierkasten zu den anderen, die bereits den Abi-Abschluss feierten. Ich lachte immer noch. Einige der Mädels guckten mich an und fragten: »Was gibt es denn zu lachen?«

Und andere wollten wissen: »Wieso seid ihr denn so spät?«

Anke zuckte mit den Achseln. »Warum wohl? Gwen musste mal wieder 'nen Schwanz lutschen.«

Ben und der Tanz auf dem Drahtseil

1

»Diesmal möchte ich, dass du nicht weinst«, sagte Ben, als ich vor ihm auf dem Bett lag, die Hände ans Gestell gefesselt, den Arsch in die Höhe gereckt, so wie er mir befohlen hatte. »Ich möchte auch nicht, dass du stöhnst. Oder dass du zitterst. Kein Mucks. Und keine Bewegung.«

»Was hast du vor?«, fragte ich.

»Ich werde dich in den Arsch ficken.«

»Aber das habe ich noch nie gemacht.«

»Deshalb wird es Zeit.«

Sagte es und dehnte mit einem Finger meinen Po. Zugegeben, ich war durchaus neugierig, wie es sich anfühlte, mal nicht in die Möse gefickt zu werden. Aber was, wenn es unangenehm war? Wenn es sogar schmerzte?

Dann wirst du es ertragen, meldete sich eine mahnende Stimme in mir. So, wie Ben es dir aufgetragen hat.

Und überhaupt: *Wenn's nicht wehtut, macht es eigentlich keinen Spaß.*

Immerhin, bei meiner analen Entjungferung ging er behutsam vor. Ich glaube, er benutzte sogar Vaseline. Sicher war ich mir nicht, denn gefesselt wie ich war, konnte ich nicht verfolgen, was er hinter mir tat.

Als er die Spitze seines steifen Schwanzes endlich in mir drin hatte, stellte sich ein eigentümliches Gefühl bei mir ein: Ich kam mir seltsam ausgefüllt vor, war aber durch die unmittelbare Nähe zu meiner Möse unzweifelhaft erregt. Er verstärkte den Druck und für den Bruchteil einer Sekunde glaubte ich, ich würde zerreißen. Der Schmerz war enorm. Ich japste auf.

Im selben Moment ging ein Schlag auf meinen Arsch nieder. Er kam so plötzlich, dass ich erneut aufschrie. Ben schimpfte: »Was habe ich dir gesagt?«

Er löste seinen Schwanz aus meinem Anus, befreite mich von den Fesseln, aber nur, um mich gleich darauf vom Bett auf den Boden zu zerren. Er drückte mich mit dem Rücken gegen das Bettgestell, band meine Hände daran fest – diesmal nicht mit Seilen, sondern mit Ketten. Das kalte Metall grub sich in meine Haut, doch mir blieb keine Zeit, darüber nachzudenken. Schon hatte er eine Peitsche in der Hand. Sein Arm holte aus und in einem eleganten Bogen, als ginge es um eine künstlerische Performance, ließ er die Peitsche auf meinen Busen herabfahren.

Ich zuckte unter dem Schmerz, der von meinem Körper Besitz ergriff. Dieser Schmerz war ungleich schlimmer als der, den sein Schwanz in meinem Arsch angerichtet hatte. Tränen schossen mir in die Augen. Er schlug erneut zu, ein wuchtiger Kuss vom Büffelleder. Er rief: »Keinen Ton mehr! Und keine Tränen!«

Er legte die Peitsche beiseite und kramte Klammern hervor. Schlichte, einfache Wäscheklammern aus Holz. Eine nach der anderen heftete er sie an meine geschwollenen Brüste. Bei dreißig hörte ich auf zu zählen. Unglaublich, dass er noch immer freie Hautpartien fand. Eigentlich war mein Brustkorb nur noch ein einziges Meer aus braunem Holz, aus dem sich meine Brustwarzen wie zwei fleckige Inseln erhoben. Auf wundersame Weise trotzten meine Brüste – mit den Gewichten – der Schwerkraft und rissen nicht vom Körper ab. Anfangs war da ein schmerzhaftes Ziehen, jede neue Klammer drückte wie eine Nadel in meine Haut. Und bekanntlich hasse ich Nadeln. Dennoch gab ich keinen Laut mehr von mir.

2

Manchmal reichten die Aufgaben, die Ben mir erteilte, weit über die Bettkante hinaus. Als wir uns für den Abend im »Apollon« verabredeten, trug er mir am Telefon auf: »Dann trägst du das schwarze Korsett mit dem tiefen Dekolleté, die Lackhose und die High Heels. Und das Halsband nicht vergessen!«

Inzwischen war ich nämlich stolze Besitzerin eines Metallhalsbandes, von dem eine Kette herabhing. An der führte Ben mich im »Apollon« Gassi. Es war ein besonderes Zeichen meiner Hörigkeit. Demütigend, ja. Aber auch erregend.

Zurück bei ihm daheim schnürte er mich in Bondage, trieb mich in einer schier endlosen Session bis an den Rand der Ekstase. Ich war kurz vor dem Höhepunkt, keuchend und flehend kniete ich vor ihm nieder, als er meinte: »Gwen, zur Belohnung hast du dir heute was ganz Besonderes verdient.«

Er wandte sich lächelnd von mir ab.

Zitternd vor Lust verfolgte ich, wie er den Raum durchquerte, hin zum Schrank, wo er eine Schublade öffnete. Sie war gefüllt mit Waffen: Pistolen, Messer, Dolche. Er griff nach einem der Dolche, baute sich damit vor mir auf.

Der eisige Stahl blitzte vor meinen Augen, unheimlich, faszinierend. Der Anblick ging durch und durch. Ben fragte mich: »Was gefällt dir daran?«

»Weiß nicht. Ich mag den Stahl. Ich mag alles, was aus Metall ist. Ich mag das Kalte und das Glatte, das einen schönen Kontrast zur warmen, weichen Haut darstellt.«

»Und Waffen?«

Dieses Gespräch hatten wir schon einmal. »Wie ich schon sagte: Ihr Anblick macht mich an.«

»Was genau fasziniert dich an Waffen?«

»Ich glaube, sie faszinieren mich, weil sie gefährlich sind. Wenn man damit nicht aufpasst, kann man jemanden verletzten.«

»Also ist es die Angst?«

Das traf es vermutlich am ehesten. »Natürlich ist es die Angst«, bekannte ich. »Wenn man eine Waffe als Sexspielzeug einsetzt, schwebt immer die Frage im Raum: Was, wenn jetzt etwas schief geht?«

»Das ist es, was dich erregt?«

»Ja, es löst ein Kopfkino aus.«

Er nahm das Messer und beugte sich über mich. Er ließ die Messerspitze über meinen Rücken gleiten. Meine Wirbelsäule empor hoch bis zum Nacken. *Mein Nacken.* Der kalte Stahl war wie eine Offenbarung. Eine Gänsehaut überkam mich. Die Schneide ritzte in meine Haut. Ich konnte mich nicht dagegen wehren. Ich *wollte* mich nicht dagegen wehren. Ich spürte, wie das warme Blut über meinen angespannten, gefesselten, wehrlosen Körper rann. Es gab nichts, wirklich gar nichts, was ich gegen dieses berauschende Gefühl hätte eintauschen wollen. Ich wollte es genießen, jetzt und immer wieder. Nicht aufhören, betete ich. Vielleicht sagte ich es auch. Mein Verstand schlug Kapriolen.

Als Ben seine Hand zwischen meine Beine legte, kam ich mit einem gewaltigen Orgasmus.

3

Ein paar Tage später äußerte Ben abermals einen speziellen Kleiderwunsch. Diesmal sollte ich zu einem Lederrock ein durchsichtiges Netzoberteil mit einem schwarzen BH darunter tragen sowie High Heels mit einem Absatz, der jenseits von Gut und Böse lag. Notfalls konnte man zwar darauf laufen, aber eigentlich nur vom Kleiderschrank bis zum Bett. Und die sollte ich im »Taranis« tragen?

So sehr ich beim letzten Mal darauf versessen gewesen war, seiner Bitte Folge zu leisten, diesmal war ich begierig zu erfahren, wie wohl eine Strafe ausschaute, wenn ich mich ihm verweigerte. Ich verzichtete auf die Schuhe.

Wir trafen uns in der Kneipe. Ich entdeckte Ben mit einigen Kumpels an der Theke. Ich ging zu ihnen. »Hallo, Ben«, begrüßte ich ihn.

Er drehte sich von mir weg. Er schenkte mir keinen Kuss, keine Berührung, nicht einmal einen Blick.

Vielleicht hatte er mich einfach nur übersehen. Ich umrundete ihn, baute mich vor ihm auf und wiederholte: »Hallo, du!«

Er schaute durch mich hindurch. Als wäre ich gar nicht da. Oder einfach nur Luft. Was hatte er bloß? Dann fiel der Groschen. Es gab gemeinere Strafen als Schläge, Bondage oder harten Sex. Die Nichtbeachtung der Kleiderordnung wurde augenscheinlich mit Liebesentzug geahndet. Statt der verlangten High Heels trug ich nur Stiefel, anstelle eines Rocks meine Lackhose.

Ich stupste ihn an: »Ben!«

Er reagierte nicht.

»Redest du nicht mit mir, weil ich keine hohen Schuhe anhabe?«

Keine Antwort.

»Okay, du schweigst, weil ich nicht die hohen Schuhe anhabe, oder?«

Nicht die kleinste Reaktion. Was mich nur noch mehr verunsicherte. Bis ich mir irgendwann dachte: Ich bin ja selbst schuld. Ich wollte ja unbedingt sehen, was passiert, wenn ich nicht höre. Jetzt weiß ich es!

Ich kannte ihn gut genug, um zu wissen, dass er vorerst stur bleiben würde und stoppte meine vergeblichen Versuche, seine Aufmerksamkeit zu erlangen. Ich suchte meinen Spaß mit den anderen der Clique. Bia und Heiko waren da, auch Tina und Anke. Sie waren verwirrt über das plötzlich erloschene Verhältnis zwischen mir und Ben. Aber nun gut, wer mich kennt, guckt nicht selten skeptisch. Ich bin nun mal ein Dickschädel.

Als Ben und ich ein paar Stunden später in die »Kommune 5« zurückkehrten, legte er sich schweigend auf das Bett. Also machte ich mich daran, mir eine Schlafstätte auf der Couch herzurichten. So viel Stolz musste sein.

»Komm her zu mir«, hörte ich ihn unter der Bettdecke hervorgrummeln.

Aha, dachte ich, er redet wieder mit mir. Folgsam trottete ich zum Bett, ging brav davor in die Hocke. »Ich weiß, ich habe mich heute nicht so gehorsam benommen, dass ich mich dazulegen darf.«

Er lächelte. »Komm hoch ins Bett. Leg dich zu mir.«

Ich schlüpfte dankbar unter seine Decke, kuschelte mich an ihn. Er flüsterte: »Es wäre vielleicht besser, wenn du in Zukunft das machen würdest, was ich dir auftrage.«

»Aber diese Missachtung...«, brachte ich zaghaft meinen Protest hervor.

»Ja, was?«, fragte er leise. »Wenn du nicht spurst und ich hau dich zur Strafe, dann bringt das nichts. Schließlich hast du ja deinen Spaß daran.«

Und damit hatte er recht. Ich schwieg. Er streichelte mich. Kraulte meinen Nacken. Er küsste mich. Wir schliefen miteinander, ohne Schläge und ohne Schmerzen. Für heute hatte ich meine Strafe erhalten.

Auch eine Form von Kopfkino. Und durchaus einprägsam.

4

»Ich will mal eine Pistole in mir drin spüren«, sagte ich, als wir wieder mal miteinander beschäftigt waren.

Bens argwöhnischer Blick zeigte mir, dass er nicht sonderlich angetan war von meiner Idee. »Ich weiß nicht...«

»Mach's mir«, flehte ich.

»Das macht mich jetzt nicht so wirklich an, dich mit einer Knarre zu ficken.«

»Bitte.«

»Außerdem ist sie ist geladen.«

»Ja und?«

Er sah mich eine Weile an. Offenbar kam er zu der Erkenntnis, dass es mir ernst mit meiner Bitte war. Und dass ich nicht eher Ruhe geben würde, bis ich meinen Willen hatte. Also gab er meinem Drängen nach. Er ging zur Schublade und holte eine Pistole hervor. Es war kein großes Kaliber, nur eine kleine Handfeuerwaffe, die aber dennoch über einen ansehnlichen Lauf verfügte.

Er setzte sich vor mich, hielt die Waffe vor meine Augen. Er streichelte sie, zärtlich und ausdauernd, als wäre ich es, die zwischen seinen Fingern lag. Er kam näher mit der Pistole, bot sie meinen Lippen dar. Ich beugte mich vor. Mit meinem Mund berührte ich den kalten Stahl. Ein Zittern ging durch meinen Körper.

Ich schob meine Zunge über die Lippen, leckte den Lauf. Schleckte daran, als wäre es kein Stahl, sondern Bens harter Schwanz. Er lächelte. Langsam streichelte er mit der Mündung über mein Kinn, fuhr meinen Hals hinab, verharrte auf meinen Brüsten. Beinahe zärtlich liebkoste er mit der Waffe meine Brustwarzen. Sie wurden steif unter der Berührung. Eine Gänsehaut jagte über meinen Körper hinweg. Dabei war es nicht einmal die Berührung, die diesen Gefühlsausbruch auslöste. Es war das Wissen, dass es eine Pistole war, die mich liebkoste.

Jetzt verharrte sie zwischen meinen Oberschenkeln. Ben sah mir in die Augen. Ich erwiderte den Blick, erwartungsvoll und beinahe gierig. Mach es!

Er schob den Pistolenlauf in meine Möse. Der Stahl war kalt. Sehr kalt. Aber ein anderer Gedanke bestimmte meinen Kopf. *Eine Knarre in meiner Möse!* Alleine der Gedanke war verrückt. Aber er war Realität.

»Ist sie eigentlich gesichert?«, fragte ich zaghaft. *Und was ist, wenn sie nicht gesichert ist?* Mein Hirn rotierte auf dem Drahtseil.

Kopfkino

Seitdem weiß ich: Wenn ich Sex habe, dann möchte ich was zum Denken haben. Ich will Kopfkino. Nicht immer. Aber so oft wie möglich. Denn Vögeln alleine ist nichts für den Kopf. Das macht zwar Spaß, keine Frage, aber den Kopf kann man dabei auch abschrauben und neben das Bett stellen.

Ich finde es unwahrscheinlich reizvoll, ausgeliefert zu sein. Nicht zu wissen, was passiert. Oder es zu wissen, aber nichts dagegen tun zu können. Ich mag es, wenn ich keinerlei Fesseln oder Knebel trage, aber man mir sagt: »Wenn du dich bewegst oder einen Mucks machst, breche ich unser Spiel ab.«

Das finde ich wesentlich interessanter, weil ich dann stärker gefordert werde, als wenn ich gefesselt Schläge oder Klemmen an Brustwarzen und Schamlippen erdulden soll. Ich bin devot, nicht masochistisch.

Mama und der Kampf für die Emanzipation

1

Die Mädchen und Jungs an meiner Schule, 15, 16 Jahre alt, die früher meine Vorbilder gewesen waren, interessierten mich nicht mehr. Eigentlich entlockten sie mir nur noch ein müdes Lächeln. Der erste Schluck Alkohol, die erste Party, das erste Mal Petting, der erste Sex, alles was sie jetzt erlebten, war für mich nur noch, gelinde gesagt, Kindergarten.

Unter dem Einfluss meiner Erfahrungen mit Ben und seiner Clique war selbst die Schule für mich weit entfernt. Beinahe unerreichbar. Der Unterricht fand quasi in einer anderen Welt statt. Mich interessierte zwar die Potenz, aber ganz bestimmt nicht die einer Kosinus-Kurve.

Dennoch zwang ich mich dazu, regelmäßig den Unterricht zu besuchen. Mein Berufsziel, den Journalismus, verlor ich trotz aller Eskapaden nicht aus den Augen.

Deshalb war mir klar: Wollte ich später Redakteurin werden, brauchte ich ein Studium, mindestens aber das Abitur. Und um das zu bekommen, so sagte ich mir selbst, sollte ich ab und an zur Schule gehen. Und nicht nur hingehen, sondern auch geistig anwesend sein.

So rappelte ich mich jeden Morgen auf, kämpfte mich zur Schule. Nicht selten verkatert und hoffnungslos übermüdet, weil ich die Nacht zuvor auf einer Party hängen geblieben war, jemanden kennengelernt, mit ihm gevögelt oder gespielt hatte und erst um 5 oder 6 Uhr nachts nach Hause geschlichen war.

Einmal wollte die Party – es war eine Faschingsparty – überhaupt kein Ende finden. Erst gegen 7 Uhr morgens fiel ich völlig geplättet ins Bett, machte mir nicht einmal die Mühe, meine verschwitzten, stinkenden Klamotten auszuziehen. Dafür war, so beschloss ich, in einer Stunde auch noch Zeit. So lange wollte ich schlafen; das musste zumindest fürs Erste reichen. Ich stellte den Wecker auf 8 Uhr. Als ich erwachte, was es kurz vor 11.

»O Scheiße«, schrie ich und verstummte, weil mein Schädel entsetzlich dröhnte. Ein Glück, dass ich meine Klamotten nicht ausgezogen hatte; das sparte Zeit. Ich rappelte mich auf, schnappte meinen Rucksack und machte mich auf den Weg. Schon im Bus fielen mir die Blicke der Leute auf. Ich stank wohl ziemlich nach Kneipe, Qualm und Alkohol. Was auch dem Lehrer nicht entging, als ich schließlich in die Klasse trat, den Rucksack in der Hand, bereit dazu, meinen Hefter hervorzuholen. Doch statt meiner Kladde hielt ich eine Flasche Bier zwischen den Fingern. Weiß der Teufel, wie die in meinen Rucksack gelangt war.

Einige der Schüler konnten sich das Lachen nicht verkneifen. Der Lehrer rümpfte die Nase, während er mich von oben bis unten musterte: »Tu mir einen Gefallen«, sagte er. »Geh einfach nach Hause.«

Der Alkohol der letzten Nacht wirkte noch in mir nach. Dementsprechend locker tippte ich mir mit der Flasche an die Stirn, öffnete sie ploppend mit einem Feuerzeug und meinte: »Na gut. Bis morgen dann.«

Noch ehe der Lehrer es sich anders überlegen konnte, machte ich kehrt und verließ den Klassenraum. Auf dem Flur begegnete mir eine Lehrerin. Ich kannte sie vom Sehen. Ihr Name war Frau Evers. Sie trug eine schwarze Stoffhose und einen schwarzen Pullover, nichts Außergewöhnliches. Aber irgendetwas an ihr erregte trotzdem meine Aufmerksamkeit und das war ganz bestimmt nicht ihr skeptischer Blick, mit dem sie meine verkaterte Gestalt inspizierte.

Doch bevor ich weiter darüber nachdenken konnte, entzog sich mir der Gedanke. Mein übernächtigtes Hirn schaltete ab. Ich nahm den Bus, trank, bis ich zu Hause angekommen war, die Flasche leer und war, kaum dass ich im Bett lag, augenblicklich eingeschlafen.

2

Dass meine Noten in den Keller gingen, lag aber weniger an meinen nächtlichen Exzessen. Schuld war vielmehr ein Mitschüler, der mich fragte, ob ich nicht Lust hätte, mich in der Schülervertretung zu engagieren.

Ich könnte jetzt behaupten, es hätte sonst keinen Dummen gegeben, der Bock auf diesen Posten hatte. Ich könnte auch erklären, ich hätte schon damals ein außerordentliches Helfersyndrom gehabt, weswegen ich gerne jedermann und -frau zur Seite stand. Hört sich gut an, oder?

Zum Teil haben sicher auch diese Gründe eine Rolle gespielt. Aber letzten Endes war mein Einsatz in der Schülervertretung auch meinem Lotterleben geschuldet. Ich hatte nämlich die Hoffnung, ich könnte dadurch die Lehrer in ihrem Urteil über mich milder stimmen. Wie absurd! Denn gerade mein Einsatz in der Schülervertretung war es, der schließlich meine Versetzung gefährdete.

Denn einmal im Amt, nahm ich meinen Posten ziemlich ernst. Ich war tatsächlich zur Stelle, wenn jemand auf dem Pausenhof schrie: »Hilfe!« Und ich setzte mich auch dafür ein, dass der Versammlungsraum unserer Schülervertretung – eine kleine Abstellkammer, in der sich überzählige Kartenständer, defekte Overhead-Projektoren und anderes Gerümpel stapelten – in einer wochenendlichen Nacht- und Nebelaktion geräumt, tapeziert, gestrichen und mit neuem Teppichboden und Vorhängen versehen wurde.

Diese hehre Aktion schien mich für das Amt der Kreisschulsprecherin auszuzeichnen. In dieser Funktion initiierte ich, als der 11. September 2001 die Welt erschütterte, einen Schweigemarsch aller Schulen im Großkreis Gießen. Ich saß zudem in etlichen Ausschüssen, fehlte deshalb während des Unterrichts und brachte meine Noten auf einen Minusrekord.

3

Eines Nachmittags, kurz nach den Sommerferien, stand ich in der Sammelumkleide der örtlichen Schwimmhalle. Als freiwilliges Wahlfach im Sport hatte ich mir das Schwimmen ausgesucht. Sozusagen als körperlichen Ausgleich zu den geistigen Anstrengungen der Nacht.

Ich entledigte mich gerade meines T-Shirts und schlüpfte in den Badeanzug, als eines der Mädels sagte: »Mein Gott, Gwen, wie schaust du denn aus?«

Sie sagte es nicht leise, sondern derart laut, dass sich beinahe alle in der Umkleide versammelten Mädchen umdrehten. Wie gebannt starrten sie auf meinen Rücken.

Ich, gerade eben noch in Gedanken versunken, reagierte völlig unbedarft. »Wieso, wie sehe ich denn aus?«

»Was ist denn mit deinem Rücken passiert? Die Striemen? Und die blauen Flecken am Po?«

Jetzt verstand ich das Entsetzen. Mit einem Lächeln dachte ich an die zurückliegende Nacht. An Ben. Die Peitsche. Die Schläge. Ich zuckte mit den Schultern. »Na ja, ich war gestern weg.«

Mehr sagte ich nicht. Meine Mitschülerinnen auch nicht. Keine wollte mehr wissen. Damit war das Thema für mich erledigt. Denn was sollte ich mir noch weiter meinen Kopf darüber zerbrechen. So viel war klar: Ganz bestimmt würde ich fortan nicht ausschließlich im Pullover herumlaufen, nur weil ich die Kreisschulsprecherin war und die anderen die Spuren meiner Nächte nicht sehen durften.

»Du, Gwen«, sprach mich dann aber doch noch am gleichen Tag ein Mädel an. Ich kannte sie aus meiner Klasse, mochte sie irgendwie auch, hatte aber sonst nichts weiter mit ihr am Hut.

»Was?«, wollte ich wissen.

Sie druckste herum. »Na, das in der Umkleide, du weißt schon …«

»Nö.«

»Also, diese Striemen, die ich meine …«

»Also, mein Kind«, lachte ich. Es gibt Situationen, da liebe ich die Provokation. Außerdem kennen Sie ja mein Motto bereits: Angriff ist die beste Verteidigung. »Was möchtest du denn wissen?«

»Woher kommt denn das?«

»Ich wurde geschlagen.«

Sie riss die Augen auf. »Du meinst …« Sie stockte. Einige der Klassenkameraden, die um uns herumstanden, grinsten. Sie fragte: »Beim Sex?«

»Ja, beim Sex.«

Sie schnappte nach Luft. Ein anderes Mädel mischte sich schaudernd ein: »Schön, Gwen, aber bitte, erspare uns den Rest.«

»An mir soll es nicht liegen.« Ich sah zu meiner ursprünglichen Gesprächspartnerin, deren Neugier aber offensichtlich noch nicht gestillt war: »Ist dir das nicht peinlich?«

»Wieso sollte es mir peinlich sein.«

»Hast du keine Angst, dass die Lehrer das sehen?«

»Ich bin mir sicher, dass sie es schon bemerkt haben. In einem Badeanzug kann ich wohl kaum sehr viel verstecken.«

»Und?«

»Und was?«

»Na«, machte sie. »Hast du keine Angst, dass sie die falschen Schlüsse ziehen?«

»Falsche Schlüsse?« Worauf, zum Teufel, wollte sie hinaus?

»Schließlich bist du noch minderjährig. Ziemlich minderjährig sogar.«

Ich atmete durch. »Wenn ein Lehrer sich Gedanken darüber macht, was mit mir los ist, dann gehe ich davon aus, dass er, bevor er irgendetwas unternimmt, geschweige denn eine Anzeige erstattet, mit mir darüber redet. Na ja, und meine Antwort ist ja wohl klar.«

»Was ist, wenn er dir nicht glaubt?«

So langsam ging sie mir mit ihren Zweifeln auf die Nerven. »Dann gehe ich davon aus, dass mich meine Eltern entlasten.«

»Die wissen, was du treibst?«

Ich lächelte verschmitzt. »Und wie sie das wissen!«

4

Wie Sie bereits wissen, hielt ich mein Sexleben anfangs vor meinen Eltern geheim. Schon mit 13, kurz nach meinem Erlebnis mit Paulos auf Griechenland, hatte ich einen Sex-Shop erkundet. Damals hatte ich mir einen Dildo kaufen wollen. Einen gescheiten. Und nicht so einen Massagestab aus dem »Quelle«-Katalog, den die Leute sich ins Gesicht halten.

Meine beste Freundin Anke begleitete mich. Anfangs war sie skeptisch: »Da dürfen wir doch gar nicht rein.«

»Ich weiß«, entgegnete ich. Fünf Minuten später standen wir vor den Verkaufsregalen.

Wir stöberten durch die Auslagen, bewunderten die unterschiedlichen Formen und Farben. Als wir ein spitz zulaufendes Gummigebilde in den Händen hielten, das über den Durchmesser eines Kochtopfes verfügte, sahen wir uns erstaunt an: »Was soll das denn sein?«

Wir lasen die Beschreibung durch. »Meine Herren«, sagte Anke, »das ist ein Anal-Plug.«

Ich schüttelte den Kopf. »Echt? Das machen Leute?«

»Anscheinend.«

»Respekt! Denn wer das hinten reinbekommt, der kann seinen Arsch auch als Garage vermieten.«

Schließlich wurde ich fündig: ein fleischfarbener, herrlich genoppter Dildo. Ich bezahlte von meinem Taschengeld. Kurz darauf kam noch ein Vibrator hinzu. Diesmal gingen Anke und ich mit einer ganzen Einkaufsliste shoppen: Spielzeug, Kondome, Unterwäsche. Schade, dass es keinen Einkaufswagen gab.

Auch meine Pornosammlung wuchs beständig an. Ich mag Pornofilme. Vor allem stehe ich auf die Darstellerin Kyra Shade. Sie hat traumhaft schöne Tätowierungen und Piercings. Sie ist eine sehr, sehr anziehende Frau. Sie hat zwar nicht das perfekte Püppchen-Gesicht wie die amerikanischen Pornodarstellerinnen, aber die sind für mich sowieso nur langweilig. Sie sehen alle gleich aus mit ihren U-Boot-Lippen und den Silikontitten. Silikontitten fühlen sich nicht gut an. Zugegeben, Kyra Shade hat ebenfalls künstliche Brüste, aber sie hat sie sich aus Kochsalz machen lassen. Man fühlt den Unterschied. Das denke ich zumindest. Wie auch immer: Ich besitze inzwischen alle Filme von Kyra Shade.

Zu Anfang versteckte ich die Filme und auch die anderen Utensilien in meinem kleinen Bettkasten, der sich mit einem Schlüssel verriegeln ließ. Meine Dildos und Vibratoren waren nie ein Männerersatz. Das sind sie noch heute nicht. Aber ich habe mich früher gerne selbst befriedigt. Und ich befriedige mich auch heute noch sehr gerne selbst. Ich finde nicht, dass man damit aufhören sollte, nur weil man in einer Partnerschaft lebt. Masturbation ist etwas völlig Normales. Es gehört für mich zum Leben. Selbstbefriedigung ist Sex mit einer Person, die man liebt.

Natürlich, ich brauche dazu nicht unbedingt Spielzeug. Mutter Natur hat mich mit zwei gesunden Händen ausgestattet. Aber es ist schön, wenn man dabei gelegentlich variieren kann. Und Haushaltsgegenstände oder Obst und Gemüse möchte ich nur ungern zweckentfremden. Obwohl man ja sagt, Bananen seien sehr gesund und würden die Ausschüttung von Glückshormonen anregen …

5

Dann kam der Tag – um genau zu sein: kurz nachdem ich Ben kennengelernt hatte –, an dem mir die Geheimniskrämerei mit meinem

Bettkasten mächtig auf die Nerven zu gehen begann. Schließlich befand ich mich in meinem eigenen Zimmer. Es war doch wohl ganz allein meine Angelegenheit, was ich innerhalb meiner vier Wände anstellte. Vor allem, was ich mit mir selbst anstellte. Nichts, wofür ich mich hätte schämen müssen.

Schon bald hörte ich auf, meinen Bettkasten zu verschließen. Sollte doch ruhig jeder wissen, was mir gefiel. Auch meine Mutter. Erst ließ ich einen Dildo neben dem Bett liegen, kurz darauf den Vibrator. Auch eine DVD vergaß ich wie zufällig vor dem Rekorder. Als ich mir eigenes »Schlag-Zeug« anschaffte, ließ ich zunächst die Gerte im Zimmer herumliegen, bald auch die geflochtene Lederpeitsche, auf die ich damals sehr stolz war.

Und endlich sprach mich meine Mutter darauf an. Ich packte gerade mein »Reiseköfferchen«. »Da liegt was auf deinem Bett …«, sagte sie, als wäre es eine Fussel, die es eben beiseite zu wischen galt.

»Ich weiß«, entgegnete ich. »Das nehme ich gleich mit.«

Damit war das Thema fürs Erste erledigt. Sie vergaß es. Nein, wahrscheinlich übersah sie es absichtlich. Doch dann tauchte noch mehr Spielzeug auf. Das Metallhalsband mit der Kette, an der mich Ben auf den Partys gerne Gassi führte. Brustwarzenklemmen für besonders prickelnde Empfindungen. Über meinem Bett baumelte dekorativ eine Peitsche, die nicht mehr in Gebrauch war. So sehr sich meine Mutter auch bemühte, nach zwei Monaten konnte sie die Utensilien einfach nicht mehr übersehen.

Sie nahm sich ein Herz und wollte wissen: »Was genau machst du eigentlich?«

Ich holte Luft. Sie nutzte die Zeit und schob noch eine Frage hinterher: »Bist du pervers?«

Jetzt sog ich den Atem scharf ein. Ich zählte bis zehn und antwortete: »Ein bisschen.«

Ihr entglitten die Gesichtszüge. »Was soll das heißen?«

»Ich bin devot. Ich unterwerfe mich. Ich lasse mich gerne anbinden und schlagen.«

Sie schlug die Hände über den Kopf zusammen. »Mein Gott, Gwen, haben wir dich als Kind zu viel gehauen?«

»Das hat damit doch nichts zu tun.«

»Oder zu wenig?«

Ich lachte.

»Wir haben dich doch zur Selbständigkeit erzogen.«

»Das bin ich auch: selbständig.«

Sie hörte mir gar nicht zu. »Bist du nicht emanzipiert?«

»Auch das bin ich.«

»Hast du ein schlechtes Gewissen, weil du keinen Freund hast?«

Ich wehrte ab: »Mama, ich bin selbständig und ich kann sehr gut auf mich selbst aufpassen. Ich brauche auch keinen Versorger. Ich fühle mich auch sehr wohl ohne einen Partner an meiner Seite.«

Sie schüttelte den Kopf. »Aber warum unterwirfst du dich dann?«

»Mama, ich kann noch so tief knien, ich kann den Leuten immer noch in die Augen schauen.«

»Das verstehe ich nicht.«

»Nur weil ich devot bin, bin ich noch lange nicht meiner Fähigkeiten zu denken beraubt. Ich bin Sub mit Hirn und Herz. Ich passe auf mich auf. Ich mache nichts, was riskant ist.«

Sie winkte ab. »Viel genauer möchte ich es, glaube ich, gar nicht hören.«

Das war mir nur recht. Wenn ich auch keine Lust mehr auf die Geheimniskrämerei hatte, hätte ich meiner Mutter doch höchst ungern erklären wollen, dass ich was mit einem Kerl hatte, der mein Vater sein könnte und der mich mit besonderer Vorliebe verhaute. Und auch darüber, dass wir furchtbar viel soffen und dass wir dies in einer Wohnung taten, in der jeder jeden kreuz und quer vögelte, wollte ich ihr nicht wirklich erzählen.

Meine Mutter schwieg. Sie schien nachzudenken und sagte dann: »Das, was ich sehe, reicht mir. Mehr möchte ich gar nicht wissen!«

Sie sagte es mit einem missbilligenden Unterton, der keinen Zweifel daran ließ, dass sie das genaue Gegenteil meinte, sich aber nicht traute zu fragen. Sie würde sich niemals trauen, aus Angst, eine Welt könnte für sie zusammenbrechen. Mir wurde bewusst, dass sie mich nie verstehen würde – und das auch gar nicht wollte.

In diesem Moment reifte eine Entscheidung in mir: Sobald ich 18 bin, ziehe ich zu Hause aus. Dann kann ich machen, was ich will – und muss mich vor niemandem mehr rechtfertigen.

6

Die Affäre mit Ben zerschlug sich schließlich, weil er eine andere Frau kennenlernte und sich total in sie verknallte. Es wäre übertrieben, zu sagen, dass es mir nichts ausgemacht hätte.

Allerdings hatten in unserer »Partnerschaft« Gefühle nie eine große Rolle gespielt. Weswegen mir eigentlich nur die Spielereien mit ihm fehlten. Doch ich hatte vielerlei Erfahrungen mit ihm sammeln können, und er hatte mir einen Weg offenbart, den ich fortan auch alleine beschreiten konnte. Da war ich mir sicher.

Anke
und der schnelle
Sex für Geld

1

Ich wollte mit meinen Party-Freaks Bia und Heiko ins »Darkside« nach Frankfurt. Weil die beiden aber zuvor noch Tirti und Sall daheim abholen wollten, fragten sie mich: »Kannst du nicht mit dem Bus nach Gießen kommen? Da müssen wir keinen Umweg fahren. Wir holen dich dann um 22 Uhr vor dem ›Planet‹ ab.«

Das »Planet« lag mitten im Gewerbegebiet und war früher einmal eine stadtbekannte Gothic-Disco gewesen. Heute war es nur noch eine Baracke von vielen. Der Bus hielt direkt davor. Ich meinte: »Ja klar, kein Problem.«

Für die Party wählte ich einen Rock mit Schlitzen rechts und links hoch bis zum Po, dazu Netzstrümpfe und ein Lederkorsett. Um meinen Hals legte ich das Band. Die Leine hielt ich in meiner Tasche bereit.

Ich schminkte mich, legte meine Ringe und den Ohrschmuck an und machte mich am frühen Abend hoffnungsfroh auf den Weg. Als ich um Punkt 22 Uhr vor dem »Planet« stand, war von meinem Freunden weit und breit nichts zu sehen. Dafür entdeckte ich die Mädels des leichten Gewerbes, die in den Appartements direkt hinter der ehemaligen Disco ihrer Arbeit nachgingen.

Mein Handy klingelte. Bia war dran: »Wir stehen auf der Autobahn im Stau, da ist ein LKW umgekippt. Vor halb elf sind wir nicht da.«

Na toll, dachte ich mir und schlenderte die Straße auf und ab. Nicht einmal ein Café war in Sichtweite. Nur Autohäuser, Baufirmen, eine Spedition. Gähnende Leere. Dunkelheit. Bis auf die hell erleuchteten Zimmer der Prostituierten.

Ich zündete mir eine Zigarette an. Jetzt wollte nicht einmal das verfluchte Feuerzeug zünden. Hinter mir erklangen Schritte. Ein junger Mann fragte: »Brauchst du Feuer?«

»Ja, bitte.«

Er entzündete meine Zigarette, deutete aufs Industriegebiet und stellte fest: »Nicht viel los hier.«

»Ist halt Wochenende.«

»Aber die Geschäfte scheinen trotzdem zu laufen.«

»Sollte wohl auch so sein.«

»Schickes Outfit, das du trägst.«

»Danke.«

»Was soll es denn kosten?«

Ich lächelte. »Kann es sein, dass du mich verwechselst?«

Er musterte mich von Kopf bis Fuß. »Wieso?«

Ich wies auf die Appartements. »Ich glaube, du musst da hoch, wenn du ein Bedürfnis hast.«

Das Blut schoss ihm in den Kopf. »O Mann, das tut mir jetzt aber leid ...«

»Kein Problem«, beschwichtigte ich.

»... aber wegen deiner Klamotten habe ich echt gedacht ...« Er stotterte verlegen herum. »... du gehörst dazu.«

»Ist doch kein Problem«, wiederholte ich. Und das meinte ich auch so. Ich war weder brüskiert noch entsetzt. »Ist ja auch nichts passiert. Du bist halt nur an die falsche Adresse geraten.«

Er runzelte die Stirn. »Hier ist doch sonst nichts in der Gegend.« Wieder nickte er in Richtung Industriegebiet. »Und die Diskothek ist seit Jahren geschlossen. Was machst du denn dann hier?«

»Ich wollte mit Freunden nach Frankfurt. Die stehen im Stau. Ich warte auf sie.«

»Du willst nach Frankfurt? Wohin denn da?«

»Ins ›Darkside‹.«

»Das kenne ich. Ein geiler Laden. Bin ich schon öfters gewesen.«

»Hier gibt's ja leider nichts Vergleichbares.«

Er prustete. »Hier in Gießen gibt's gar nichts. Nur absolute Langeweile.«

»Bis auf die Mädels da oben.«

Wir lachten. Er sah mich an. »Sag mal...« Er atmete tief ein, als könnte er auf diesem Wege Mut sammeln. »Würdest du mir trotzdem für 50 Euro einen blasen?«

Ich sah ihn an. Ich war nicht schockiert. Ich überlegte nur kurz: 50 Euro zum Weggehen in Frankfurt, das ist eine Menge Geld. Ich gab mir einen Ruck: »Von mir aus.«

Jetzt blickte er mich erstaunt an. »Echt?«

Ich erwiderte seinen Blick. Er war vielleicht knapp über dreißig. Optisch zwar nicht mein Traumtyp, aber auch nicht abstoßend hässlich. »Ja, klar«, versicherte ich. »Warum nicht?« Er schwieg. Ich fügte hinzu: »Nur eines sollte dir klar sein: Ohne Gummi ist nicht! Ich weiß zwar nicht, wie es in den Appartements da oben läuft, aber ich kann auf diverse Krankheiten verzichten.«

»Klar, logisch, ich doch auch.«

Wir zogen uns einige Meter zurück in das Halbdunkel eines Geschäftseinganges. Er lüpfte die Hose, ich holte seinen Schwanz hervor, streifte das Kondom drüber und blies ihm einen. Danach bekam ich meine 50 Euro und ich hatte einen schönen Abend in Frankfurt.

2

Am nächsten Morgen rief mich meine Freundin Anke an. »Wie war's gestern Abend?«

»Gut.« Ich schnaubte. »Aber ich muss dir was erzählen.«

»Was?«, wollte Anke sofort wissen.

»Setz dich erst mal hin.«

»So schlimm?«

»Du hast mich doch lieb, oder?«, fragte ich.

»Was soll das denn jetzt?«

»Hast du mich lieb?«

»Na klar«, entgegnete Anke genervt. »Das weißt du doch.«

»Sicher?«

»Ja!«, brüllte sie in den Hörer. »Erzähl schon!«

»Ich habe gestern Abend einem Typen für 50 Euro den Schwanz gekaut.«

»Okay«, sagte sie leise. Minutenlang hörte ich nichts von ihr. Nur das Rauschen in der Telefonleitung. Bis sie leise fragte: »Bitte, wie bist du denn auf diese Idee gekommen?«

»Es war nicht meine Idee. Der Typ hat mich gefragt.«

»Ach so, wenn der Typ gefragt hat, ist das natürlich was ganz anderes! O Mann, und morgen fragt dich ein Typ, ob du nicht von einem Hochhaus springen willst, und du machst das natürlich – denn er hat ja damit angefangen.«

»Nein. Natürlich mache ich das nicht. Weil bei einem Sprung vom Hochhaus nichts für mich rumkommt.«

»Das heißt, du bereust es nicht?«

»Warum sollte ich? Du weißt doch, ich blase gerne. Und ich habe Geld dafür bekommen. Das ist völlig in Ordnung.«

»Also würdest du das noch mal machen?«

»Weiß nicht, keine Ahnung. Ich möchte keinen Schwur ablegen: Das werde ich nie wieder tun. Aber ich werde das jetzt auch nicht zum Nebenjob ausarten lassen. Vielleicht ergibt es sich irgendwann mal wieder. Du weißt doch, ich bin jemand, der immer in solche Erlebnisse reinpurzelt.«

Stefan und das Gefühl von Liebe

I

Stefan hingegen purzelte in mich rein – sozusagen. Er stolperte über ein Stromkabel, bemühte sich mit den zwei Glas Bier, die er an einer der unzähligen Biertheken auf dem Stadtfestival gekauft hatte, das Gleichgewicht zu wahren, torkelte auf mich zu und rempelte mich an. Das bewahrte ihn vermutlich vor dem finalen Sturz in den Dreck.

»Autsch«, rief ich.

»Sorry«, sagte er.

Er war groß gewachsen, lange Haare, beinahe so etwas wie der typische Rocker. Also nicht die Sorte Mann, bei der ich üblicherweise vor Begeisterung dahinschmolz. Vielleicht war das auch der Grund, weshalb ich bei ihm auch erst einmal nicht an Sex dachte.

Er entschuldigte sich lediglich für den Stoß, spendierte mir eines der beiden Biere und darüber kamen wir ins Gespräch. Nichts Weltbewegendes, nur belangloses, alkoholseliges Gequatsche. Das aber war so lustig und ausgelassen, dass wir beschlossen, uns in den nächsten Tagen unbedingt noch einmal zu treffen.

Ein Vorhaben, das sich als nicht eben einfach umzusetzen erwies, denn er war gerade 19 geworden, hatte seine Lehre begonnen und kam wochentags erst spät abends heim. Und ich war an den Wochenenden mit meinen Freunden in den Clubs unterwegs. Das war mir dann doch wichtiger als ein kleiner Flirt, von dem ich nicht wusste, wohin er überhaupt führte. Erst recht, da man bisher von einem Flirt kaum sprechen konnte.

Deshalb hielten wir vorerst per Telefon miteinander Kontakt. Erstaunlicherweise hörten wir jeden Abend voneinander, ständig und stundenlang. Der Rekord war ein Telefonat von über elf Stunden, von abends um 20 Uhr bis zum nächsten Morgen, als ich nur noch meine Tasche packen musste, um zum Unterricht zu fahren. Worüber wir in dieser Zeit sprachen? Ich weiß es nicht mehr. Ich weiß nur, dass wir ohne Pause redeten und redeten und redeten. Meine Mutter war alles andere als begeistert, als sie am Ende des Monats die Telefonrechnung in den Händen hielt.

Wir beschlossen, das längst überfällige Treffen endlich nachzuholen. Auch in den Kneipen hielt die Begeisterung füreinander an. Die Zeit mit Stefan war einfach nur schön. Weshalb mich ein Bedürfnis überkam. Nein, nein, nicht das nach Sex. Ein anderes Verlangen.

Leider war ich – und bin es bis heute – in solchen Dingen eher undiplomatisch. Mir geht das romantische Feingefühl ab. Eines Abends, wir saßen im »Taranis«, er trank ein Bier, legte ich meine Zigarette beiseite und sah ihn an: »Du«, sagte ich, »ich liebe dich.«

Es war die erste Person in meinem Leben, der ich diese drei Worte gestand. Bei der ich sie auch so meinte. Obwohl ich in jenem Augenblick keinerlei Gedanken daran verschwendete, was sie für mich, geschweige denn für uns beide bedeuteten. Bis zu dieser Sekunde hatten wir ja nicht einmal miteinander geknutscht. Und das hatte bei mir zügelloser Schlampe schon eine Menge zu sagen!

Stefan schwieg. Fünf Minuten lang sagte er nichts. Die Musik dröhnte aus den Lautsprechern. Er trank sein Glas leer, die Kellnerin brachte ihm kurz darauf ein neues Bier. Irgendwann sah er mich an. »Sag das noch einmal.«

»Ich liebe dich.« Ich wartete einen Moment, fügte dann hinzu: »Du musst darauf nichts erwidern. Ich wollte es einfach nur loswerden.«

Er nahm noch einen Schluck aus seinem Glas, danach schlossen sich seine Finger um meine Hand. Etwas ging durch meinen Körper.

Ein ungewohntes Gefühl. Es irritierte mich. Aber es war schön. Warm und sehr vertraut. Er sagte: »Dann müssen wir mal schauen.«

2

Plötzlich lebte ich in einer Beziehung. War das zu glauben? »Das fasse ich nicht!«, befand auch meine Mutter, als sie davon erfuhr. Eigentlich hatte ich gar nicht vorgehabt, ihr von Stefan zu erzählen. Schließlich war es ihr ausdrücklicher Wunsch, nicht mehr als wirklich nötig über meine »Freizeitaktivitäten« zu erfahren. Doch eine unbedachte Äußerung von Anke brachte den Stein ins Rollen.

»Was fasst du nicht?«, wollte ich wissen und rechnete damit, dass meine Mutter mich gleich packen und an sich drücken würde, um ihrer Hoffnung Ausdruck zu verleihen, dass für mich doch noch nicht alles verloren war.

Doch stattdessen stemmte sie die Hände in die Hüfte. »Dass du mit einem 19-jährigen Jungen zusammen bist.«

Ich unterdrückte ein Kichern. Ich musste an Ben denken, der deutlich älter und wesentlich exzessiver als Stefan gewesen war. Davon hätte ich ihr jetzt erzählen können, nur um sie zu beruhigen. »Mama, Stefan ist ganz harmlos, denn …« Ich brach mitten im Satz ab. Nein, verbot ich mir selbst, auch jetzt ist es besser, wenn ich ihr nichts von meinen Erlebnissen mit Bens Clique erzähle. Es ist besser, wenn ich gar nichts über mich erzähle.

»Du bist erst 15!«

»Ja und?«

»Und er ist 19.«

Ich rollte mit den Augen. »Das hatten wir schon.«

»Was will denn ein Erwachsener von einem Kind?«

»Oh, Mama«, stöhnte ich auf. »Erspar mir das jetzt bitte.«

»Nein«, beharrte meine Mutter. »Wir finden es nicht gut.«

»Wir?«

»Ich und dein Vater.«

»Hast du mit ihm über mich und Stefan gesprochen?«

»Ja, das habe ich.«

»Und?«, fragte ich.

»Ich habe dir doch gerade gesagt, dass er nicht begeistert ist. Genauso wenig wie ich. Wir möchten nicht, dass du dich weiterhin mit Stefan triffst.«

Das war freilich das gute Recht meiner Eltern, es nicht zu mögen. Es änderte aber nichts daran, dass ich mich trotzdem mit Stefan traf. Nur fortan heimlich.

Wir verlebten eine schöne Zeit, ohne dass Spektakuläres geschehen wäre. Wir kochten miteinander, schauten uns DVDs an, gingen ins Kino, quatschten über die Filme, trafen uns mit Freunden in den Kneipen – lauter alltägliche Dinge. Natürlich hatten wir auch Sex, ganz normal, ohne einen Hauch von Dominanz oder Unterwerfung, trotzdem toll. Ich hatte nicht einmal den Drang danach, mit einem anderen Typen ins Bett zu steigen. Das kam mir gar nicht in den Sinn.

Wenn ich heute drüber nachdenke, dann erkenne ich mich selbst nicht wieder. Was war los mit mir? Warum hob ich Stefan auf einen Sockel, umrahmt von Engelchen mit Geigen, metaphorisch gesprochen?

Warum war plötzlich alles so romantisch? Und wieso kam mir nichts davon falsch vor? Ich weiß es nicht. Ich weiß nur: Alles, was ich mit Stefan unternahm, war wunderschön. An seiner Seite war ich glücklich. Ich schwebte auf rosa Wolken. Alles war perfekt.

3

»Ich muss mit dir reden«, sagte Stefan nach einem Monat.

Ich dachte mir nichts dabei. Warum auch? Wenn wir etwas konnten, dann miteinander quatschen. Ich nahm neben ihm auf der Couch Platz. »Dann los.«

»Ich ziehe nach Wolfsburg.«

Wolfsburg lag knapp zwei Autostunden von Gießen entfernt. Doch ohne Führerschein, Auto oder Eltern, die einen fahren konnten, weil sie ja gar nichts von der Beziehung wissen durften, war es eine andere Welt. Ein Knoten formte sich in meinem Magen, eigentlich längst vergessen und doch wohlbekannt. »Warum?«, presste ich hervor.

»Wegen meiner Arbeit. Und meiner Familie. Du weißt doch, da wohnen mein Vater, mein Bruder, meine Großeltern.«

»Ich komme mit«, sagte ich.

»Wie?«, fragte er irritiert.

»Ich ziehe mit dir nach Wolfsburg«, erklärte ich feierlich und war von meinen Worten felsenfest überzeugt. Es konnte nur eine Lösung für das Problem geben, jawohl, und ich hatte sie gefunden. Jetzt ging's mir wieder besser.

»Und was ist mit deinen Eltern?«

»Was soll mit denen sein? Die wollen nicht, dass ich mich mit dir treffe. Dann werden sie erst recht nicht wollen, dass ich mit dir wegziehe.« Ich klatschte in die Hände. »Aber das ist mir egal. Ich komme mit dir mit.«

Er verzog unwillig den Mund. »Das solltest du dir gut überlegen.«

»Ich hab's mir überlegt.

»Jetzt gerade?«

»Ja.«

»Das ist lächerlich.«

Langsam wurde ich wütend. »Wieso? Wenn es die einzige Möglichkeit ist, dass wir zusammenbleiben?«

»Bleiben wir das?«

Ich verstummte. Diese Frage war wie eine Ohrfeige. Ich spürte, wie Tränen aus meinen Augenwinkeln flossen. Stefan griff nach meiner Hand. Ich zog sie zurück, als hätte ich mich an seinen Fingern verbrannt.

»Mensch, Gwen«, sagte er. »Das bringt doch nichts. Das weißt du genauso gut wie ich. Du wirst nicht mit nach Wolfsburg ziehen können.«

»Also trennen wir uns?«, fragte ich stockend.

»Das wird wohl das Beste sein. Wir haben doch jetzt schon Schwierigkeiten, uns zu treffen. Wie soll das erst werden, wenn wir so weit voneinander getrennt sind. Und weil …«

Mehr wollte ich gar nicht mehr hören. Der Schmerz in mir war unerträglich. Ich sprang auf und verließ seine Wohnung. Daheim heulte ich wie ein Schlosshund, so wie ich zuletzt nach der Trennung von Ron geweint hatte. Ich verfluchte mich selbst. Wie hatte ich es bloß so weit kommen lassen können?

4

Stefan und ich mailten uns danach noch einige Male. Wir telefonierten auch wiederholt. Mir kam es so vor, als wäre alles gar nicht so schlimm. Es schienen durchaus noch Gefühle vorhanden zu sein, auf beiden Seiten. Bis er eines Tages am Telefon beiläufig meinte: »Ich hab mit einer anderen geschlafen.«

»Warum?«, kam es mir über die Lippen.

»Na ja«, seufzte er. »Warum nicht? Wir sind doch nicht mehr zusammen.«

Ohne ein weiteres Wort knallte ich den Hörer auf die Gabel. Für Minuten starrte ich auf das Telefon. Meine Mutter kam ins Zimmer und fragte mich irgendetwas. Ich kriegte es nicht mit.

Das Schlimmste in diesen Sekunden war: Ich war mir nicht sicher, was ich empfinden sollte. Wut und Trauer darüber, dass Stefan es mit einer anderen Tussi getrieben hatte? Oder Erstaunen und Entsetzen darüber, dass es mir was ausmachte?

Wieder waren da die Gedanken an Ben und den Gruppensex auf den Partys. Damals hatte mich der Umstand, dass ein Freund mit einer anderen Frau Sex hatte, völlig kalt gelassen. Und die »Affäre« mit Ben hatte viele Monate gedauert, die Beziehung mit Stefan gerade mal vier Wochen. Trotzdem hätte ich jetzt die Wände hochgehen oder Stefan die Augen auskratzen können.

»Das ist Liebe«, wisperte eine Stimme in meinem Kopf. *Liebe!*

5

Gut möglich, dass sich das Thema Stefan für mich von selbst erledigt hätte, wenn uns noch etwas mehr Zeit miteinander geblieben wäre. Wenn ich die rosa Brille, durch die ich unsere Beziehung betrachtet hatte, von selbst abgenommen hätte. Sobald nämlich der Alltag in unsere Beziehung eingekehrt wäre. Wenn mich Stefans Macken zu nerven begonnen hätten. Wenn ich Lust auf einen anderen Schwanz bekommen hätte. Wenn meine Bedürfnisse nach devot-dominanten Sexspielen wieder hervorgekrochen wären. Hätte, wenn, aber.

Jetzt ging es mir richtig dreckig. Ich beschloss ein weiteres Mal, mich nicht mehr zu verlieben. Diesmal wollte ich mich an meinen Entschluss halten. Auch wenn es dazu erforderlich war, eine riesige Mauer um mich herum zu errichten. Bitte schön, dann sollte dem so sein.

Doch bis die Steine alle aufgetürmt waren, wollte erst einmal der Schmerz in mir betäubt werden. Getreu der Devise: How to destroy myself – in drei Akten.

Zusammen mit Bia und Heiko, Anke und den anderen hing ich beinahe jede Nacht in Kneipen und Diskotheken ab. Im »Taranis« und »Apollon« in Gießen. Im »Darkside« und »Metal« in Frankfurt. Und in all den anderen Schuppen der Umgebung, die angesagt waren oder denen man nachsagte, sie seien genau richtig für einen miesen Absturz.

Ich soff wie ein Loch. Ich vögelte alles, was bei drei nicht auf den Bäumen war. Männer wie Frauen. David. Peter. Kerstin. Philipp. Laura. Sandy. Manchmal Männer und Frauen zugleich. David und Jenny. Laura und Richard. Namen waren wie Schall und Rauch. Manchmal kamen wir nicht einmal dazu, uns einander vorzustellen. Wir schafften es nicht einmal bis zur Wohnung. Ich blies die Schwänze in den dunklen Hauseingängen vorm »Taranis«. Ich ließ mich auf irgendwelchen verranzten Kellertreppen neben dem »Darkside« ficken. Einige der Typen versohlten mir den Arsch. Einige Mädels zogen mich an meinem Halsband durchs »Apollon«. Und auf dem Klo leckte ich ihnen die Mösen.

Ben war es, der mich mit seinen Kumpels Robbie, Roland, Thommy und dem Rest der wüsten Truppe in jenen Tagen auf eine der E-Porn-Partys schleppte. Anfangs hatte ich Bedenken, ob ich trotz meines Alters Zutritt zur Party bekommen würde. Doch dann erblickte ich den Türsteher. Ausgerechnet Kolja, den ich schon von mehreren anderen Partys kannte.

»Was machst du denn hier?«, fragte er mich.

»Na, was wohl?«, entgegnete ich keck. »Ich möchte auf die E-Porn-Party.«

Ich strahlte ihn herausfordernd an. Er schüttelte fassungslos den Kopf. Für eine Sekunde dachte ich, er würde mir jetzt gleich erklären, ich sei noch minderjährig, eine Hardcore-Porno-Party sei was anderes als das »Apollon«, ich solle schleunigst verschwinden. Ich legte mir meine Antwort zurecht: Mein Alter stört dich doch auch nicht, wenn wir morgens um 4 Uhr ein Bier zusammen trinken! Aber er sagte: »Dann kriege ich jetzt fünf Euro von dir.«

Ich grinste und gab ihm das Geld. Schon war ich auf meiner ersten E-Porn-Party – mit 15 Jahren!

Dort hämmerte auf mehreren Ebenen ein kreuzdüsterer Mix aus EBM und Industrial, Gothic und Wave auf die Ohren ein. Währenddessen flimmerten auf großen Leinwänden Hardcore-Pornos, gab es auf der Bühne SM- und Fetishshows. Im Keller waren nette Gimmicks wie ein Gyn-Stuhl oder ein Andreaskreuz aufgebaut. In kleinen, engen Darkrooms ging es intimer zur Sache, alleine mit Vibrator oder anderem Spielzeug, das auf den Partys verteilt wurde, zu zweit oder manchmal sogar zu dritt.

Auf der Clubebene tanzte ich mir die Seele aus dem Leib. Zwischen Kunstnebel und Strobolicht tauchten finstere Gestalten auf, manche im Grufti- oder Metalstyle, andere leicht geschürzt, bevor sie das wilde Durcheinander der Leiber wieder verschluckte.

Jemand rempelte mich an. Ich wandte mich um und blickte in das Gesicht einer Frau, die mir ziemlich bekannt vorkam. *Unangenehm* bekannt.

»Du?«, fragte sie durch den Lärm hindurch.

»Sie?«, entfuhr es mir. Ungläubig starrte ich Frau Evers an. Es war die Lehrerin, die mir erst vor kurzem morgens nach der exzessiven Faschingsparty auf dem Flur meiner Schule begegnet war. Jetzt fiel der Groschen. Jetzt begriff ich, was mir damals an ihr und ihren schwarzen Klamotten unterbewusst aufgefallen war, worüber mein übernächtigtes Hirn aber nicht hatte nachdenken können: Frau Evers war ein Grufti. *Und was für einer!* Sie trug hautenge Lackklamotten, abgründig finster. Der Ausschnitt war nicht von schlechten Eltern.

Auf diese Begegnung hätten wir beide gut verzichten können – sie sicher ebenso gern wie ich. Doch wieder einmal galt: Angriff ist die beste Verteidigung. Ich sagte: »Lack steht Ihnen außerordentlich gut.«

Sie schaute mich an. »Ich habe nicht damit gerechnet, dass ich hier Schüler antreffe.« Sie holte Luft. »Eigentlich ist die Party erst ab 18.«

Ich setzte ein übermütiges Grinsen auf. »Ich habe auch nicht damit gerechnet, dass ich hier Lehrer antreffe.«

Jetzt zeigte auch sie ein Lächeln. Sie zuckte mit den Achseln.

6

Seitdem gab es keine E-Porn-Party, die ich versäumte. Exzessiv und hemmungslos. Aber hey, was soll's? Es machte Spaß. Darum ging es doch.

Willkommen zurück, meine Welt.

Timo
und bloss keine Beziehung

1

Die Party zum 1. Mai in Robbies Bude war – Sie ahnen es – wüst und wild. Der Alkohol floss in Strömen. Joints machten die Runde. Einige Leute zogen Koks. Auf allen Zimmern ging es kreuzbunt zur Sache. Genau das Richtige für meine Stimmung.

Die letzte Nacht hatte ich noch mit einem Typen verbracht, den ich vor einiger Zeit im »Apollon« kennengelernt hatte; wir trafen uns ab und an, wenn wir Bock aufeinander hatten. Eine reine Fickbeziehung.

Dementsprechend übernächtigt hockte ich auf der Party. Ich beobachtete ein Pärchen auf der Couch gegenüber, die so sehr ins Gespräch vertieft waren, dass sie vom Rest der Gesellschaft kaum was mitbekamen. Den Typ kannte ich vom Sehen. Er hieß Timo, war ein entfernter Kumpel von Ben und hing gelegentlich im »Taranis« ab.

Irgendwann gesellte sich Ben zu mir und deutete auf seinen Kumpel gegenüber. Noch immer quatschte er mit seiner Bekannten, seiner Freundin oder was auch immer sie war. Das war ihrer Haltung nicht so genau zu entnehmen. Dafür aber umso mehr, was die beiden eigentlich wollten, aber wozu sie sich aus unerfindlichen Gründen nicht aufraffen konnten.

»Hey«, rief Ben. »Warum verschwindet ihr beiden nicht endlich von dieser Party?«

»Hä?«, machte Timo.

»Euch beiden steht doch in großen Buchstaben ›Ficken‹ auf die Stirn geschrieben«, fügte ich hinzu.

Es dauerte nicht lange, da waren die beiden tatsächlich verschwunden. Nach zwei Stunden kehrten sie glückselig grinsend zurück. Da neigte sich die Party bereits dem Ende zu. Einige der Jungs rüsteten sich zur After Hour im »Taranis«. Ich dagegen war todmüde und wollte nur noch heim. Timo bot an, mich nach Hause zu fahren. Er lächelte: »Als kleines Dankeschön für die Starthilfe vorhin.«

Auf der Rückfahrt stellte sich heraus, dass er gerade einmal zehn Minuten Fußmarsch von mir entfernt wohnte. »Was für ein Zufall«, sagte er, »dass wir uns bislang noch nicht über den Weg gelaufen sind.«

2

Einige Wochen später begegnete ich Timo im »Taranis« erneut. Ich fragte ihn nach seiner Errungenschaft. »Und, was macht dein Herzblatt?«

Zähneknirschend gestand er: »Ich hab Stress mit ihr.«

Damit schien das Thema für ihn erledigt. Ich beließ es dabei, obwohl ich das untrügliche Gefühl hatte, dass ihm noch viel mehr auf dem Herzen lag, das er loswerden wollte. Ich sagte nur: »Wenn du mal jemanden zum Quatschen brauchst, kannst du dich gerne bei mir melden. Wir sind ja quasi Nachbarn.«

Er prostete mir zu, wir tranken unser Bier und die Zeit verstrich. Kurz bevor ich gehen wollte, kam Timo noch einmal zu mir. »Wenn du magst, kannst du ja morgen Nachmittag mal vorbeischauen.«

Eigentlich hatte ich den folgenden Tag für ein Treffen mit meiner kleinen Fickbeziehung aus dem »Apollon« verplant. Aber gut, das ließ sich auch verschieben.

Am nächsten Nachmittag stand ich vor Timos Tür. Er bat mich in seine Wohnung. Es war eine kleine Einzimmerwohnung im Souterrain, die einst wohl als Partyraum benutzt worden war. Davon zeugte zumindest die langgezogene Bartheke, die den Wohnbereich von der Küche abtrennte. Das alleine war schon witzig. Aber auch sonst hatte Timo das Appartement schnuckelig eingerichtet. Ich fühlte mich sofort wohl.

Als ich auf der Couch saß, bot er mir einen Kaffee an. Ich nahm dankend an. Wir tranken und quatschen dabei über die Party in Robbies Wohnung und über die Nächte im »Taranis«. Ich erzählte ihm, wie ich das erste Male in der Kneipe erlebt hatte – im Alter von zwölf Jahren.

Er riss die Augen auf. »Wie alt bist du denn?«

»15«, antwortete ich wahrheitsgemäß.

»Ziemlich frühreif«, bemerkte er.

»Wenn du es so nennen willst.« Ich winkte ab. »Und wie alt bist du?«

»28.«

»Alter Bock«, neckte ich ihn. »Und wie lange gehst du schon ins ›Taranis‹?«

Er berichtete davon, wie er vor Jahren zum ersten Mal dort abgestürzt war. Wir sprachen über seine Ausbildung zum Computerprogrammierer, über meine Schule, meine Arbeit als Kreisschulsprecherin, die mich nach wie vor sehr intensiv in Beschlag nahm, mein Ziel, Journalistin zu werden, über unsere Träume, Wünsche, Hoffnungen. Es war ein sehr intensives Gespräch. Sehr harmonisch. Als würden wir uns schon seit Monaten oder sogar Jahren kennen. Über seine Freundin verloren wir kein Wort.

Weil wir uns so gut verstanden hatten, verabredeten wir uns für den nächsten Nachmittag. Für den Nachmittag darauf. Und den darauffolgenden.

Uns gingen die Themen einfach nicht aus. Wir verloren uns in unseren Gesprächen, gingen immer tiefer, kamen uns immer näher. Er kam dahinter, dass es mich sehr erregte, wenn man mir den Nacken mit Fingernägeln kraulte. Von da an ließ er keine Gelegenheit aus, mir mit den Fingern durch den Haaren zu fahren, dabei wie beiläufig mit den Nägeln in meine Haut zu ritzen.

Ich wurde wütend: »Na toll«, warf ich ihm vor. »Du machst mich jetzt ganz heiß ... und dann kann ich gleich nach Hause gehen und kalt duschen.«

Er lachte. »Ich finde das witzig.«

»Und sonst?«, begehrte ich zu wissen.

Er schüttelte den Kopf. »Sonst nichts.«

»Warum?«

»Gwen«, sagte er und wurde plötzlich sehr ernst. »Eines solltest du wissen: Wenn ich in einer Partnerschaft lebe, bleibe ich treu und korrekt. Ich bin absolut nicht der Typ, der fremdgeht, selbst wenn ich Stress in meiner Beziehung habe.«

»Dann ist es aber unfair, was du da tust.«

»Ach ja?«

»Ich spiel dir ja auch nicht am Schwanz herum und lasse *euch* dann stehen.«

Er ließ seinen Kopf hängen. »Du hast ja recht. Tut mir leid. Es ist ja nur ...« Er druckste herum. »Die Enttäuschung über meine Freundin, mit der ...«

»... es nicht so klappt, wie du es dir vorgestellt hast, richtig?«, unterbrach ich ihn. »Ist schon okay. Wenn es dir hilft, den Frust abzulassen, indem du mich ein bisschen ärgerst, dann will ich mal keine Spielverderberin sein.«

3

Als ich am Freitag darauf mit Bia, Heiko, Ben, Robbie und noch einigen anderen im »Taranis« abhing, tauchte Timo auf. Er kam schnurstracks auf mich zu und ließ mich wissen, dass er sich von seiner Freundin getrennt hatte. Was hätte ich darauf antworten sollen? Dieser Schritt war absehbar gewesen.

Er ertränkte sein Leid im Bier, ich leistete ihm Gesellschaft. Geschwister im Geiste. Dabei begann er meinen Nacken zu streicheln. Mehr nicht. Nicht genug.

Irgendwann kam Ben zu mir und sagte: »So, und jetzt fahren wir euch nach Hause.«

Ich sah auf die Uhr. Es war gerade mal kurz nach 22 Uhr. »Wieso? Was soll ich dort?«

Ben grinste. »Euch steht in großen Buchstaben ›Ficken‹ auf die Stirn geschrieben. Wir fahren euch jetzt heim. Dann seht zu, dass ihr was draus macht.«

Also fuhr Ben uns zu Timo. Wir standen uns in seiner Wohnung gegenüber, die mir inzwischen vertrauter war als so manche Bude meiner Fickbeziehungen. Unsere Blicke trafen sich. Achselzuckend meinte Timo: »Da bleibt uns wohl nichts anderes übrig, oder?«

»Nö«, entgegnete ich.

Erst am nächsten Morgen um 7 machte ich mich auf den Heimweg. Mit Brötchen.

4

Die erste Nacht mit Timo war schön. Richtig schön. Erstaunlich eigentlich, denn wir gingen ja sozusagen nur auf Befehl miteinander ins Bett. Wir hatten zuvor ja nicht einmal miteinander geknutscht. *Das* wäre – zumindest bei mir – die übliche Reihenfolge gewesen.

In der Woche, die folgte, trafen wir uns jeden Tag. Seltsamerweise verloren unsere Gespräche an Bedeutung. Wichtig war nur noch das Vögeln. Es war fast, als hätten wir nach den endlosen, geistigen Diskursen ungeheuren körperlichen Nachholbedarf. *Ausgerechnet ich.*

Bereits früh morgens in der Schule tauschten wir SMS aus, verabredeten uns für den Nachmittag, den Abend. Timo fragte: *Kommst du um 7?*

Ich antwortete: *Klar. Muss aber um 22 Uhr heim. Meine Eltern drehen sonst am Rad.*

Drei Stunden vögeln reicht.

Aber geradeso!

Als ich mich abends auf den Heimweg machte, sagte er: »Komm gut nach Hause.« Als ich im Bett lag, erreichte mich eine SMS von ihm: *Das war schön gerade eben.*

Ich dachte mir nichts dabei und antwortete: *Fand ich auch.*

Einige Abende danach bekam ich eine SMS mit den Worten: *Schlaf gut.*

Ich wünschte ihm: *Ebenfalls eine gute Nacht.*

Meine beste Freundin Anke, der ich davon erzählte, schüttelte den Kopf. »Kann es sein, dass du verliebt bist?«

»Verliebt?«, prustete ich los. »Vergiss es.«

»Ich bin mir sicher, du bist verliebt.«

»Ach«, wehrte ich entrüstet ab. »Timo und ich, wir haben eine Fickbeziehung. Mehr nicht.«

»Bist du dir sicher?«

»Ja.«

Eine Woche später erhielt ich, als ich nach einem Besuch bei Timo wieder daheim im Bett lag, eine Nachricht von ihm: *Ich denk an dich.*

Ich erwiderte: *Ich auch an dich.*

Wenige Minuten darauf bekam ich zu lesen: *Hab dich lieb.*

Hab dich lieb!

Drei Worte nur. Aber mir war plötzlich mulmig zumute. Hab dich lieb!

Was hatte ein solcher Satz in einer Affäre zu suchen? Nichts anderes als eine Fickbeziehung hatten wir.

Oder etwa nicht?

Zugegeben, bis zu unserem ersten Sex hatten wir uns über Wochen getroffen, sehr gut unterhalten, bis in intime Details hinein. Es hatte sich eine Vertrautheit zwischen uns entwickelt, die enger war als jene, die ich bisher mit meinen Fickbeziehungen aufgebaut hatte, enger auch als es zwischen Ben und mir der Fall gewesen war. Timo war ein Mensch, von dem ich zweifellos sagen konnte, dass ich ihn gerne hatte. Aber jetzt plötzlich kam mir dieses Gefühl ziemlich falsch vor.

Ich ließ die SMS unbeantwortet. Stattdessen tippte ich am nächsten Morgen, während ich in der Pause auf dem Schulhof saß, in mein Handy: *Timo, wir müssen uns heute Abend treffen. Wir müssen uns unterhalten.*

Postwendend kam die Antwort: *Ich bin um 8 Uhr zu Hause. Um was geht es?*

Ich schrieb: *Ich glaube, du weißt sehr genau, um was es geht. Es hat sich zwischen uns was eingeschlichen, was in einer Fickbeziehung nichts zu suchen hat. Das sollten wir klären.*

Er antwortete: *Ich weiß nicht, was du da noch klären willst. Wir haben uns doch eh längst ineinander verliebt.*

Wie versteinert blickte ich auf den kleinen Bildschirm. Die Textnachricht schien mich förmlich anspringen zu wollen. Was geschah hier gerade? Mir fehlten die Worte. Ich dachte an den Abend und daran, dass es offensichtlich noch mehr zu klären gab, als ich befürchtet hatte.

5

Schon um 19.30 Uhr stand ich bei Timo vor der Tür. Natürlich war er noch nicht daheim. Ich steckte mir gerade eine Zigarette an, als er um die Ecke bog.

»Du bist schon da?« Um seine Mundwinkel spielte ein feines Lächeln.

Ich sah ihn an. So sorgfältig ich mir meine Worte zurechtgelegt hatte, jetzt bekam ich kein einziges davon über die Lippen. Ich sagte nur: »Wir sind schon zwei dumme Arschlöcher!«

Er lachte auf und nahm mich in den Arm. Dann gab er mir einen Kuss und sagte: »Komm erst mal rein. Ich mach uns einen Kaffee.«

Wir ließen uns am Küchentisch nieder und schauten uns über unsere Kaffeebecher hinweg schweigend an, bis ich irgendwann die Stille nicht mehr ertrug und fragte: »Was machen wir jetzt mit dem angebrochenen Abend?«

»Weiß nicht«, erwiderte er.

»Ich wollte mich ja eigentlich noch mit dir unterhalten.«

»Dann schieß mal los.«

Ich sammelte mich. »Also, das ganze Kuschelmuschel, was sich bei uns beiden um die Vögelei entwickelt hat, gehört nicht in eine Affäre.«

»Ich gebe dir recht«, sagte er. »So was gehört in eine Fickgeschichte nicht rein.«

Weil er nichts weiter sagte, fragte ich: »Und?«

»Ich habe normalerweise keine Fickgeschichten.«

Ich hatte es befürchtet. Ich schwieg.

Er ergriff meine Hand, sah mich mit großen, vollen Augen an. »Haben wir denn eine Fickgeschichte?«

Etwas in mir begann zu pochen. Es war keine Panik. Aber was dann? Ich wusste die Antwort nicht. Vielleicht drückte ich mich auch nur vor den Konsequenzen, die eine Antwort mit sich gebracht hätte. Ich fragte nur: »Was machen wir denn jetzt?«

»Was würdest du denn gerne machen?«

Flüsternd schlug ich vor: »Was hältst du davon, wenn wir es einfach mal so laufen lassen. Wir treffen uns, wir unternehmen was zusammen, wir gehen miteinander ins Bett.«

»Und wir können Dinge sagen wie: ›Ich denk an dich‹ oder ›Ich hab dich lieb‹, ohne dass wir uns dabei doof fühlen?«

»Ja«, stimmte ich zu. Und fühlte mich keineswegs doof dabei.

6

Natürlich wusste Timo über mein ausschweifendes Leben Bescheid. Ich hätte es vor ihm auch gar nicht verheimlichen können. Er kannte schließlich Ben und seinen wilden Haufen.

Eines Abends, als wir bei ihm im Bett lagen, sagte er: »Es ist schon deprimierend. Als du eingeschult wurdest, habe ich Abitur gemacht.

Trotzdem hast du mit deinen 15 Jahren bereits 100.000 Erfahrungen mehr als ich.«

»Ach«, winkte ich ab. »Mach dir nichts draus. Wir verstehen uns doch trotzdem ganz gut.«

So einfach war es dann aber doch nicht für ihn. Er sagte: »Das erste Mal habe ich mit 14 oder 15 Alkohol getrunken.«

»Ich war elf.«

»Ich habe mit 16 angefangen zu rauchen.«

»Ich mit zwölf.«

»Mit 17 hatte ich das erste Mal Sex.«

Ich lachte. »Möchtest du jetzt wissen, wann ich das erste Mal Sex hatte?«

Er holte Luft. »Mit 13?«

Ich lachte noch lauter. »Ja, mit 13.«

Er stöhnte auf. »Mein Gott, was habe ich mir da bloß angelacht?«

SINNESWANDEL

Es gibt nichts Schlimmeres als Typen, mit denen man was hat, die unbedingt erfahren wollen, an welcher Stelle sie stehen. Ich weiß die Antwort nicht einmal. Um ehrlich zu sein: Ich habe nie gezählt, mit wie vielen Männern und Frauen ich schon geschlafen habe.

Und da beginnt das Problem ja schon: Was bedeutet »miteinander schlafen«? Zählen Blasen oder Lecken schon dazu? Bill Clinton lässt grüßen. Reicht Reinstecken und ein bisschen aufeinander Rumjuckeln schon aus? Muss mindestens einer von beiden kommen? Oder gibt es eine zeitliche Einschränkung? Muss es mindestens eine Viertelstunde dauern, bevor man es »miteinander schlafen« nennen darf?

Als ich das erste Mal im Swingerclub war, schlief ich, wenn man so will, in kürzester Zeit mit unwahrscheinlich vielen Menschen. Da waren Männer, die ihren Schwanz nur mal ganz kurz in mich reinsteckten. Aber das zählt für mich nicht als »miteinander schlafen«. Was war es dann? Sex. Guter Sex. Punkt.

Wieso müssen alle immer so ein Heidenspektakel daraus machen?

Ich muss nicht mit meinem Sexleben prahlen. Ich habe es, und das reicht mir völlig aus. Natürlich lässt sich mein Lebenswandel meinen Freunden gegenüber nur schwer verheimlichen. Neulich hatte ich mich mit ihnen im »Apollon« verabredet. »Treffen wir uns um elf?«, wollte Bia wissen.

»Ist okay«, bestätigte ich. »Aber ich bin vorher noch verabredet.«

Um 23.10 Uhr klingelte mein Handy. Ungünstiger Zeitpunkt. Zehn Minuten später war's schon besser, auch … entspannter. Ich rief zurück, zündete mir eine Kippe an, während ich auf das Freizeichen wartete. Heiko meldete sich.

»Ich bin's, Gwen«, nuschelte ich mit dem Glimmstengel im Mundwinkel.

»Gwen!«, rief Heiko. »Sag mir jetzt bitte nicht, dass du dem Typen einen bläst, während du mit mir telefonierst?«

Meine Mutter weiß bis heute nicht, was ich alles mache. Es war ihr ausdrücklicher Wunsch und daran habe ich mich gehalten. Ich glaube aber, nur ganz wenig Jugendliche erzählen ihren Eltern bis ins Detail von ihrem Sexleben.

Eine oder zwei meiner Affären kennt meine Mutter inzwischen, auch namentlich. Das liegt daran, dass ich sie inzwischen so lange kenne, dass ein Verheimlichen wirklich schwierig werden würde. Wenn ich ihr sage: »Ich fahre zu Alex.« Oder: »Ich fahre zu Thommy. Ich bin gegen Mitternacht wieder zurück.«

Dann antwortet sie mit einem lakonischen Lächeln: »Na ja, ich werd's ja sehen.«

Daran hat sie sich inzwischen gewöhnt – und mehr bekommt sie nicht mit.

Timo
und der unglaubliche Saugnapf

1

Anfangs hielten Timo und ich unsere Beziehung vor meinen Eltern geheim. Zumal ja nicht wirklich klar war, wie es sich zwischen uns entwickeln würde. Doch als sich nach einigen Wochen abzeichnete, dass die Sache tatsächlich ernst wurde – *richtig ernst,* auch wenn das seltsam aus meinem Mund klingt –, stellte ich Timo wenige Tage nach meinem 16. Geburtstag meiner Mutter vor. Er war der erste Junge, den ich nach meiner großen Liebe Ron wieder zu Hause einführte. Die Episode mit Ron lag über drei Jahre zurück.

Ich hatte keine Ahnung, was ich jetzt von meinen Eltern erwartete. Der Altersunterschied war einfach zu groß, als dass ich hätte hoffen dürfen, dass Mutter und Vater uns einfach so ihre Absolution erteilten. Vor allem nach dem Drama um Stefan hatte ich meine Bedenken. Der war gerade mal 19 gewesen, Timo war 28.

Erstaunlicherweise gab sich meine Mutter gelassen, verlangte nur: »Erzähl es bitte auch deinem Vater.«

Ich fragte nicht, was zu ihrem Sinneswandel geführt hatte. War es die Resignation? Wer weiß.

Ich lud meinen Vater in die Kneipe ein, wählte bewusst einen neutralen Ort. Nachdem er den Raum erhabenen Schrittes, in Anzug und Krawatte, betreten und sich an unseren Tisch niedergelassen hatte, erklärte ich: »Papa, ich möchte dir jemanden vorstellen. Ich habe einen neuen Freund. Das ist Timo.«

Die beiden reichten sich die Hand. »Du?«, sagte mein Vater.

»Du?«, sagte auch Timo. Mir entging nicht, wie er erbleichte.

Auch die Selbstsicherheit meines Vaters erschien plötzlich etwas aufgesetzt. »Gibt es da etwas, was ich nicht weiß?«, erkundigte ich mich vorsichtig.

»Nein«, antwortete mein Vater. »Aber ich kenne Timo bereits.«

Jetzt lag die Überraschung auf meiner Seite. »Woher denn das?«

»Nun ja«, sagte mein Vater.

»Nun ja«, sagte auch Timo.

Wir bestellten eine Runde Bier und tranken jeder einen Schluck. Erwartungsvoll sah ich die beiden an. »Was denn jetzt?«

»Du kennst doch meine Stammkneipe, das ›Kreutz‹?«, begann mein Vater.

Natürlich kannte ich seine Stammkneipe. »Was ist damit?«

Timo antwortete: »Das war lange Zeit auch meine Stammkneipe.«

»Wir haben uns dort vor zwei oder drei Jahren getroffen«, fuhr mein Vater fort. »Und wir haben uns auf Anhieb gut verstanden.«

Jetzt lächelte Timo. »Und dabei hat er mir mehr als einmal sein Leid geklagt.«

»Sein Leid?«, fragte ich nach. »Worüber?«

Timo schüttelte den Kopf. »Das weiß ich nicht mehr.«

Ich glaubte ihm kein Wort. »Ich bin mir sicher, dass du das noch weißt. Aber du willst es mir nicht sagen.« Ich sah zu meinem Vater. »Worüber hast du dich ausgeheult?«

Er zuckte mit den Achseln. »Hab's vergessen.«

Nun, ich konnte mir die Antwort denken. Er hatte sich bei Timo, seiner Kneipenbekanntschaft, über seine 13-jährige, missratene Tochter ausgeheult, die sich abends heimlich aus dem Haus stahl, sich nächtelang in Diskotheken herumtrieb, Alkohol trank, rauchte und mit älteren Männern abhing.

Die beiden schienen meine Gedanken zu lesen. Timo setzte ein Lächeln auf. Auch mein Vater lachte jetzt. Sie stießen an und vertieften sich ins Gespräch. Ich saß daneben, lauschte ihnen und kam mir völlig fehl am Platze vor. Gleichzeitig freute ich mich darüber, wie gut sie sich verstanden. Ich dachte: Wenn das mal keine guten Vorzeichen sind!

2

Nachdem also meine Eltern die Beziehung zu Timo abgesegnet hatten, waren wir beide ein Herz und eine Seele. Wir klebten förmlich aneinander, selbst im »Taranis« und »Apollon«, das wir jede Woche mittwochs und an den Wochenenden aufsuchten. Sogar auf der E-Porn-Party, auf die ich ihn schleppte, hingen wir wie Saugnäpfe aneinander. Genervt schlugen unsere Freunde schließlich vor: »Bleibt doch einfach zu Hause!«

Und manchmal machten wir das sogar. Wir kauften gemeinsam ein, kochten uns was Feines, lümmelten uns auf Timos Bett, guckten DVDs, hatten Sex, schliefen nebeneinander ein, wachten morgens miteinander auf. Eine ganz normale Beziehung. Wie schön. Endlich gab es keinerlei Heimlichtuerei mehr, keine Angst mehr, von wütenden Eltern entdeckt zu werden. Und diesmal gab es auch keine große räumliche Distanz, die es bei jedem Treffen mühsam zu überbrücken galt – ein paar Minuten Fußweg und wir konnten uns in die Arme fallen.

Alles, was zählte, war mein Bauch voller Schmetterlinge. Eine wunderbare Zeit. Herrlich. Toll. Nichts, was ihn störte. Nichts, was mir fehlte. Nichts.

3

»Ich bleibe heute Abend mal bei mir zu Hause«, erklärte ich.

»Warum?«, erkundigte sich Timo.

Ich überlegte. So gern ich mich mit meiner besten Freundin Anke für eine Woche in meinem Zimmer verschanzte, so ungewohnt war es für mich, einen Menschen, der nicht zu meinen Freunden gehörte, dauerhaft zu ertragen. »Weil ich meine Ruhe haben will. Weil ich einfach herumsitzen möchte, ein bisschen Duftkerze verbrennen, ein Buch lesen, Musik hören, Rotwein trinken.«

»Rumsitzen, lesen, Musik hören und Rotwein trinken kannst du doch auch bei mir.«

»Richtig«, gab ich zu. »Aber das ist nicht mein Zimmer. Nicht mein Zuhause. Außerdem kann ich da keine Duftkerze anzünden.«

»Das mag ich nicht.«

»Musst du ja auch nicht mögen. Aber deshalb möchte ich heute einfach mal in meinem Zimmer sitzen – ohne dich.«

Er verstand nicht. »Aber …«

Ich unterbrach ihn. »Das hat nichts damit zu tun, dass ich dich nicht lieb habe. Versteh mich nicht falsch. Ich möchte einfach nur mal meine Ruhe.«

4

»Ich möchte weg hier«, erzählte ich.

Schockiert sah er mich an. »Was soll das heißen?«

Lächelnd kuschelte ich mich an ihn. Wir lagen im Bett, die Körper noch verschwitzt. »Nach meinem Abi möchte ich aus Gießen raus. Ich möchte nicht hier bleiben.«

»Warum nicht?« Er klang noch nicht beruhigt. »Gefällt es dir hier nicht?«

»Doch«, entgegnete ich. »Ich fühle mich hier pudelwohl. Ich kenne jeden. Mich kennt jeder.

Meine Familie lebt hier, meine Freunde. Ich mag die Stadt, ich mag Hessen, ich liebe das Land und schätze es. Deshalb werde ich auch immer wieder zurückkommen.«

»Aber?«

»Ich möchte was von der Welt sehen. Was erleben.«

»Als wenn du nicht genug erlebst.«

»Ja, du hast recht«, räumte ich ein. »Aber es gibt noch so viel mehr.«

Er kratzte sich den Kopf. »Das verstehe ich nicht.«

»Hast du dieses Gefühl nicht? Mal was anderes zu erleben als nur Gießen und Umgebung?«

Er überlegte. »Nein«, meinte er dann. »Ich habe mich und mein Leben hier eingerichtet. Hier habe ich meine Freunde. Meine Arbeit. Ich wüsste nicht, warum ich hier weg sollte.«

»Kein bisschen Fernweh?«, forschte ich zaghaft nach.

»Nein. Ich bleibe hier.«

»Dann haben wir ein Problem.«

Jetzt hob er den Kopf, sah mich an. »Haben wir das?«

»Ja, denn ich will nicht hier bleiben.« Ich wartete auf seine Reaktion. Er schwieg. Also fuhr ich fort: »Ich verlange nicht von dir, dass du dein Leben für mich aufgibst oder völlig über den Haufen wirfst.«

»Herzlichen Dank«, sagte er pikiert.

»Aber du kannst auch nicht von mir verlangen, dass ich all meine Träume wegwerfe.«

»Nein, das kann ich nicht«, sagte er und klang dabei, als würde er genau das verlangen.

Ich verschluckte meine weiteren Worte.

5

Und dann war da natürlich noch der Sex.

»Was ist damit?«, wollte Timo wissen.

»Lass uns doch mal Sex im Freien haben«, schlug ich vor.

Timo sah mich an, als hätte ich den Verstand verloren. »Wie bitte?«

»Es ist so schönes Wetter. Lass uns doch mal raus gehen.«

»Nein.«

»Wie ›nein‹?«

»Nein.«

»Wir müssen es ja nicht unbedingt im Stadtpark mitten auf der Wiese treiben, aber es gibt noch so viele andere Orte, an denen ...«

»Nein«, wiederholte er. »Da könnten uns doch die Leute sehen ...«

»Ach?«

»... und man kriegt Dreck ab.«

Ich streichelte ihm über die Brust. »Das mit den Leuten und dem Dreck, das ist doch gerade das Reizvolle daran.«

»Da krabbeln Viecher herum.«

»Mein Gott, was passiert schon großartig, wenn du dich auf eine Ameise setzt? Die ist danach platt. Und du hast es nicht einmal gemerkt.«

»Ich mag keine Insekten.«

Ich sah an ihm herab. Timo war ein Bär von Mann. Fast zwei Meter groß. Aber mit einer fürchterlichen Angst vor Krabbeltieren gesegnet. Wann immer sich eine Spinne ins Zimmer verirrte, musste ich sie in die Freiheit tragen.

»Dann nehmen wir eine Decke mit«, wagte ich einen weiteren Anlauf.

»Da krabbeln die Viecher drauf.«

Ich ließ die Luft geräuschvoll aus meinen Lungen. »Das kann doch nicht sein, dass du überhaupt keinen Sex im Freien magst.«

»Vielleicht doch.«

»Ich hatte schon an den abstrusesten Orten Sex ...«

»Ich weiß.« Es klang wie ein Vorwurf.

»... und alle anderen, mit denen ich bisher zu tun hatte, auch.«

»Schön für sie.« Jetzt war er eingeschnappt.

Ich verdrehte die Augen. »Dann lass uns mal nachts ins städtische Parkhaus fahren. Da ist es dunkel. Da sind keine Menschen. Da sind keine Krabbeltiere. Und regnen kann es auch nicht.«

»Aber es ist kalt dort.«

»Wir haben doch Sommer!«

»Na und?«

»Meine Herren«, verzweifelte ich. »Beim Sex wird dir doch warm. Ich hatte schon Sex im Februar, bei Eis und Schnee auf dem Sportplatz. Und ich habe *nicht* gefroren.«

»Nein«, war alles, was er sagte.

»Im Auto vielleicht? Auf der Rückbank?«

»Das ist unbequem.«

Ich stand auf, tigerte rastlos durch das Zimmer. »Ich kann nicht immer nur Sex im Bett haben.«

»Hast du doch auch gar nicht. Wir ficken auf der Couch, in der Küche, im Bad.«

Wollte er mich nicht verstehen? »Ich kann nicht immer nur Sex in der Wohnung haben. Ich hätte schon gerne mal einen Ortswechsel. Ich mag diesen Kick.«

»Kick?«

»Ach, Timo«, seufzte ich. »Ich finde, die Missionarsstellung kann, wenn sie an einem skurrilen Ort vollzogen wird, einen ganz anderen Kick auslösen, als daheim im Bett.«

»Das findest du.«

»Du nicht?«

»Nein.«

Damit war auch dieses Thema vom Tisch.

6

Anfangs dachte ich, es sei mir zumindest gelungen, seine Begeisterung für devot-dominante Spielchen zu entfachen. Er legte mir mein Halsband um, an dem die Leine befestigt war. Mich daran beim Blasen festzuhalten, gefiel ihm ebenfalls. Gelegentlich fesselte er mich, zwar nicht in der intensiven Art, wie ich es gewohnt war, aber mit Handschellen ans Bett fixiert zu sein, während er mich fickte, war schon mal ein guter Anfang.

Manchmal verpasste er mir ein paar Schläge auf den Po. Oder kniff mich in die Brustwarzen. Das war nett. Aber nicht hart. Bei weitem nicht das, was mit mir möglich war. *Wenn's nicht wehtut, macht es eigentlich keinen Spaß.* Deshalb versuchte ich ihn zu lenken. Wenn er mich von hinten vögelte, drückte ich meine Arme auf den Rücken. Wie aus einem Reflex zog er daran.

»Fester!«, forderte ich ihn auf. »Noch fester!«

Er drehte meine Arme in den Polizeigriff. Ich konnte mich nicht mehr bewegen. Das war gut. Das war schon mal ein Anfang.

»War das SM?«, fragte er mich danach.

»Eher eine lustige Spielerei«, witzelte ich.

»Gefällt dir das?«, wollte er wissen.

»Ja.«

»Tut dir das weh?« Er hielt die Luft an.

»Nicht wirklich«, gestand ich.

»Dann ist gut«, atmete er aus. »Dann mache ich es gerne noch mal.«

»Es könnte dann ruhig ein bisschen mehr weh tun.«

»Nein, nein.« Er schüttelte heftig den Kopf. »Das kann ich mir nicht vorstellen. Einer Person, die ich liebe, kann ich nicht weh tun.«

»Was ist mit Bondage? Seile? Stricke? Ich mag es, ausgeliefert zu sein.«

»Nein, das geht gar nicht.«

»Aber wo ist denn das Problem?« Manchmal raubte er mir wirklich den Nerv mit seinen Zweifeln und Sorgen. »Du zwingst mich doch nicht dazu. Ich wünsche es mir ja.«

»Nein, eine Person, der ich nahe stehe, kann ich nicht erniedrigen.«

»Aber ich möchte erniedrigt werden.«

»Das kann ich nicht.«

Ich gab entmutigt auf. Zurück blieb nur ein Gefühl der Leere, das beständig anwuchs.

7

»Ich fände es gut, wenn man gleich erkennen könnte, dass wir zusammengehören, wenn wir unterwegs sind«, erklärte ich.

Über Timos Kopf tauchte ein Fragezeichen auf. »Aber wir halten doch Händchen.«

»Das meine ich nicht. Und ich rede auch nicht vom Küssen.«

»Wovon denn dann?«

»Ich will damit sagen: Jeder soll sehen, dass wir zusammengehören.«

Seine Miene hellte sich auf. »Du willst einen Ring?«

Ich zeigte ihm meine Hände, an denen eine Menge Schmuck glänzte. »Wo soll denn da noch Platz sein?«

»Dann weiß ich nicht, was du meinst?«

Ich prustete. »Meine Leine!«

»Was ist mit deiner Leine?«

»Jetzt denk mal scharf nach.«

Er dachte scharf nach. »Nicht wirklich, oder?«

»Doch«, sagte ich. »Führ mich aus.«

»Wie? Was?«

»Wenn wir mal wieder ausgehen.«

Er überlegte eine Weile. »Ich glaube, ich käme mir dabei blöd vor.«

»Probier es doch einfach mal.«

Zögernd willigte er ein. Als wir uns am Wochenende darauf mal wieder ins »Apollon« aufmachten, drückte ich ihm vor der Haustür die Leine in die Hand. Wir mussten den Block umrunden, um zum Parkplatz zu gelangen.

Er schaute die Leine an. Er schaute mich an. Ich zuckte mit den Schultern. »Ich habe nicht gesagt: ›Sobald wir im Club sind.‹ Ich habe gesagt: ›Führe mich aus.‹«

Es war ihm deutlich anzusehen, dass er ein Problem damit hatte. Aber diesmal wollte ich, dass er meinen Wunsch erfüllte. Unbedingt. Er kämpfte sich bis zum Auto, peinlich darum bemüht, nicht gesehen zu werden. Zu seinem Glück waren keine Passanten unterwegs.

Im »Apollon« kam er mit seiner Rolle etwas besser klar, was sicherlich auch daran lag, dass er nicht der Einzige war, der sich seinen persönlichen »Sklaven« hielt. Weil er allerdings nicht gerade der geborene Tänzer war, ich mich dagegen leidenschaftlich gerne bewegte, machte ich mich ohne ihn auf die Tanzfläche. Wenn ich einmal dort bin, kriegt man mich nicht so schnell wieder herunter.

Ich sah sein missmutiges Gesicht, als die Zeit immer länger wurde. Ich ahnte, was kommen würde. Und ja, ich provozierte es. Ich sah ihn nahen. Er stürmte auf die Tanzfläche, riss an der Kette und zog mich zu sich an die Theke. »Du bleibst jetzt erst mal hier«, grummelte er.

»Ja«, sagte ich lächelnd und konnte meine Dankbarkeit nicht verhehlen. Genau diese Reaktion hatte ich mir gewünscht.

Auch er schien jetzt die Vorzüge meiner Kette zu erkennen. Denn im Gegensatz zu ihm war – und bin – ich kein Kuscheltyp. Abends vor dem Einschlafen einen Gute-Nacht-Kuss geben, dazu eine kurze Umarmung, das war schön. Aber stundenlanges Herumstreicheln und Aneinanderkuscheln langweilte mich.

Timo dagegen war ein sehr anhänglicher Mann, der seinen täglichen Bedarf an Kuscheleinheiten brauchte. Deshalb zog er mich immer häufiger an der Kette zu sich. Fortan wurde ich »zwangsgekuschelt«. Dagegen konnte ich schwerlich etwas einwenden. Und auch Timo fand: »Das mit der Kette gefällt mir. Wenn ich was will, dann hole ich dich einfach. Ja, daran könnte ich mich gewöhnen.«

8

Ich hielt die Zeit für gekommen, das nächste Thema auf den Plan zu rufen. Es war schon eine ganze Weile her, deshalb wünschte ich mir: »Ich hätte gerne mal wieder einen Dreier.«

»Was?«

»Na ja«, machte ich. »Mit einer weiteren Frau. Könntest du dir das vorstellen?«

Er wartete einige Sekunden, bevor er antwortete. »Welcher Mann kann sich das nicht vorstellen.« Er zündete sich eine Zigarette an. »Aber wie kommst du denn darauf?«

»Du weißt, dass ich was mit Frauen hatte?«, erkundigte ich mich.

»Du warst bisexuell.«

»Ich gebrauche dieses Wort eher ungern.«

»Welches benutzt du denn dann?«

»Ich stehe auf Männer. Ich stehe auf Frauen. Okay, der allgemeine Begriff dafür ist bisexuell. Aber ich benutze ungern Schubladen. Ich mache einfach das, was mir gefällt. Das Einsortieren überlasse ich anderen.«

»Schön«, stellte er fest und schnippte die Asche von der Kippe. »Aber was soll mir das jetzt sagen?«

»Du weißt, dass ich normalerweise mit Frauen und mit Männern schlafe.«

»Männer und Frauen?«

»Richtig.«

»Und was ist besser? Eine Frau oder ein Mann?«

Diese Frage hatte ich befürchtet. »Also«, begann ich. »Rumknutschen oder mich von einer Frau oder einem Mann fingern oder lecken lassen … das ist das Gleiche.

Wem dieser Finger oder die Zunge gehört, macht keinen Unterschied. Es sei denn, er oder sie kann es nicht. Aber das ja nichts mit dem Geschlecht zu tun.«

Er schwieg, hörte mir aufmerksam zu.

»Was anderes ist es, wenn ich aktiv bin. Wenn ich also einen Schwanz lutsche oder eine Möse lecke. Das kann man natürlich nicht miteinander vergleichen. Man vergleicht ja auch nicht Äpfel mit Birnen.«

»Nein, das tut man nicht«, entgegnete er in einem Tonfall, der mir nicht gefiel.

Ich beschloss, vorerst nicht darauf einzugehen. Stattdessen fuhr ich fort: »Beides ist gut. Beides macht Spaß. Aber es ist jeweils was anderes.«

»Mhm«, machte er.

»Ich würde dich ja auch nicht fragen: Was ist besser – vögeln oder wichsen?«

Er presste die Lippen aufeinander. Ich wollte die Situation ein wenig auflockern und sagte: »Ficken ist nie so geil, wie man es sich beim Wichsen vorgestellt hat.«

Er lachte. Seine Zigarette glomm allmählich dem Filter entgegen. Es dauerte eine Weile, bis er sagte: »Das mit dem flotten Dreier … na ja, ich kann mir nicht vorstellen, dass du mit anderen Männern dabei herummachst.«

Das war nicht die Antwort, die ich mir erhofft hatte. Deshalb sagte ich nur: »Das hab ich mir schon gedacht.«

»Ist das schlimm für dich?« Fragend schaute er mich an. Ich wartete eine Sekunde zu lange mit meiner Antwort.

Er fuhr fort: »Du wusstest von Anfang an, dass ich in einer Beziehung treu bin.«

»Das weiß ich.«

»Und ich glaube nicht, dass ich mit einer Partnerin zusammen sein könnte, die ständig mit anderen Männern rummacht.«

»Ich weiß.«

»Ist das schlimm für dich?«, wollte er noch einmal wissen.

»Nein, eigentlich nicht.« Das meinte ich auch so. Und dachte dabei: Frauen sind ja keine Männer. »Aber kannst du dir vorstellen, dass wir mal was mit einer weiteren Frau machen?«

Er drückte die Kippe im Aschenbecher aus. »Ich kann es mir *jetzt* noch nicht vorstellen.«

»Und das bedeutet?«

»Lass uns später noch mal darüber reden.«

Damit wollte ich mich nicht zufrieden geben. »Und dann?«

»Ich weiß es noch nicht«, wich er aus. »Ich kann mir zumindest nicht vorstellen, es mit einer wildfremden Frau zu machen.«

Für mich spielte es keine Rolle, ob ich die Frau kannte oder nicht. Er schien diesen Gedanken meinem Gesichtsausdruck zu entnehmen und fügte hinzu: »Nein, ich müsste die betreffende Person schon kennen.«

»Gibt es denn eine Frau, die du kennst, mit der du dir das vorstellen könntest?«

Er schüttelte den Kopf. Mir schwante, dass unser Gespräch zu keinem fruchtbaren Ergebnis führen würde. Bevor ich die Geduld verlor, wechselte ich daher das Thema und erzählte ihm davon, dass mein Vater mich zu einem Urlaub auf Kuba eingeladen hatte und ich mich tierisch darauf freute.

Laura und die Kette

1

Der darauffolgende Mittwoch im »Apollon« schickte sich prächtig an. Ich trug High Heels, einen Lederrock, eine Korsage und tapste an der Leine hinter Timo her. Unglaublich, wie schnell er sich wenigstens *dafür* hatte begeistern können.

Laura kam uns entgegen. Mit Laura hatte ich nach meinem Fiasko mit Stefan kurzzeitig was gehabt. Sie bat Timo: »Darf ich Gwen mal entführen?«

»Natürlich«, willigte Timo ein und händigte ihr die Leine aus.

Laura zog mich durch die Disco auf die Tanzfläche. Kunstnebel waberte durch den Raum, die Musik hämmerte aus riesigen Lautsprechern auf die Tanzenden ein. Wir tanzten, sehr eng aneinander, weil die Kette auch nicht sonderlich lang war. Wir kamen uns näher. *Frauen sind ja keine Männer.* Noch näher. Unsere Lippen fanden zueinander. Wir küssten uns.

Da stürmte Timo heran wie ein Besessener, riss Laura die Kette aus der Hand und zerrte mich daran zur Theke. Mehr als einmal drohte ich auf meinen High Heels das Gleichgewicht zu verlieren. Nur gut, dass sich so viele Leute in der Diskothek aufhielten. Es war einfach nicht genug Platz vorhanden, um der Länge nach zu stürzen.

An der Theke angekommen, starrte er auf mich herab. Seine Wangen waren vor Zorn gerötet. »Was war das gerade eben?«

»Lass uns rausgehen«, bat ich, weil ich bemerkte, dass die Umstehenden uns mit neugierigen Augen musterten.

»Wenn ich jetzt rausgehe«, schnaubte er. »Dann fahre ich.«

»Na gut, dann bleiben wir eben hier und geben eine Vorstellung.«

»Also, was war das eben?«

»Ich hab dir doch gesagt, dass ich was mit Frauen habe.«

»Nein. Du hast gesagt, du *hattest* was mit Frauen.«

Verflucht! Ich hatte während unseres Gespräches nicht nur die falschen Worte benutzt, ich hätte auch nicht einfach das Thema wechseln dürfen, als es mir zu kompliziert geworden war. Offensichtlich hatte er überhaupt nicht kapiert, was ich ihm hatte sagen wollen.

Doch diese Erkenntnis kam ein wenig spät. Kleinlaut sagte ich: »Ich dachte, dir ist klar gewesen, dass ich es auch weiterhin tun werde.«

»Dachtest du?«

»Ja.« Ich trat einen Schritt auf ihn zu. Er wich aus. »Außerdem ist mir doch klar, wo ich hingehöre. Ich habe einen Freund, den ich liebe. Und das da eben ...« Ich wies zur Tanzfläche, die in dem Kunstnebel kaum auszumachen war. »Das da eben war Laura. Ich finde sie sexy. Ich hatte mal was mit ihr.«

»Ach ja?«

»Also knutschten wir herum. Warum auch nicht?«

»Ja, du hast recht, warum nicht ...«

»Ja«, beharrte ich. »Es ist die normalste Sache der Welt.«

»Für dich!«

»Für dich nicht?«

Er sagte nichts. Brauchte er auch nicht. Eigentlich war mir die Antwort längst klar. Ebenso klar war mir, dass ich ihn enttäuscht und verletzt hatte. Doch was sollte ich jetzt tun? Was hätte ich tun können? Ich hatte ja nicht einmal Schuldgefühle.

Trotzdem begann ich zu heulen, denn die Beziehung zu Timo war mir wichtig. Doch keiner von uns beiden sprach jetzt noch ein Wort.

Wir fuhren gemeinsam heim. Er steuerte schnurstracks das Haus meiner Mutter an, nicht seine Wohnung.

Bevor ich ausstieg, suchte ich seinen Blick. »Du weißt, dass ich am Freitag mit meinem Vater in den Urlaub fliege?«

»Ja«, sagte er knapp und starrte durch die Frontscheibe auf die Straße.

»Nach Kuba. Für eine Woche!«

»Ich weiß.«

»Ich komme erst nächste Woche Samstag wieder.«

»Ich weiß.«

»Wir werden uns eine Woche nicht sehen.«

»Ja.«

»Eine Woche nicht sprechen.«

»Ja«.

»Keine SMS.«

»Ich weiß.«

»Darf ich danach überhaupt noch bei dir vorbeikommen oder …« Ich schluckte schwer. »Oder nicht?« Jetzt endlich drehte er sein Gesicht zu mir, schaute mich an. Seine Lippen zitterten, als er sagte: »Ich weiß es nicht. Ich weiß es wirklich nicht.«

Ein Schaudern überzog meinen Körper. Ich wollte noch etwas sagen, aber so sehr ich auch nachdachte, mir fiel nichts mehr ein. Also wartete ich schweigend. Er sagte auch nichts. Tränen rannen meine Wangen herab, als ich aus dem Wagen stieg. Bevor ich die Tür zuschlug, beugte ich mich noch einmal herab. Ich wischte mir über die Wange und flüsterte: »Ich melde mich dann, wenn ich wieder am Frankfurter Flughafen bin. Okay?«

»Okay«, sagte er. Ohne ein weiteres Wort brauste er davon. Ich sah ihm hinterher. Plötzlich empfand ich Schuld. Das Gefühl machte mir Angst. Weil es ein falsches Gefühl war. Ich hatte nichts getan, weswegen ich mich hätte schuldig fühlen sollen.

Es brachte nichts, noch länger herumzuheulen. Es würde nichts ändern an dem, was kommen würde, so oder so. Als am Freitag der Flieger nach Kuba abhob, schwor ich mir, den Urlaub zu genießen.

2

Auf dem Rückflug nach Frankfurt wollte ich ein wenig schlafen, doch plötzlich setzte das Magengrummeln ein, von dem ich die ganze Woche auf Kuba über verschont geblieben war.

An Schlafen war nicht zu denken. *Was erwartet mich zu Hause? Sehen wir uns wieder? Trennen wir uns?* So viele Fragen, vor denen ich mich eigentlich hatte schützen wollen. Jetzt prasselten sie wie Hagelkörner schmerzhaft auf mich ein. Mir kam es so vor, als wäre ich ihnen nackt und hilflos ausgeliefert. *Was habe ich mir bloß bei alldem gedacht?* Jetzt war es zu spät. Ich lebte in einer Beziehung. Und ich liebte Timo. Wieder einmal die Liebe.

Kaum in Frankfurt gelandet, schickte ich ihm eine SMS: *Ich bin zurück. Habe kaum geschlafen. Mir nur Gedanken gemacht. Was passiert denn jetzt?*

Er antwortete innerhalb einer Minute: *Komm erst mal nach Hause.*

Mein Vater setzte mich bei meiner Mutter ab. Ich drückte sie, packte die Koffer aus, griff zum Telefon. »Und jetzt?«

Timo sagte: »Ich komm dich abholen.«

Das war ein erster Trost. So schlimm konnte es nicht sein, wenn er mich noch abholte.

Eine Viertelstunde später saß ich bei ihm auf der Couch. »Wie geht es dir?«, fragte er mich.

»Danke, gut. Ich bin ziemlich müde.«

»So siehst du auch aus. Leg dich doch hin und schlaf ein bisschen.«

»Nein«, wehrte ich ab. »Ich kann jetzt nicht schlafen. Ich möchte erst mal wissen, woran ich mit dir bin.«

Er ging in die Küche und kochte Kaffee. Mit zwei dampfenden Tassen kehrte er zurück. Wir nippten an dem Getränk, blickten uns dabei an. Als er seine Tasse absetzte, sagte er: »Die Aktion mit Laura hat mir sehr, sehr wehgetan. Und die rosa Brille, durch die ich bisher unsere Beziehung betrachtet habe, ist weg.«

Ich stellte meinen Kaffee beiseite; den Appetit hatte ich vorerst verloren. Vielleicht hätte ich ihm an dieser Stelle sagen müssen, dass ich für meinen Teil die rosa Brille schon lange nicht mehr trug, und trotzdem nie den Glauben an unsere Beziehung verloren hatte. Aber ich sagte es nicht. Ein Knoten im Hals erschwerte mir das Sprechen. »Was willst du mir sagen?«

»Es ist eben nicht mehr alles eitel Sonnenschein. Und Schmetterlinge im Bauch. Nein, eigentlich hat mein Vertrauen in dich und in unsere Beziehung einen gewaltigen Riss bekommen. Und ich habe keine Ahnung, ob er sich noch mal kitten lässt.«

»Was bedeutet das in letzter Konsequenz?«

»Das bedeutet, dass wir es noch mal versuchen. Dass ich es noch mal versuche. Weil ich dich liebe. Weil ich glücklich mit dir bin. Aber eines sollte dir auch klar sein ...« Er machte eine Pause. Ich wartete gespannt. »Es ist ein Versuch. Nicht mehr. Nicht weniger. Gut möglich, dass ich in drei Wochen sage: ›Es bringt nichts.‹ Oder in drei Monaten. Ich weiß es nicht.«

3

Die nächsten drei Wochen und drei Monate war ich brav wie eine Klosterschülerin. Ich bat ihn nicht um Schläge. Verlangte nicht danach, gefesselt zu werden. Brachte auch das Thema flotter Dreier nicht mehr auf den Tisch. Ja, ich kroch regelrecht zu Kreuze. Wenn wir im »Apollon« oder »Taranis« weilten, schaute ich bis auf meine Freunde niemanden an. Weder Männer noch Frauen. Und ja, es fiel mir verdammt schwer, mir niemanden mehr genauer anzuschauen. Aber ich blieb stark. Meiner Beziehung zuliebe. Für Timo. Was war bloß los mit mir?

Eines Tages, nach einem netten Abend in der Disco, als wir nebeneinander im Bett lagen, nahm er mich in den Arm. Er streichelte meinen Bauch und flüsterte: »Ich möchte dir was sagen.«

»Ich höre.«

»Ich glaube, ich verzeihe dir.«

»Du glaubst?«

Er schnaufte in der Dunkelheit seines Schlafzimmers. »Nein, nein, ich bin mir sicher. Ich verzeihe dir.«

»Das ist lieb von dir.«

»Ich liebe dich«, sagte er.

»Ich dich auch«, antwortete ich.

4

Unsere Beziehung renkte sich wieder ein, auch wenn ab und an das Erlebnis mit Laura noch mal hochkochte. Zum Beispiel, als ich eines Abends wieder das Halsband anlegen wollte und Timo darum bat, mich Gassi zu führen. »Nein«, lehnte er brüsk ab.

»Warum?«

»Das kannst du dir doch denken.«

»Aber das Halsband gehört zu mir. Ich mag die Kette unwahrscheinlich gerne. Und ich mag es, wenn man …« Schnell korrigierte ich mich. »Wenn du mich daran Gassi führst.«

»Nein«, beharrte er. »Ich will dieses Teil nicht mehr an dir sehen.« Er stand auf und durchquerte das Wohnzimmer in Richtung Bad.

»Aber sie gehört doch auch ein bisschen zu uns und unseren Spielchen.«

Kurz bevor er die Tür hinter sich verschloss, drehte er sich um. »Das ist mir egal. Ich will es nicht mehr an dir sehen.«

»Ist es so schlimm?«

»Ja, verflucht! Dieses Ding erinnert mich an Laura. An diesen beschissenen Abend. An die Enttäuschung.« Er ging ins Bad, schlug die Tür hinter sich zu. Zorn wallte in mir auf. Und auch ein bisschen Trotz.

Als wir uns am Freitag fürs »Apollon« ankleideten, wo wir uns mit Ben und der Clique verabredet hatten, legte ich das Halsband und die Leine um. Timo stierte mich an: »Ich möchte nicht, dass du das trägst.«

»Nein!« Ich hatte mir die Worte bereits seit Stunden zurechtgelegt. »Ich lasse mir von meinem Freund nicht sagen, was ich anziehen soll.«

»In diesem Falle schon.«

»Vergiss es«, fauchte ich. »Ich frage dich ja auch nicht, ob dir mein Oberteil gefällt.«

»Das, was du heute anhast?«

»Ja.«

»Das gefällt mir nicht.«

Ich sah erstaunt an mir herab. Es war ein Netzhemd, unter dem ich ein brustfreies Korsett trug. »Wieso?«

»Man sieht deine Titten.«

Es war nicht das erste Mal, dass ich damit am Wochenende unterwegs war. »Ja und?«

»Das möchte ich nicht mehr.«

»Aber ich möchte es. Und ich lasse mir da nicht reinreden, genauso wenig wie ich mir vorschreiben lasse, was ich esse und trinke oder ob ich rauche.«

»Ist das dein letztes Wort?«

»Ja.«

Bi

Frauen sind Zicken. Weswegen ich häufiger mit Männern unterwegs bin als mit Frauen, denn mit zickigen Frauen wird es kompliziert. Frauen sind eitel und pinzig, haben an allem etwas auszusetzen, wenn sie gerade in mieser Stimmung sind. Es gibt nur wenige Frauen, mit denen man beispielsweise fünf Tage in einem Zelt auf einem Rock-Festival verbringen kann, auf dem es keine Duschen gibt, aber Unmengen an Bier.

Frauen haben nichtsdestotrotz Geschmack und Eleganz. Das trifft zwar nicht auf alle Frauen zu, aber in der Mehrzahl aller Fälle sind die Frauen, die ich kenne, elegant und ästhetisch. Frauen sind auch eher der Körperkunst zugeneigt als Männer. Das mag mein subjektives Empfinden sein. Ich finde Tätowierungen, Piercings und Brandings bei Frauen spannender als bei Männern. Bei Männern kennt man solchen Schmuck schon seit Jahrhunderten, bei Frauen ist es neu und spannend.

Ich finde Frauen erotischer als Männer, wesentlich erotischer sogar. Klingt das absurd? Ich komme zwar besser mit Männern klar, aber wenn ich mich zwischen einer nackten Frau und einem nackten Mann entscheiden müsste, dann würde ich immer die Frau wählen.

Wenn mich jemand nach meinen sexuellen Neigungen fragt, erkläre ich: »Ich bin bisexuell.« Aber nur, weil es kein anderes Wort dafür gibt. Denn würde ich antworten, ich sei Philanthrop, wäre das keine Antwort auf die Frage.

»Bi« ist eine Schublade, die mich furchtbar nervt. Denn eigentlich stehe ich auf Menschen. Ob diese Leute nun einen Schwanz oder eine Möse haben, ist mir völlig egal. Ich beurteile Menschen nach folgenden Kriterien: Ist mir jemand sympathisch? Finde ich jemanden attraktiv?

Ich habe unwahrscheinlich gerne Sex mit Frauen. Ich kann mir eine Affäre mit einer Frau genauso gut oder schlecht vorstellen wie eine Affäre mit einem Mann. Ich mache eine Affäre nicht von dem Geschlecht abhängig, sondern von der Sympathie.

Sex mit einer Frau ist allerdings anders. Im Bett gehe ich mit einer Frau ganz anders um als mit einem Mann. Ich fasse Frauen sehr viel zärtlicher an, lasse mir viel mehr Zeit. Ich weiß nicht warum, es ist einfach so.

Vielleicht ist ein Grund, dass Männer selbst geradliniger sind. Die meisten Männer nehmen sich beim Sex das, was sie wollen. Sie quatschen nicht lange herum, packen dich am Arsch, vögeln dich, nehmen deinen Kopf, drücken dir ihren Schwanz in den Mund. Darauf stehen sie. Basta.

Bei Frauen muss man lange bohren, bis man endlich erfährt, worauf sie stehen. Daran könnte ich verzweifeln. Ich frage mich: Warum schaffen Frauen es so selten, ihren Partnern – oder Partnerinnen – klar zu machen, was sie im Bett wollen? Es kann doch keiner riechen!

Deshalb wohl komme ich auch besser mit Männern klar. Sie sagen mir klipp und klar, was sie wollen und denken. Und ich weiß, woran ich bin.

Timo und die Trockenübung

1

Als ich nach einem dreiviertel Jahr endlich mal wieder wagte, das Thema »Sex mit einer zweiten Frau« anzusprechen, rümpfte Timo nur die Nase. Er sah mich von oben herab an, mit diesem ganz speziellen Blick, der besagt: dass du mich das überhaupt zu fragen wagst.

»Ich wollte ja nur mal eben fragen«, wich ich aus. Aber in Wahrheit war es mehr als »nur mal eben«. Ich verspürte den sehnlichen Wunsch nach einer Frau, ihren Berührungen, ihren Küssen und …

»Sei mir nicht böse«, unterbrach er meinen Gedankengang. »Aber nach der Aktion mit Laura …«

»Das ist doch schon eine ganze Weile her«, gab ich zu bedenken.

»Nein!«

Ich neigte fragend den Kopf. »Ist das jetzt ein ›Von heute bis in alle Ewigkeiten-Nein‹ oder ein temporäres Nein … und wir reden in drei Wochen noch mal drüber?«

Er zögerte mit der Antwort. »Es gab mal einen Augenblick, da hätte ich es mir vorstellen können, das weißt du, oder?«

Offen gestanden wusste ich nicht, worauf er anspielte, aber ich unterließ es nachzufragen.

»Aber«, fuhr er fort, »im Moment kann ich es mir überhaupt nicht mehr vorstellen.«

»Obwohl du mir verziehen hast?«

»Das habe ich.«

»Wo liegt denn dann das Problem?« Ich spürte die Verärgerung in mir aufwallen. Wie konnte man nur so verbohrt sein? »Du kannst dir die Frau ja sogar aussuchen.«

»Das ist mir egal.«

»Timo, weißt du, ich habe überhaupt kein Problem damit, wenn du dir eine Frau aussucht, egal, welche Frau … Hauptsache, eine Frau!«

Meine Worte klangen in meinen eigenen Ohren wie ein Flehen. Es war mir selbst peinlich, aber ich konnte nichts daran ändern. Ich wollte, verdammt noch mal, endlich wieder eine Frau. »Egal welche. Nimm dir einfach eine.«

»Nein, Gwen, ich habe dir zwar verziehen, aber das bedeutet noch lange nicht, dass der Schmerz, den ich empfunden habe, bereits abgeheilt ist.«

Ich seufzte.

»Versteh mich bitte: Dieses Bild, du mit Laura knutschend auf der Tanzfläche, dazu noch sehr obszön tanzend …«

»Trockenficken«, stieß ich zwischen den Zähnen hervor.

Timo riss die Augen auf. »Was?«

»Ich sagte: Trockenficken. Irgendjemand hat mal gesagt, wenn ich mit einem Mädel auf der Tanzfläche bin, dann sieht das nach Trockenficken aus.«

»Na toll«, grunzte er. »Das wollte ich jetzt hören.«

Ich schrie. »Was willst du denn dann hören?«

»Ich weiß nicht«, sagte er leise. »Am besten gar nichts. Ich weiß nur: Es hat eine Ewigkeit gedauert, bis das Bild von euch beiden auf der Tanzfläche nicht mehr 24 Stunden am Tag in meinem Kopf herumspukte.

Diese Zärtlichkeit, die du mit ihr ausgetauscht hast, die ich von dir nicht kenne … allenfalls, wenn ich dich an dem verflixten Halsband zu mir zerre.«

Ich ahnte, jetzt näherten wir uns langsam dem Kern des Problems. »Wovor fürchtest du dich?«

»Ich habe viel zu viel Angst, dass du dich in die Frau verliebst. Oder dass du mir irgendwann sagst, sie kann dir was geben, was ich dir nicht geben kann.«

»Aber Timo, es ist alles in Ordnung zwischen uns. Ich liebe dich doch. Da verliebe ich mich nicht einfach so in eine andere Person, nur weil ich einmal mit ihr gevögelt habe. Das kann ich trennen. Das ist mir völlig egal.«

»Das glaube ich dir sogar. Aber mir ist es nicht egal.«

»Dann bist du also auch eifersüchtig, wenn ich es mir selbst mache und dabei nicht an dich denke, sondern an Vin Diesel oder Bruce Willis? Oder besser noch, an beide zusammen?«

Verärgert schüttelte er den Kopf. Ich wandte mich ab. Ich wollte raus aus dem Zimmer. Aus der Wohnung. Hinaus auf die Straße. Doch was würde sich ändern dadurch, dass ich floh?

Kurz vor der Tür blieb ich stehen, drehte mich um. Ich legte meine ganze Verzweiflung und all meine Hoffnung in meinen nächsten Satz: »Dann lass uns doch wenigstens mal in einen Swingerclub gehen.«

»Du bist keine 18«, antwortete er prompt.

Ebenso rasch stieß ich hervor: »Tolle Ausrede.«

»Da kommen wir nicht rein.«

Ich stemmte die Hände in die Hüfte. »Um was wetten wir, dass ich da reinkomme?«

»Was macht dich da so sicher?«

»Du würdest dich wundern, wo ich schon überall war.«

»Ich glaube, ich möchte es gar nicht wissen.«

Ich hätte es ihm auch nicht gesagt. Ich wollte nur wissen: »Gehen wir in einen Swingerclub oder nicht?«

»Ich glaube, ich würde mich nicht wohl fühlen, wenn mir andere dabei zuschauen.«

Das hätte ich mir denken können, aber so einfach wollte ich ihn nicht entkommen lassen. »Es gibt auch Separees, die man abriegeln kann.«

»Da gibt es aber bestimmt auch Leute, die ich nicht sehen möchte.«

Damit hatte er immerhin recht. »Ja, die gibt es. Mit Sicherheit. Aber das ist egal. Du musst ja nicht hinschauen.«

»Wenn es so einfach wäre.«

»Timo«, sagte ich und senkte meine Stimme. »Jetzt stell dir doch einfach mal vor, wie es wäre, einem Pärchen oder einer Gruppe bei einer schönen Aktion zuzuschauen. Du musst ja nicht mitmachen. Ich verlange gar nicht von dir, dass wir Partnertausch machen. Ich will einfach nur mal was anderes sehen und erleben, als immer nur mit der gleichen Person am gleichen Ort …«

»Ja, aber wir haben doch Sex in der ganzen Wohnung.«

»Das hatten wir doch schon.« Meine Schultern sackten herab. Nein, diese Diskussion würde kein Ende finden. Wir würden uns nur im Kreis drehen. Immer wieder und wieder.

Entkräftet erklärte ich: »Es ist eine Wohnung. Es sind immer wir zwei. Wir können noch so viel Spielzeug benutzen, es bleibt immer eine Wohnung. Und es bleiben immer wir. Es kommt keiner dazu. Wir schauen niemandem zu. Und wir sind nicht draußen.«

»Als ob wir nicht draußen wären«, platzte es aus ihm heraus. »Wir sind *ständig* unterwegs: im ›Apollon‹, im ›Taranis‹, von deinen Partys im ›Darkside‹ ganz zu schweigen.«

Ich schaute ihn entgeistert an. Was hatte das denn zu bedeuten?

2

»Ständig sind wir unterwegs. Partys hier, Partys dort«, sagte er in vorwurfsvollem Ton.

»Ja«, stimmte ich ihm zu. In letzter Zeit hatte sich meine Ausgeh-Frequenz langsam, aber stetig erhöht. Timo hatte bis jetzt kein Wort darüber verloren, so dass ich davon ausgegangen war, dass es ihm Spaß bereitete. Hatte ich mich getäuscht? Ich sagte: »Das macht mir nun mal Spaß.«

»Mir ja auch. Aber nicht ständig. Jeden Mittwoch, jeden Freitag, jeden Samstag, manchmal auch noch am Sonntag, meine Güte.«

»Warum denn nicht? Ich tanze gern. Und ich treffe mich gern mit meinen Freunden.«

»Lass doch die Feierei mal sein«, schlug er vor. »Wenn ich den ganzen Tag arbeiten bin, komme ich abends heim und bin fertig. Dann möchte ich entspannen.«

»Das kann ich verstehen«, sagte ich. »Aber was hat das mit mir zu tun?«

»Das kann ich dir sagen. Gerade jetzt, wo du dich aufs Abitur vorbereitest und die Arbeit als Kreisschulsprecherin dich zusätzlich fordert ... Außerdem machst du gerade den Führerschein, in zwei Monaten hast du deine Prüfung. Ich glaube, auch dir bekäme es ganz gut, wenn du dich abends mal um zehn ins Bett legen würdest.«

»Vielleicht. Aber ich will nicht.«

»Mein Gott, du wirst doch mal 'nen Freitagabend mit mir daheim verbringen können, wenn ich müde bin.«

Ich sah ihn entsetzt an. »Meinst du das ernst?«

»Würde ich es sonst sagen?«

»Das geht nicht«, platzte es aus mir raus. »Freitagabend zu Hause bleiben? Fernsehen gucken? Nur weil du müde bist?«

»Ist das zu viel verlangt?«

»Ich nehme ja nicht mal Rücksicht auf mich selbst, wenn ich müde bin. Und ich bin freitags *immer* müde. Aber hey, es ist Wochenende. Dann will ich weggehen. Dann *gehe* ich weg. Selbst wenn ich 40 Grad Fieber habe.«

3

Eines Freitags, einige Wochen später, wollte ich ins »Metal«, eine nette Kneipe mit noch netteren Leuten in Frankfurt. »Sollen wir heute Abend nach Frankfurt fahren?«, erkundigte ich mich bei Timo, als er von der Arbeit heimkehrte.

Er verdrehte die Augen. »Habe keine Lust.«

»Aber *ich* will dahin.«

»Nee, ich fahr doch jetzt nicht 120 Kilometer, 60 Kilometer hin, 60 Kilometer zurück.«

»Aber Anke und ihr Freund fahren auch hin.«

»Ist mir doch egal«, brummelte er. »Ich habe keinen Bock, heute Nacht noch mit dem Auto durch die Gegend zu fahren.«

»Dann fahren wir halt mit dem Zug.«

»Wann fährt morgen früh der erste Zug zurück?«

Das wusste ich, besser als die Anfangszeiten meiner Schulstunden: »5.23 Uhr.«

Er fuhr sich mit den Händen verzweifelt durch die Haare. »Nee, du, ich bleib doch nicht bis morgens um 5 Uhr in Frankfurt.«

»Du weißt genau, wie schnell die Zeit dort vergeht.«

»Nein«, wiegelte er ab. Er warf einen Blick auf die Uhr. »Es ist 20 Uhr, und ich bin schon müde. Ich werde ganz bestimmt nicht bis halb sechs in Frankfurt herumhängen und dann noch 'ne Stunde mit dem Zug zurück nach Gießen fahren, das kannst du dir abschminken.«

Ich war aber bereits in voller Montur, High Heels, Lackrock, Korsett. Natürlich auch geschminkt. »Ich will aber nach Frankfurt.«

»Das ist kein Argument.«

»Du bist so verdammt stur«, fluchte ich.

»Das sagt die Richtige.«

Ich spürte das Blut, wie es hinter meinen Schläfen pochte. »Dann fahre ich halt alleine.«

»Ich möchte nicht, dass du allein fährst.«

»Ich möchte aber auch nicht hier auf der Couch herumsitzen.«

Er erhob sich. »Fein, dann legen wir uns ins Bett.«

»Noch viel schlimmer!«, rief ich.

»Herrgott, schrie er. »Ist dir das mit uns denn überhaupt nicht wichtig?«

Fassungslos hielt ich den Atem an. Ich stieß die Luft aus meiner Lunge und sagte, jedes Wort betonend: »Was ... hat ... das ... denn ... damit ... zu ... tun?«

»Du nimmst dir überhaupt keine Zeit für uns.«

Jetzt packte mich endgültig die Wut. »Das ist doch gar nicht wahr.«

»Wann sehen wir uns denn noch?«

»Die Woche über, jeden Tag.«

»Und wann? Jeden Abend um 22 Uhr. Und dann fällst du nur noch todmüde ins Bett.«

»Du tickst wohl nicht richtig«, schrie ich. Ich gab mir Mühe, meinen Zorn zu zügeln, denn so ganz aus der Luft gegriffen waren seine Vorwürfe nicht. Gegenwärtig sahen wir uns tatsächlich nur selten, selbst in der Woche erst am späten Abend. Aber das hatte gute Gründe. »Willst du mir etwa einen Vorwurf daraus machen, dass ich mich im Augenblick aufs Abitur vorbereite?«

»Nein, aber …«

»Ich habe dir ja auch nie vorgeworfen, dass du jeden Abend bis um 8 Uhr arbeitest.«

»Richtig«, pflichtete er bei. »Aber wenn du nicht einmal am Wochenende Zeit für uns hast, dann kommt es mir so vor, als hättest du auch keinen Bock mehr auf unsere Beziehung.«

»*Du* bist es doch, der mich nicht mehr will.«

»Will ich wohl.«

»Dann fick mich doch mal anständig.«

»Mach ich doch.«

»Nein! Das machst du eben nicht.«

»Was willst du denn?«

»Das weißt du genau.«

»Ich weiß bald gar nichts mehr.«

»Ich auch nicht!«

4

Mittlerweile waren wir zwei Jahre zusammen. So gut Timo und ich uns ansonsten verstanden, wenn es ums Wochenende, ums Ausgehen oder um Sex ging, fanden die Diskussionen kein Ende. Alle paar

Tage wieder. Jede Woche neu. Ohne dass wir auch nur einen Schritt weiter kamen. Immer mehr Vorwürfe kramten wir hervor. Sprachen alle jene Sätze aus, von denen Beziehungsratgeber sagen, man solle sie in einer Partnerschaft tunlichst vermeiden.

Irgendwann kam der Punkt, an dem ich Timo gar nicht mehr fragte, da ich ohnehin wusste, wie die Antwort lauten würde. Ich setzte ihn einfach in Kenntnis: »Ich bin heute Abend in Frankfurt.«

Er tobte. Ich ließ ihn stehen, setzte mich ins Auto. Inzwischen war ich 18, hatte die Führerscheinprüfung trotz Timos Zweifeln bestanden, mein Vater hatte mir sogar einen Wagen geschenkt. Manchmal nahm ich aber auch den Zug. Ganz egal, Hauptsache ich befand mich auf dem Weg nach Frankfurt, bereit für die Nacht.

5

Zu dieser Zeit trat Judith an mich heran. Judith war die beste Freundin von Timo und wir trafen sie gelegentlich im »Apollon«. Ich verstand mich ganz gut mit ihr, was an sich schon ein Problem für Timo darstellte. Denn mehr als einmal verbündeten Judith und ich uns gegen ihn, wenn auch nur scherzhaft. Wir lästerten und lachten, sehr zu seinem Leidwesen. In ihrer Freizeit sang Judith in einer Siegener Metal-Band, der kurzfristig die Background-Sängerin ausgefallen war. Sie fragte mich an einem Mittwochabend im »Apollon«, ob ich nicht Lust und Zeit hätte einzuspringen. »Wir haben bald einen Auftritt und finden so schnell keinen Ersatz.«

»Gerne«, willigte ich ein, obwohl mir nicht ganz wohl bei dem Gedanken war. Ich tanzte leidenschaftlich gern, hörte ständig Musik, und ein bisschen singen konnte ich auch. Aber ob es für einen Auftritt reichte? Ich gestand ihr meine Zweifel: »Bisher habe ich nur unter der Dusche und im Auto gesungen.«

Sie winkte ab. »Mach dir keinen Kopf. Komm einfach zu den Proben, dann sehen wir weiter. Wir proben jeden Freitag- und Samstagnachmittag.«

»Kein Problem.«

Ein Problem trat erst auf, als ich Timo von meinem Entschluss erzählte. »Ich bin am Freitag bei Judith.«

Seine Miene stellte Skepsis zur Schau. »Wie? Du bist bei Judith?«

»Judith und ich, wir wollen was kochen. Danach schaue ich mir ihre Band an. Vielleicht helfe ich ihnen aus.«

Er knirschte mit den Zähnen. Bingo! Er war nicht begeistert. Doch daran konnte – und wollte – ich nichts ändern.

Ich machte mich auf den Weg. Ich lernte die Bandmitglieder kennen, hörte mir einige ihrer Songs an. Kurzum: Die Band gefiel mir richtig gut, ihre Musik machte einen höllischen Eindruck auf mich, die Atmosphäre im Proberaum war herrlich entspannt und locker. Und noch etwas gefiel mir ganz ausgezeichnet: Richie, der Bassist.

In einer der Pausen fragte er mich: »Kiffst du?«

»Eigentlich nicht mehr.«

»Ach schade«, sagte er. »Ich rauche eigentlich ungern alleine.«

»Ich würde ja gerne«, räumte ich ein. »Aber ich muss noch Auto fahren.«

»Dann ein anderes Mal?«

»Vielleicht.«

»Wieso vielleicht? Gefällt es dir nicht in unserer Band?«

Ich lachte. »Doch. Sehr sogar.«

Als ich am nächsten Tag Timo besuchte, schwärmte ich zunächst in den höchsten Tönen von der Band, ihren Songs, den Mitgliedern. Dabei verlor ich unbemerkt wohl ein paar Worte zu viel über den Bassisten.

»Der scheint dir ja ganz gut zu gefallen«, stellte er hämisch fest.

Ich setzte mich neben meinen Freund und nahm ihn in den Arm. »Ja, er ist halt einfach nett. Und musikalisch hat er ziemlich was auf dem Kasten.«

»Schön für ihn«, grummelte Timo. »Dann darf ich mich ja jetzt wohl freuen, oder?«

»Ja klar«, flötete ich. »Immerhin bin ich in der Band. Ich singe. Und habe einen Auftritt. Das ist doch toll, oder nicht?«

»Dann hast du ja noch weniger Zeit für mich.«

»Aber doch nur bis zum Auftritt.«

»Und wann ist der?«

»In vier Monaten.«

»Na toll«, presste er hervor. »Wir sehen uns unter der Woche schon jetzt nur noch zum pennen. Und wenn du freitags oder samstags mal nicht auf einer Party abhängst, bist du zur Probe.«

»Wenn es mir nun mal Spaß macht.«

»Du und dein Spaß!«

»Es geht ja noch um etwas anderes.«

»Und das wäre?«, wollte er wissen.

»Ich möchte einer guten Freundin ...«

»Sie ist *meine* beste Freundin!«

Ich ließ mich nicht beirren. »Ich möchte ihr helfen, weil sie mich darum gebeten hat.«

»Klar, natürlich, super.« Er schnaufte. »Und jetzt verbringst du mehr Zeit mit ihr als mit mir. Oder ich mit ihr.«

Ich packte meine Klamotten. »Mir reicht's. Ich fahre.« Ich sah zur Uhr. »Ich bin eh schon viel zu spät dran.«

»Wann kommst du zurück?«

»Das weiß ich noch nicht.«

»Um eins?«

»Timo«, mahnte ich. »Ich kann dir nicht sagen, ob ich um 1 Uhr heim komme. Wenn wir um diese Zeit noch proben, soll ich dann einfach abhauen?«

6

Um 4 Uhr in der Nacht beendeten wir die Probe. Ich wollte mich eigentlich in den Wagen setzen und heimfahren, aber Judith wedelte mit einem Joint und sagte: »Bleibt doch noch!«

Ein verlockendes Angebot, wie auch der Kasten Bier, den Richie herbeischleppte.

Ich dachte an Timo. »Nein«, entschied ich.

»Du kannst doch hier schlafen«, bot Judith an.

»Danke, aber ich fahr heim.«

Weil ich müde war, kaufte ich mir an der Tankstelle noch ein Red Bull. Das musste genügen, um mich bis zur Wohnung wach zu halten. Bei Timo angekommen, kramte ich den Schlüssel aus meiner Tasche und wollte die Tür entriegeln. Nichts tat sich. Von der anderen Seite steckte ein Schlüssel im Schloss. Timo hatte mich ausgesperrt. Du Arschloch!

Ich setzte mich in den Wagen und ärgerte mich auf dem Weg heim zu meiner Mutter, dass ich Judiths Angebot nicht angenommen hatte. Ich hätte mit der Band noch ein paar Bier trinken, ein bisschen Gras rauchen können – es wäre ein schöner Ausklang des Abends geworden.

Daheim legte ich mich schlafen, erwachte am frühen Morgen und verabredete mich mit Anke zum Frühstück. Sie sah es an meinem Blick: »Dicke Luft?«

»Frag besser nicht.«

»In letzter Zeit öfters, oder?«

»Leider hast du recht.«

Wir bestellten uns ein extragroßes Frühstück mit Eiern und Speck und einer Flasche Sekt, machten uns drüber her, und ich vergaß recht schnell alle Probleme.

Gegen Mittag klingelte mein Handy. Timos Nummer. Ich nahm das Gespräch entgegen.

»Warum meldet du dich nicht?«, fragte er ohne Begrüßung.

»Na hör mal«, entrüstete ich mich. »Du hast mich gestern Abend ausgesperrt. Deshalb bin ich davon ausgegangen, dass du mich nicht sehen möchtest.«

»Was denkst du dir eigentlich?«, polterte er.

»Ich? Frag du dich doch mal!«

»Treibe ich mich die ganze Nacht herum, oder du?«

»Herumtreiben?« Ich schrie das Wort förmlich. Die Umsitzenden richteten ihre Blicke auf mich. Ich dämpfte meine Stimme. »Ich habe deiner Freundin für ihre Band geholfen. Ich habe mich nachts um vier ins Auto gesetzt und bin eine Stunde heim zu dir gefahren. Ich habe mir die Party bei denen verkniffen, obwohl ich unwahrscheinlich gerne mit ihnen gefeiert hätte. Das alles einfach nur, um bei dir zu sein. Und du sperrst mich aus!«

Er stieß die Luft aus. »Aber du willst doch nicht behaupten, dass …«

»Timo«, fuhr ich ihm zornig ins Wort. »Wir brauchen darüber gar nicht diskutieren. Nicht jetzt! Ich sitze hier gerade mit Anke, und es ist so nett mit ihr. Ich habe keinerlei Lust, mir den Tag von dir verderben zu lassen.«

Ich legte auf. Anke sah mich an. Ich zuckte mit den Schultern. Es war alles gesagt, was gesagt werden musste. Ich schenkte Sekt nach und wir stießen an.

»Wie lange seid ihr jetzt schon zusammen?«, erkundigte sich Anke.

»Drei Jahre.«

»Ziemlich lange«, stellte sie fest.

»Verdammt lange.«

»Wieso eigentlich?«

Ich runzelte die Stirn. »Was? Wieso?«

»Na ja«, druckste Anke. »Ich meine, die elementaren Dinge einer Beziehung – zumindest die, die dir wichtig sind – funktionieren bei euch ganz offensichtlich nicht.«

Ich wollte ihr widersprechen. Dann schloss ich den Mund. Sie hatte recht. Und wie zur Bestätigung fragte sie: »Wann hattest du das letzte Mal guten Sex?«

»Das ist nicht die Frage.«

»Okay«, korrigierte sie mitleidig lächelnd. »Hattest du in letzter Zeit überhaupt Sex?«

»Nein«, gab ich freimütig zu.

»Warum nicht?«, forschte Anke nach.

»Warum wohl? Wir streiten uns ständig. Ich möchte Timo am liebsten in Stücke reißen. Vermutlich möchte er das Gleiche mit mir anstellen. Glaubst du, dann steigen wir noch in die Kiste?«

»Und was ist mit Partys? Diskotheken?«

»Manchmal gehen wir gemeinsam weg.«

»Und?«

»Wenn Timo dabei ist, zieht er eine Fresse, die von Frankfurt bis zurück nach Gießen reicht.«

»Also nicht gut?«

»Allenfalls, wenn ich alleine bin. Aber …« Ich stockte.

Anke sah mich erwartungsvoll an. »Aber was?«

»Aber dann weiß ich, am Abend vorher und am nächsten Morgen herrscht dicke Luft daheim.«

Ich leerte mein Glas Sekt. Anke schenkte nach.

7

Wenn man ein Liebespaar fragt, was sie toll am jeweils anderen finden, dann sprudeln die Beschreibungen nur so aus ihnen heraus.

Sie ist eine gute Zuhörerin.

Er bringt mich immer zum Lachen.

Ich liebe unsere Theaterabende.

Sie fängt mich auf, wenn es mir mal schlecht geht.

Er trägt mich auf Händen.

Sie hat einen zauberhaften Kleidergeschmack.

Er weiß sich zu pflegen.

Ich mag es, wenn sie mir stundenlang einen bläst.

Er ist unheimlich zärtlich.

So sollte es sein. Oder nicht?

8

Als ich an diesem Samstagabend bei Timo vorbeischaute, knallte ich ihm die Frage unumwunden an den Kopf: »Was ist eigentlich so toll an mir?«

Verblüfft blickte er mich an. »Warum?«

»Weil ich im Augenblick gerade nicht weiß, was so toll an dir ist.«

Er hustete. »Und was soll mir das jetzt sagen?«

»Nun, wenn du mir sagen kannst, was du alles an mir liebst, ich im Gegenzug aber gar nichts an dir finde, dann suche ich den Fehler bei mir. Aber ansonsten …« Ich brach ab.

Er lehnte sich auf der Couch zurück. Er überlegte und überlegte. Irgendwann beugte er sich vor und sagte: »Nein, tut mir leid. Ich weiß es nicht.«

»Was du an mir liebst?«

»Ja.«

Ich gab zu bedenken: »Aber wir lieben uns, oder?«

»Ja«, stimmte er zu.

»Dann muss es dafür einen Grund geben.«

»Ich weiß ihn aber nicht.«

»Schön«, stellte ich fest. »Dann wissen wir beide nicht, warum wir uns lieben.«

»Es ist einfach so.«

»Ist es das?«

Er antwortete nicht. Auch ich dachte nach. Bis ich sagte: »Oder ist vieles einfach nur Gewohnheit?«

»Gewohnheit?«

Ich nahm seine Hand. »Ich finde es einfach schön, wenn da jemand ist, der abends auf mich wartet, mit dem ich meine Zeit verbringe …« Er schnaubte abfällig, aber ich überhörte es. Ich fuhr fort: »Mit dem ich meine Gefühle teile, mit dem ich mich unterhalte, mit dem ich so banale Sachen machen kann wie etwas gemeinsam essen, spülen, fernsehen, einschlafen.«

»Ja«, sagte er nur.

»Aber vielleicht ist das nur Gewohnheit. Weil wir es schon seit drei Jahren haben. Weil wir es uns gar nicht mehr anders vorstellen können. Weil wir es nicht aufgeben wollen.«

»Also, auf unseren ständigen Krach könnte ich schon gut verzichten«, warf er ein.

»Ich weiß, ich bin ein furchtbarer Trotzkopf.«

Er lachte. »Immerhin gibst du es zu.«

»Aber du«, beeilte ich mich hinzuzufügen. »Du hast auch einen Dickschädel.«

Er pochte mit der Faust gegen seine Schläfe. Ich stimmte in sein Lachen ein. Es wirkte befreiend.

Als wir wieder ernst wurden, erklärte ich: »Aber eigentlich ergibt das alles doch überhaupt keinen Sinn.«

»Doch. Das tut es!«

»Wir nerven uns doch nur.«

»Du übertreibst!«

»Wir passen gar nicht zusammen.«

»Doch!«, rief er.

»Nein, das tun wir nicht.«

»Oh doch!«

Leise fragte ich: »Meinst du wirklich?«

»Würde ich es sonst sagen?«

»Aber so geht es nicht weiter.«

»Wir müssen mehr unternehmen. Und zwar gemeinsam!«

Womit er nicht unrecht hatte. »Aber was macht uns beiden Spaß?«

»Lass es uns aufschreiben«, schlug er vor.

Also setzten wir uns hin, jeder mit Notizzettel und Kugelschreiber bewaffnet. Und schon wurde es kompliziert: Er ging zwar gerne in Kneipen, aber bevorzugte die Stammkneipen, in denen er seine Freunde zum Plausch traf. Dementsprechend hielt sich sein Alkoholkonsum in Grenzen. Tanzen war auch nicht sein Ding. Die Clubtouren erst recht nicht, genau wie Karneval. Das Rauchen hatte er vor Jahren bereits aufgegeben. Neue Leute kennenlernen? Wozu, schließlich hatte er seine Freunde. Schon waren wir wieder am Ausgangspunkt.

Er wagte einen neuerlichen Versuch. »Wir wäre es, wenn wir öfter mal mit meinem Cabrio spazieren fahren?«

Ich rümpfte die Nase. Nichts gegen sein Cabrio, aber Autofahren war etwas Praktisches für mich. Motorradfahren, das war Spaß. Das wollte ich ihm aber nicht sagen, schließlich war er sichtlich darum bemüht, eine Lösung für unser Problem zu finden. »Wenn wir nicht einfach ziel- und planlos durch die Gegend fahren …«

»Dann fahren wir halt irgendwo hin.«

»Dann brauchen wir ein Ziel.«

Also suchten wir ein Ziel aus, das wir mit seinem Cabrio ansteuern konnten. Ich weiß nicht mehr, wohin uns die Reise führte. Ich weiß aber, dass mich den ganzen Tag über ein einziger Gedanke beschäftigte: Ein Ziel für die Autofahrt ist noch lange kein Ziel für die Beziehung.

Wie zur Bestätigung dieser These spürte ich plötzlich ein Kribbeln im Unterleib, als wir am Abend bei ihm auf der Couch saßen, Studentenfutter knabberten und einen Spielfilm guckten. In letzter Zeit überkam es mich immer häufiger. Ich will nicht sagen, dass ich darunter litt. Aber es fiel mir schwer, mich zu zügeln. Wann hatte ich mich jemals im Zaum halten müssen?

»Sag mal«, begann ich. »Weißt du eigentlich, wann wir das letzte Mal Sex hatten?«

»Nein.«

»Wenn wir es schon nicht mehr wissen«, flüsterte ich. »Wäre es dann nicht langsam an der Zeit?«

Er sah mich erstaunt an. »Könntest du denn jetzt?«

Ich wackelte missmutig mit dem Kopf. »Nicht wirklich. Aber ich wollte auch nur sagen, dass es vielleicht mal wieder an der Zeit wäre.«

Schließlich waren wir ein Paar und keine Geschwister. Aber das sagte ich nicht.

Beziehungen

Ob ich der Typ für eine feste Beziehung bin? Laut meinen Ex-Partnern definitiv nicht. Allerdings muss ich gestehen: Ich hatte bisher noch nicht viele feste Beziehungen. Ich hatte eigentlich nur drei »Geschichten«, bei denen man wirklich von »Beziehung« sprechen kann. Vor allem die letzte scheiterte auch daran, dass mein Partner nicht mit mir und meinen Sexwünschen klarkam.

Ich kann ihn verstehen: Wenn man sich in einen anderen Menschen verliebt, möchte man natürlich mehr von ihm, meistens sogar alles und das exklusiv.

Was ist Liebe? Für mich ist Liebe etwas sehr Wichtiges. Etwas unwahrscheinlich Schönes. Liebe ist etwas, was ich für sehr gute Freunde empfinde. Liebe bedeutet, dass ich den anderen, den ich liebe, beschützen möchte. Sobald ich für jemanden mehr als nur Sympathie empfinde, bin ich immer für diese Person da, sei es nachts um 3 oder morgens um halb 6. Jemand, den ich liebe, kann von mir Loyalität erwarten. Nicht unbedingt Treue, aber absolute Loyalität. Leider verstehen das nur die wenigsten. Ich kann Loyalität von Treue ebenso gut trennen wie Liebe von Sex.

Deshalb gefällt mir das Konzept einer offenen Beziehung. Wenn ich mit einem Mann zusammen bin, habe ich gerne auch mal Sex mit einer Frau oder mit einem anderen Mann.

Leider gibt es nur wenige Männer, die das in einer Partnerschaft akzeptieren können. Wenn ich mich auf eine feste Partnerschaft einlasse – das ist zumindest meine Erfahrung –, komme ich deshalb früher oder später immer an einen Punkt, an dem mir etwas fehlt. Ich möchte aber nicht fremdgehen. Also äußere ich mein Bedürfnis und mache den Vorschlag: »Wir könnten uns noch jemanden hinzuholen.« Oder: »Wir könnten in einen Swingerclub gehen.« Wenn es dann aber immer wieder zu einer Diskussion kommt, jeden Abend, immer wieder, dann zerreibt sich die Beziehung.

Meine Partnerschaft mit Timo dauerte drei Jahre. Und ja, ich habe Timo geliebt. Ich war ihm sogar treu. Auch dann noch, als sämtliche Versuche, ihn für offeneren Sex zu begeistern, gescheitert waren. Dass die Beziehung trotzdem drei Jahre dauerte, lag wohl einfach an der Gewohnheit, die uns aneinander band.

Wenn man, wie ich in diesem Fall, in einer Beziehung lebt, die man in dieser Form noch nicht erlebt hat, so normal, so alltäglich, so beschaulich, gibt man sie nicht einfach auf. Es war schön, jemanden zu haben, der für mich da war, der mir Halt gab. Der mich liebte. Mich akzeptierte. Auch mit den vielen kleinen Schwächen, die immer wieder zu Diskussionen führten.

Ich scheute mich davor, diese Beziehung über Bord zu werfen. Ich sagte mir: Ich kann sie doch nicht einfach wegwerfen, nur weil es im Bett nicht klappt. Oder in den Diskotheken. Dafür hatte ich doch nicht drei Jahre meines Lebens geopfert?

Aber eigentlich war längst klar, dass diese Form der Beziehung, die ich mit Timo lebte, nichts für mich war.

Thommy und das schlechte Gewissen

1

Im Herbst 2005 besuchte ich wieder eine E-Porn-Party. Bia und Heiko fragten, ob ich Lust hätte, sie zu begleiten. Es lag schon eine ganze Weile zurück, dass ich der Hardcore-Party meine Aufwartung gemacht hatte. Langsam wurde es wieder Zeit.

»Kommst du mit?«, wollte ich von Timo wissen.

»Nein, ich hab keinen Bock.«

Deshalb fuhr ich mit meinen Freunden alleine. Brit, Tirti und Sall waren dabei, sogar Anke und noch eine Menge Leute mehr. Wir alberten herum, ein bisschen anzüglich, zugegeben. Da kam Thommy vorbei. Er war ein entfernter Kumpel von Ben. Ich hatte ihn damals, als ich die E-Porn für mich entdeckte hatte, auf einigen dieser Partys herumschleichen sehen.

Er blieb vor uns stehen. »Ihr habt Spaß, oder?«

Ich erwiderte: »Sieht man das nicht?«

In der gleichen Nacht lief er mir ein weiteres Mal über den Weg. Ich konnte mich des Eindrucks nicht erwehren, dass es kein Zufall war. Er drückte mir einen kleinen Vibrator in die Hand. »Wenn du ihn benutzt, denk mal an mich«, sagte er, strahlte über beide Backen und verschwand im dichten Kunstnebel auf der Tanzfläche.

Noch viel später in der Nacht stand ich im Keller, wo diesmal ein Gyn-Stuhl auf seine Benutzung wartete. Ein Mädel zog mich an meiner Kette im Kreis, jener Kette, die ich eigentlich nicht hätte tragen dürfen. Gemeinsam schauten wir uns einen der Pornos an, die auf der Großleinwand flackerten.

Thommy huschte herein. Er entdeckte mich und das Mädchen Er schaute meine Begleiterin an. Mich. Dann wieder sie. Er sagte zu ihr: »Glaub mir, wenn ich mit Gwen fertig bin, hat sie nie wieder ein Bedürfnis nach dir.«

Dann schaute er mich auffordernd an. Ich fauchte: »Thommy, lass das!«

Er grinste. »Ist das dein Ernst?«

»Ja.« Es war mein voller Ernst. Denn er wusste, dass ich einen Freund hatte. Und ich wusste, dass auch er eine Freundin hatte.

»Sicher?«

Ich blieb ihm die Antwort schuldig.

2

Einige Wochen später war ich erneut auf der E-Porn-Party zugegen. Thommy scharwenzelte abermals um mich herum. Ich hatte Mühe, mich zu beherrschen.

»Sag es ihm«, forderte Anke, die vermutlich besser als ich selbst wusste, wie es um mich stand.

»Was?«

»Was wohl? Was du von der Sache hältst.«

»Ich bin mir gar nicht sicher, was ich von der Sache halte.«

»Und was hältst du von Thommy?«

Ohne lange darüber nachzudenken, antwortete ich: »Ich finde Thommy sehr reizvoll.«

»Dann sag es ihm.«

Mein Gewissen meldete sich. »Nein, das mache ich nicht.«

»Ich kann mir dein Elend nicht länger ansehen. Du musst etwas unternehmen. Und wenn du es nicht machst…« Anke erhob sich. »Dann mache ich es.«

Ich riss sie zurück. Sie taumelte, fiel beinahe der Länge nach hin. »Das lässt du schön bleiben!«

Ein paar Stunden verstrichen, Thommy hielt sich weiterhin auffällig oft in meiner Nähe auf. Ich ging ihm aus dem Weg und suchte den DJ auf, dem ich eine meiner CDs mitgebracht hatte. Ich hatte mir ein bestimmtes Lied gewünscht, dass er auch gespielt hatte. Jetzt wollte ich meine CD zurück. Er schüttelte bedauernd den Kopf. »Die hat dein Freund gerade abgeholt.«

»Mein Freund?«

»Na, der Thommy. Er sagte, du hättest ihn gebeten, sie abzuholen.«

Dieser Mistkerl! Ich hielt Ausschau nach Thommy. Im Gewimmel der Leute machte ich Ben aus. »Wo steckt Thommy?«

Ben deutete zum Ausgang. »Der ist gerade nach Hause.«

Dieses Arschloch! Ben lächelte. Er drückte mir einen Zettel in die Hand und zwinkerte mit den Augen. »Ich soll dir seine E-Mail-Adresse und Handynummer geben.«

Diese Blödmänner!

Meine Wut hielt auch am nächsten Tag noch an. Ich schrieb eine Mail an Thommy, kurz und bündig: *Kann es sein, dass du eine CD von mir hast? Ich hätte sie gerne zurück.*

Die Antwort ließ nicht lange auf sich warten.

Er: *Was tust du denn dafür?*

Ich: *Was soll ich denn tun?*

Er: *Ich hätte einige Ideen.*

Ich: *Und wie sehen diese Ideen aus?*

Er: *Kannst du dir das nicht vorstellen?*

Ich: *Ich hätte da eine Ahnung.*

Er: *Und, was denkst du?*

Ich: *Klingt interessant.*

Er: *Nur interessant?*

Ich: *Vielleicht ein bisschen mehr.*

Er: *Das will ich schwer hoffen.*

Wir texteten um den heißen Brei herum, ohne dass einer von uns beiden auf den Punkt kam. Aber das war auch gar nicht nötig. Ich wusste ohnehin, was er wollte. Die Frage war nur: Wollte ich es auch?

Ich: *Ich will meine CD.*

Er: *Dann komm sie dir bei der nächsten E-Porn holen.*

Ich: *Bring sie mir. Es ist schließlich meine CD.*

Er: *Richtig, es ist deine CD. Also musst du sie dir holen. Ich steh beim DJ.*

3

Das nächste Mal war ich mit Bia, Heiko und Anke auf der E-Porn. Zu meiner besten Freundin Anke sagte ich: »Ich gehe da nicht alleine hoch.«

»Warum nicht?«

»Weil ich nicht weiß, was passiert, wenn ich vor Thommy stehe und meine CD haben will.«

Anke ächzte. »Willst du die CD oder nicht?«

Ich stöhnte noch lauter. Ich wusste nicht, was ich wollte. Nur die CD? Oder doch mehr? Ich wagte nicht, darüber nachzudenken. Das machte bereits Anke für mich. Sie sagte: »Was soll denn passieren, was du nicht schon kennst?«

Sie packte mich an meiner Kette und zog mich hoch zur DJ-Kanzel. Thommy erwartete mich mit einem breiten Grinsen. Er drückte mir die CD in die Hand. Als ich mich schon wieder abwenden wollte, hielt er mich zurück. Er hob mahnend die Hand. »Über den Preis für die CD müssen wir uns noch mal unterhalten.«

»Ja«, sagte ich und machte kehrt.

Anke eilte hinter mir her und lachte. Unten auf der Tanzfläche angekommen, nahm sie mich an die Hand und wir gingen zur Theke. Dort standen Bia und Heiko.

Sie wollten sich auf dem Heimweg machen. Da ich diesmal die Fahrerin war, musste ich zwangsläufig mit ihnen mit. Bevor wir jedoch die Party verließen, ließ es sich Anke nicht nehmen, Bericht zu erstatten. Als sie fertig war, schüttelten sie alle drei den Kopf und forderten: »Gwen, wir haben uns dein Drama lange genug angesehen. Entweder gibst du deinen Bedürfnissen endlich nach oder wir …

»Was wisst ihr denn über meine Bedürfnisse?«, protestierte ich.

»Mehr als du denkst!«, lächelten sie.

Natürlich hatten sie recht. Meine Freunde kannten mich durch und durch. Trotzdem war da immer noch mein Gewissen. Zaghaft wandte ich ein: »Ich dachte, ihr wolltet heim?«

»Klar. Aber vorher sprechen wir noch mit ihm.«

»Das macht ihr nicht, oder?«

Meine Frage war überflüssig. An ihren Blicken sah ich, wie ernst es ihnen war.

Doch wer weiß, welchen Mist die drei ihm über mich erzählt hätten. »Ich glaube«, stellte ich fest, »es ist besser, wenn ich es selbst in die Hand nehme.«

»Dann beeil dich, wir machen uns gleich auf den Weg.«

Ich eilte zu Thommy nach oben. Er lehnte mit verschränkten Armen an der DJ-Kanzel und schien mich zu erwarten. *Dieser arrogante Arsch!*

Ich trat vor ihn. »Du«, sagte ich, »ich wollte jetzt eigentlich gleich mit meinen Freunden heimfahren, aber …«

»Aber …«, fiel er mir ins Wort. »Du kommst danach noch mal zurück.«

»Hä?«

»Aber du kommst noch mal zurück«, wiederholte er. Diesmal klang es beinahe wie ein Befehl. Einer, bei dem man gut daran tat, ihn zu befolgen.

»Na gut«, flüsterte ich kleinlaut. »Ich komme noch mal wieder.« Bevor ich zu meinen Freunden hinabstieg, wollte ich aber doch wissen: »Was machen wir dann?«

Er zog die Augenbrauen hoch. »Was möchtest du denn machen?«

Ich zögerte. »Wie lange geht denn die Veranstaltung noch?«

»Bis um drei.«

»Und dann?«, fragte ich. »Nach drei gibt es doch in Gießen nicht mehr viel, was man machen könnte.«

»Wir könnten ins ›Bormo‹.«

Das war eine trashige Mischung aus Kneipe und Disco, die bis morgens um neun geöffnet hatte. »Okay, dann gehen wir ins ›Bormo‹.«

Während ich meine Freunde nach Hause fuhr, krakeelte ich fortwährend: »Ich bin doch bescheuert.«

»Bist du das?«, grinste Heiko von der Rückbank.

»Ich weiß ganz genau, worauf das hinausläuft, wenn ich noch mal zu ihm fahre.«

»Worauf?«, sagte er und grinste noch breiter.

»Das kann ich doch nicht machen«, verzweifelte ich. »Ich habe doch eine Beziehung. Und er hat auch eine Beziehung. Das geht doch nicht.«

Anke mischte sich ein. »Mag ja sein. Aber wenn du gesagt hast, du kommst noch mal zurück, dann kannst du jetzt nicht einfach heimfahren.«

Ich verzog verdrießlich den Mund. »Ist mir ja auch klar.«

»Also, wo liegt das Problem?«

»Ich laufe lachend in eine Kreissäge. So komme ich mir jedenfalls vor.«

Meine Befürchtungen erwiesen sich als unbegründet. Der Partyausklang im »Bormo« war unterhaltsam und sehr gesprächig, ohne dass einer von uns beiden zu erkennen gegeben hätte, dass er mehr wollte als nur Biertrinken.

Erleichtert fuhr ich heim. Timo schlief noch. Leise schminkte ich mich im Bad ab, zog meine Klamotten aus und legte mich ins Bett. Doch ich konnte nicht einschlafen. Ein seltsames Gefühl überkam mich. Lange Zeit waberte es undeutlich in meinem Schädel, wie ein Nebel, der einem die Sicht verschleierte. Ich wälzte mich von einer Seite auf die andere. Was war bloß los? Langsam dämmerte ich weg.

Das leise Surren meines Handys schreckte mich auf. Eine SMS war eingetroffen. Ich las: *Es ist mir schwer gefallen, angesichts des*

Halsbands, deines Korsetts, nur ein Bier mit dir zu trinken. Und noch viel schwerer ist mir gefallen, dich einfach so gehen zu lassen. Thommy.

Zögernd antwortete ich ihm: *Was wäre denn gewesen, wenn ich geblieben wäre?*

Er entgegnete: *Dann hätte ich was ganz anderes gemacht, als nur ein Bier zu trinken.*

Als wir die nächsten Tage miteinander smsten, wurden wir konkreter. Doch wir schrieben zwar ständig über Sex, über unsere Vorlieben, über meine devote und seine dominante Seite, aber zu keinem Zeitpunkt schlug einer von uns vor, diese beiden gegensätzlichen Seelen, die trotzdem so gut harmonieren würden, zu vereinen. Und das war gut so. Meine Weste blieb weiß, mein Gewissen rein.

In einer seiner Mails bat er mich: *Alles was wir so schreiben, bleibt unter uns. Wie du vielleicht weißt, habe ich eine Beziehung.*

Ich schrieb ihm: *Hey, wie du vielleicht weißt, ich auch.*

Er: *Dann sind wir uns ja einig.*

Vermutlich war dieser Deal der Auslöser für alles das, was wenige Tage vor Weihnachten passierte.

4

Weil Timo mal wieder lieber zu Hause hockte, fuhr ich alleine nach Speyer, wo ich mit Cora und David, zwei guten Freunden, ein Wave-Festival besuchen wollte. Die beiden waren zu dem Zeitpunkt verlobt und hatten bereits zwei Kinder. Ein Traumpaar, das sich in jeder Beziehung blendend verstand. Sie boten mir an: »Du kannst ja bei uns pennen.«

Das war mir nur recht. Wenn ich die beiden in der Vergangenheit mit Timo zusammen besucht hatte, hatten wir stets in einem Hotel übernachtet.

Das Festival war witzig, aber irgendwann gegen vier Uhr wurde uns langweilig. Wir fuhren heim. Weil noch zwei andere Mädels bei meinen Freunden nächtigten, war die Wohnzimmercouch belegt. Ich kam zu Cora und David ins Ehebett.

»Wird das nicht zu eng?«, argwöhnte ich.

»Du kennst unser Ehebett nicht«, entgegnete Cora.

Sie löschte das Licht. David lag in der Mitte. Er witzelte: »Das ist ganz nett. Rechts 'ne Frau. Links 'ne Frau.«

»Du Macho«, scherzte ich.

Ich kuschelte mich unter die Decke und war beinahe eingeschlafen, als ich eine Hand auf meinem Rücken fühlte. Ich hielt den Atem an. War es möglich, dass David mich begrabschte, während seine Verlobte neben ihm lag? *Was ist denn jetzt los?*

Trotzdem gab ich keinen Mucks von mir. Was David wiederum als Einverständnis zu nehmen schien. Seine Hand streichelte über meinen Bauch, berührte meine Brüste. Rutschte einige Etagen tiefer, in meinen Slip und begann sich dort zu bewegen. Die Decke raschelte, die Matratze quietschte.

Da hörte ich Coras Stimme: »Nee, Leute, wie soll man denn dabei schlafen!«

Es waren wohl die Nachwirkungen des Alkohols, den ich auf dem Festival zu mir genommen hatte, die mich sagen ließen: »Du sollst ja auch gar nicht schlafen. Du sollst mitmachen.«

Das ließ sie sich nicht zwei Mal sagen und kam zu uns herübergerutscht. Irgendwie kam die Situation mir vor, als hätten die beiden sie von langer Hand geplant. Aber musste ich mir darüber noch Gedanken machen, nachdem ich meine Bereitschaft zum Dreier kundgetan hatte?

Cora begann mich zu berühren. Damit fielen auch bei mir die letzten Hemmungen. Ich küsste David, während sie mich leckte. Dann leckte ich sie, während sie David den Schwanz lutschte. Irgendwann gesellte ich mich zu ihr und wir vergnügten uns abwechselnd mit seinem Schwanz, bis er mich fickte, während sie mich streichelte. Dann fickte er sie und ich verwöhnte ihren Körper.

»Und? Hast du ein schlechtes Gewissen?«, fragte Cora, als wir erschöpft, aber glücklich nebeneinander lagen.

Ich dachte nach. Ich entsann mich all der Verzweiflung, die mich und mein Gewissen wegen meiner Mailwechsel mit Thommy geplagt hatte.

Erstaunlicherweise verspürte ich jetzt, nachdem es geschehen war, keinerlei Gewissensbisse. Es war zwar Sex ohne Timo, aber ich war nicht fremdgegangen. Denn es war kein Sex mit Fremden. Es war Sex mit Freunden. Und er war verdammt noch mal schön gewesen. Und das sagte ich ihnen auch.

»Das freut uns«, stellte Cora fest.

Ich schaute die beiden abwechselnd an. »Und was ist mit euch? Ich meine, ihr seid verlobt und …«

David streichelte mir die Schulter. »Mach dir über uns keinen Kopf. Wir führen schon lange eine offene Beziehung.«

»Echt?« Das hatte ich nicht gewusst. Aber es imponierte mir.

»Ja«, stimmte Cora zu. »Immer nur mit dem gleichen Partner ist auf Dauer langweilig.«

Wem sagte sie das.

5

Zwei Tage später traf ich mich mit Freunden zu einem Videoabend. Irgendwann bekam ich eine SMS: *Komm mal bitte vorbei! Thommy.*

Ich tippte zurück: *Ich kann nicht. Ich sitz mit meinen Kumpels zusammen. Wir gucken Videos.*

Seine Antwort war: *Komm mal bitte vorbei!*

Ich schrieb: *Wo wohnst du überhaupt?*

Postwendend kam eine SMS mit seiner Adresse. Und: *Wir sehen uns in zehn Minuten!!!*

Schön und gut. Aber ich saß mit meinen Freunden beisammen, wir hatten uns seit Tagen auf den Abend gefreut, die Stimmung erreichte langsam ihren Höhepunkt.

Bleiben wir ehrlich: Natürlich verspürte ich Zweifel. War das mein Gewissen? Wieso glaubte ich überhaupt, eines haben zu müssen? Wo ich es doch nur allzu gerne niederkämpfte. Ach, ich brauchte es gar nicht zu bekämpfen. Weil es überhaupt keinen Widerstand leistete. Nicht nach dem vergangenen Wochenende, dem wunderschönen Erlebnis mit meinen beiden Freunden in Speyer.

Natürlich würde ich zu Thommy fahren. Eigentlich hatte ich nur auf diesen Moment gewartet. Aber was sagte ich jetzt meinen Freunden? Ich überlegte nicht lange. »Ich muss mal eben Zigaretten holen.«

»Rauch ruhig bei mir mit«, bot Heiko an.

»Ich mag die Marke nicht.«

Mein Kumpel musterte mich erstaunt. »Seit wann denn das?«

Ich verfluchte meine Freunde, die mich in- und auswendig kannten. Wenn ich sonst keine Kippen hatte, schnorrte ich mir welche, und es war mir wirklich völlig egal, welche Marke. Mir fiel keine bessere Erklärung ein als: »Letztens ist mir schlecht davon geworden.«

»Aha.«

Ich sprang auf. »Ich fahr mal kurz zur Tankstelle.« Und weg war ich. Rein ins Auto. Nicht überlegen. Gestartet. Nicht nachdenken. Losgefahren. Kein Blick links. Kein Blick rechts. Plötzlich schoss mir ein Gedanke durch den Kopf. Er kam so plötzlich, dass es mich förmlich schüttelte.

Für Sekunden verschwamm alles vor meinen Augen und ich musste langsamer fahren, um nicht die Orientierung zu verlieren. Auf einmal wusste ich, was ich an jenem Morgen gespürt hatte, als ich aus dem »Bormo« nach Hause gekommen war und schlaflos im Bett gelegen hatte. Es stand klar und deutlich vor mir, in riesigen Buchstaben: Es war die Enttäuschung gewesen. Enttäuschung darüber, dass in jener Nacht nicht mehr passiert war. Denn jetzt verspürte ich Vorfreude.

Dabei war ich noch mit Timo zusammen. Ich liebte ihn doch. Ja, das tat ich. Für einen Augenblick verspürte ich ein schlechtes

Gewissen. Aber der Moment verging und mit ihm das unangenehme Gefühl.

Ich fuhr weiter, parkte wenige Minuten später vor Thommys Haus. Bevor ich klingelte, rauchte ich eine Zigarette. Erneut waren da Zweifel. Wusste ich überhaupt, was ich vorhatte? Ja, das wusste ich. Wollte ich das wirklich? Nein, das konnte ich nicht machen. Ich machte auf dem Absatz kehrt. Mein Handy klingelte.

»Wo bleibst du?«, fragte Thommy.

»Ich bin da«, antwortete ich.

»Wir hatten gesagt, in zehn Minuten.«

»Ja.«

»Jetzt sind es zwölf Minuten. Das wird teuer.«

Ich schluckte. Nicht weil ich Furcht bekam. Sondern weil seine Worte das ausdrückten, was ich so sehnlich vermisste: Dominanz! Augenblicklich spürte ich ein Schaudern auf meiner Haut. Eine leise Stimme in meinem Ohr warnte mich. Ich sagte: »Ja, es tut mir leid, aber ich wollte noch eine Zigarette rauchen.«

»Aha.«

»Und ich wollte nicht bei dir drinnen rauchen.«

»Das ist nett.«

»Und da dachte ich mir …«

»Was?«

»Wir könnten ja auch erst mal hier draußen zusammen rauchen.«

»Draußen?«

»Ja klar. Magst du nicht rauskommen.«

Er lachte. »Du glaubst doch nicht tatsächlich, dass ich jetzt vor die Tür komme?«

»Es war ja nur ein …« Ich hielt inne. Was versuchte ich da gerade? Wollte ich etwa einer Situation entfliehen, die ich seit Wochen und seit Monaten unbedingt herbeisehnte?

Ich betrat das Gebäude. Thommy empfing mich im Hausflur, gab mir einen Kuss auf die Wange. »Komm herein«, bat er. Ich schaute mich in seinem Wohnzimmer um. Eindeutige Bilder hingen an der Wand, Frauen in devoten SM-Posen. Auf den Lautsprechern in den

Ecken links und rechts thronten High Heels wie Trophäen. Und auf dem Fernseher lag eine Peitsche.

»Setz dich.«

Steif hockte ich mich auf die Couch und legte verkrampft meine Hände in den Schoß. Ich erkannte mich selbst nicht mehr. Ich war hier, weil ich es wollte. Aber ich wusste, dass ich es nicht durfte.

Trotzdem wehrte ich mich nicht, als er mir mein Oberteil auszog. Seine Finger schlossen sich um meine Brustwarzen. Er kniff zu. Tränen schossen mir in die Augen.

»Darf ich das eigentlich?«, fragte er lammfromm.

Ich wischte die Tränen weg. Ich atmete durch. »Bin ich in der Position, das zu entscheiden?«

Er lächelte. »Genau das wollte ich hören.«

Scheiße, dachte ich. Jetzt habe ich verloren. Aber ich getraute mich nicht, mich zu bewegen, als Thommy sich zu meinen Brüsten hinabbeugte, mir in die Warzen biss. Dann zog er an den Titten. Schlug zu. Und begann das Spiel von vorne. Seine Schläge waren heftig. Nicht brutal. Aber gezielt und stark. Und verdammt angenehm.

Er grub seine Zähne in meinen Nacken – *ausgerechnet mein Nacken!* –, der so empfindsam war. Ich schmolz wie Wachs zwischen seinen Fingern, hätte alles für ihn gemacht, und alles ertragen. Selbst den Rohrstock – *ausgerechnet ein Rohrstock!* –, den er hervorholte und auf meinen Rücken niedersausen ließ.

Tränen schossen mir in die Augen. Ich schrie auf unter dem Schmerz, der auf meiner Haut aufflammte. Ich spürte, dass ich die Zeichen noch Tage später auf meinem Körper tragen würde. Ich dachte an Timo. Und vergaß ihn wieder. Ich *wollte* ihn sogar vergessen.

Thommy baute sich vor mir auf, holte seinen Schwanz aus der Hose. Ich nahm ihn ohne zu zögern in den Mund, ich verschlang ihn förmlich. Ich blies ihn bis zum Höhepunkt, hingebungsvoll und voller Dankbarkeit für das, was er mir zuteil hatte werden lassen. Endlich.

»Du kannst jetzt wieder fahren«, sagte Thommy danach.

»Danke«, antwortete ich und kleidete mich an.

»Wir sehen uns wieder im neuen Jahr.«

»Sprechen wir uns vorher noch?«, begehrte ich zu wissen.

»Nein, ich bin über Weihnachten und Silvester im Urlaub. Ich nehme mein Diensthandy nicht mit.«

»Das war bisher dein Diensthandy?«

»Ja. Aber die Nummer von meinem privaten Handy gebe ich dir nicht.«

Das nahm ich zur Kenntnis, ohne mir einen Kopf zu machen. Ich verabschiedete mich von ihm und verließ seine Wohnung. Erst als ich im Auto saß und auf die Uhr im Armaturenbrett blickte, wurde mir bewusst, dass beinahe zwei Stunden verstrichen waren. Sie waren vergangen wie im Flug. Aber es war eine schöne Reise gewesen.

Meine Freunde, die inzwischen ohne mich weitergemacht hatten, glotzten mich mit großen Augen an. »Bist du zu einer Tankstelle in Österreich gefahren?«

Ich setzte mich wortlos hin.

Heiko strich sich durchs Haar: »Und wo sind die Zigaretten?«

Ich griff nach einer Flasche Bier, nahm einen Schluck. Dann sagte ich: »Fragt bitte nicht. Denn wer nicht fragt, wird auch nicht belogen.«

6

Es waren Weihnachtsferien. Zwischen den Feiertagen fuhr ich mit Timo an die See. Es war irgendwie wie immer. Alltägliches Beziehungsleben. Nur dass ich mit meinen Gedanken ein ums andere Mal bei Thommy und dem, was ich mit ihm erlebt hatte, war. Dabei wurde mir ganz flau im Magen; einmal weil das Ereignis so wunderbar gewesen war. Aber auch, weil ich jetzt mit einer Lüge im Herzen lebte und mir dies nicht einmal schwerfiel.

Einen Tag vor Silvester kehrten wir zurück. Gemeinsam feierten wir das neue Jahr auf einer Party von Ben und seiner Clique. Timo war im Getümmel verschwunden und ich nutzte die Gelegenheit. »Das ist unfair, was ich mache«, sagte ich zu Anke.

»Hast du ein schlechtes Gewissen?«

»Nein, gar nicht. Das ist ja das Problem.« Ich gab einen ächzenden Laut von mir. »Es tut mir höchstens leid und zwar, weil es mir eben nicht leid tut.«

»Das bist typisch du!«, stellte Anke amüsiert fest. Sie nippte an ihrem Sekt. Es war nicht mehr lange bis zur Stunde null. Heißt es nicht: Neues Jahr, neues Glück?

»Was soll ich denn sagen?«, rief ich verzweifelt aus. »Ich brauche diese Form von Sex. Ich habe die ganzen Jahre darauf gewartet. Jetzt habe ich sie, jetzt nehme ich sie mir. Einfach, weil sie mir gut tut. Weil sie Balsam für mich, meinen Körper und meine Seele ist.«

»Dann weißt du ja, was du tun solltest.«

Ich knirschte mit den Zähnen. »Ich weiß, ich weiß ... Und eigentlich ist es längst überfällig.«

»Warum hast du es nicht?«

»Vielleicht wollte ich Timo einfach nicht wehtun.«

»Mitleid ist keine gute Basis für eine Beziehung.«

»Dann mache ich Schluss!«

»Eine vernünftige Entscheidung«, lobte Anke. Sie deutete auf die Uhr. Es war kurz vor Mitternacht. Die Partygäste versammelten sich im großen Raum, zählten die Sekunden mit.

Ich achtete nicht darauf. Ich wollte von Anke wissen: »Was ist, wenn er mich fragt: Warum?«

»Dann sag ihm die Wahrheit.«

Ich lachte heiser auf. »Soll ich ihm sagen, dass ich ihn betrogen habe – ganz ohne schlechtes Gewissen?« Ich schüttelte den Kopf. »Das kann ich doch nicht machen.«

Anke fuhr sich durchs Haar. Es dauerte einige Sekunden, bevor sie was sagte. »Was ist denn Thommy für dich?«

»Hm«, machte ich. »Er ist jemand, der meine Sehnsüchte erfüllt.«

»Und sonst?«

»Sonst nichts!«

Damit war alles gesagt, aber ich war keinen Schritt weiter. Was sollte ich tun? Ich griff zu einem Glas Sekt, trank einen Schluck, dann erst stieß ich mit Anke an. Das neue Jahr war angebrochen. Die Leute tobten, umarmten sich. Aus der ausgelassenen Menschmenge löste sich Timo. Er lachte. Er kam geradewegs auf mich zu. Ich setzte ein Lächeln auf, obwohl mir eher nach Heulen zumute war. Neues Jahr, neues Glück. Zeit, Nägel mit Köpfen zu machen.

7

»Wir müssen miteinander reden«, sagte ich zu Timo, als wir zwei Tage später unseren Silvesterrausch ausgeschlafen und den Kater auskuriert hatten.

»Das müssen wir«, stimmte mein Freund zu.

Ich erkannte das Wissen, das in seinem Gesicht geschrieben stand. Erste Anzeichen dafür hatte ich bereits in der Silvesternacht entdeckt, als er um Mitternacht auf mich zugestürmt war und ich seine Umarmung nur halbherzig erwidert hatte. Aber daran wollte ich jetzt nicht mehr denken. Schnell fügte ich hinzu: »Du weißt, worum es geht, oder?«

Es klang in meinen eigenen Ohren wie der Dialog aus einer schlechten TV-Soap. Eben so wie sich ein Drehbuchautor die Realität vorstellt, die letzte Aussprache in einer kriselnden Beziehung. Aber irgendwie passte es auch; war nicht die Beziehung zwischen Timo und mir von Anfang an nur ein Klischee gewesen? Die absurde Vorstellung einer Partnerschaft, die in der Wirklichkeit, konfrontiert mit meinen Vorstellungen und meinen Sehnsüchten, niemals Bestand haben konnte.

»Warum?«, fragte Timo. Ich weiß nicht, ob er die Antwort nicht wusste, oder sie einfach nur aus meinem Munde hören wollte.

Ich hatte lange drüber nachgedacht. Ich sagte nur: »Ich habe mich in jemand anderen verliebt.« Das war zwar gelogen, aber allemal besser als die Wahrheit; dass ich nämlich längst mit anderen herumvögelte.

Trotzdem zuckte es in seinem Gesicht. »Verliebt in einen anderen?«, fragte er. Tränen rannen über seine Wangen. »Wie denn das? Wann denn? Wie lange ist das her? Das passiert doch nicht von heute auf morgen!«

»Natürlich nicht«, sagte ich und spürte den Schmerz, den meine Worte bei ihm auslösten. Es tat mir selbst weh, ihm das anzutun. Aber jetzt gab es kein Zurück mehr. »Wenn man nicht glücklich in einer Beziehung ist, dann …« Ich stockte. Etwas in mir sträubte sich dagegen, weiter zu lügen. Ich belog nicht nur ihn, sondern auch mich selbst. Ich sagte: »Dann packe ich mal meine Sachen zusammen.«

»Ich kann dich nicht davon abhalten, oder?« Er kam auf mich zu. »Am liebsten wäre mir, du würdest deine Sachen hierlassen.«

Ich verzog mein Gesicht. »Was bringt das? Wenn mein Zeug noch hier ist, aber ich nicht mehr?«

Er schwieg. Ich kramte meine Klamotten zusammen, die in seiner Wohnung verstreut lagen. Nach gerade mal zehn Minuten hatte ich einen Pappkarton voll: ein paar Oberteile, Slips, zwei Paar Schuhe, meine Zahnbürste, Duschgel. Als ich mit der Kiste vor ihm stand, wurde mir bewusst, wie richtig meine Entscheidung war. Wenn drei Jahre Beziehung in einen kleinen Pappkarton passten, und immer noch Platz darin war, dann konnte es mit der Partnerschaft nicht weit her gewesen sein.

Ich blickte ihn an. Was sollte ich noch sagen? Vielleicht: *Lass uns doch Freunde bleiben.* Aber diesen Satz verkniff ich mir, denn ich wollte nicht ein Klischee mit einem anderen Klischee beenden.

8

Trotzdem sind Timo und ich gute Freunde geworden. Wir haben uns in dem einen Jahr nach unserer Trennung sogar besser verstanden als in den letzten zwei Jahren davor. Wir haben, nachdem die gröbsten Wunden unserer Trennung verheilt waren, sogar noch einige Male miteinander geschlafen – bis er vor einer Weile seine neue Freundin kennenlernte. Seitdem haben wir keinen Sex mehr miteinander. Timo lebt in einer Beziehung bekanntlich treu. Das weiß ich. Und jetzt ist das völlig in Ordnung.

Thommy und die erste Affäre

1

Die Nacht nach der Trennung von Timo wurde lang und wüst. War es Erleichterung? Oder ein Neubeginn? Oder einfach nur wie immer? Ein wenig von allem, denke ich.

Als ich mich am nächsten Morgen schlafen legte, stellte ich mein Handy auf stumm. Dummerweise platzierte ich es auf einem metallenen Mülleimer neben dem Bett. Ein idealer Resonanzkörper für den Vibrationsalarm des Telefons. Es schepperte und ich saß kerzengerade im Bett, als eine SMS eintraf. Ich rieb mir die Augen, schaute auf die Uhr.

Undeutlich konnte ich erkennen: Es war kurz nach zehn. Ich hatte gerade mal vier Stunden geschlafen, viel zu wenig. Trotzdem war ich hellwach, als ich las: *Ich bin wieder da. Was machst du denn gerade? Thommy.*

Ich tippte: *Du hast mich geweckt. Ich liege noch im Bett.*

Er antwortete mit einem Smiley und schlug vor: *Ich mache um 12 Uhr Mittagspause. Wir könnten uns treffen.*

Wo denn?, wollte ich wissen.

Bei mir daheim. Oder im Auto. Ist mir egal.

Zugegeben, das war mir ebenfalls egal. Hauptsache, ich konnte ihn sehen. Ich schrieb: *Okay, bei dir.*

Kurz darauf las ich: *Dann sehen wir uns um zwölf. Ich möchte, dass du keine Unterwäsche trägst. Ich hasse Unterwäsche. Und ich möchte, dass deine High Heels einen Absatz von mindestens 10 Zentimetern haben.*

Ich: *Aber damit kann ich doch nicht Auto fahren.*

Er: *Meinetwegen kannst du mit Turnschuhen Auto fahren, das ist mir egal. Aber wenn du bei mir klingelst, hast du hohe Schuhe an!*

So sollte es sein. Ich wollte ein fügsames Mädchen sein; vor allem aber wollte ich nicht noch einmal Bekanntschaft mit dem Rohrstock machen.

2

Kurz nach 12 stakste ich die Stufen hoch zu Thommys Wohnung. Er empfing mich mit einem Kuss und griff mir ohne zu zaudern unter den Rock. Seine Hand fand meine rasierte Möse – ohne Slip.

»Sehr gut«, lächelte er wohlwollend und tauchte die Finger in mein vor Vorfreude schon feuchtes Loch. Ich stöhnte auf. Meine Knie wollten unter mir nachgeben. Ich schwankte auf den High Heels.

»Wehe, du bewegst dich«, warnte er. »Das würde dir nicht gut bekommen.« Ich glaubte ihm aufs Wort. Ich schwieg. Er fuhr fort: »Ich mag den Rohrstock sehr gerne. Aber meine Erfahrung sagt mir, dass die wenigsten Frauen ihn schätzen.«

Auch in diesem Fall mochte ich ihm nicht widersprechen. Überhaupt hielt ich es für besser, meinen Mund zu halten und mich stattdessen darauf zu konzentrieren, nicht das Gleichgewicht zu verlieren.

Denn immer heftiger rubbelten seine Finger über meinen Kitzler. Ich spürte den Orgasmus heraufziehen. Offenbar entging auch ihm das nicht, denn kurz bevor ich kam, stoppte er und trug mir auf: »Knie dich hin!«

Er deutete auf die Couch. Ich beugte mich darüber, den Arsch emporgereckt. Ich wusste, was kam. Während meine Erregung jäh abklang, ertrug ich die Hiebe tapfer und ohne einen Mucks. Ich begehrte nicht auf. Denn ich wusste: Ungehorsam würde noch schlimmer bestraft werden.

Erneut begann er mich zu fingern. Nur um kurz vor dem Höhepunkt abrupt aufzuhören und weitere Schläge zu verteilen. Ein spannendes Wechselspiel aus Schmerz und Erregung. Höhen und Tiefen. Dominanz und Unterwerfung. Es war das, was ich wollte.

Er riss mich an den Haaren hoch. Starr stand ich vor ihm. Ich bewegte mich nicht. Schaute nicht hin, was er mit seinen Zähnen machte. Er biss mir in die Brust. Es tat weh. Fürchterlich weh. Er versohlte mir den Arsch, schlug mir auf die Titten. Bis er sich irgendwann die Hose aufknöpfte und meinte: »Jetzt blas mir den Schwanz.«

Selbstlos nuckelte ich sein steifes Glied und war glücklich, als er sich in meinen Mund ergoss. Er packte meine Haare, zog mich daran hoch. »Und jetzt geh!«

Ich zog mir meinen Rock runter, streifte mir die Bluse wieder über und verließ die Wohnung.

3

Thommy war meine erste richtige Affäre. Seit über einem Jahr treffen wir uns regelmäßig. Seine Freundin weiß bis heute nichts davon.

In der ganzen Zeit, die wir uns jetzt kennen, haben wir nur ein einziges Mal miteinander geschlafen. Unsere Spezialität sind ausgedehnte Spiele; Sessions, in denen wir bis an die Grenze von Dominanz und Unterwerfung gehen.

Spieltrieb

I

SM ist mir wichtig, sehr, sehr wichtig. SM ist ganz gewiss nicht alles. Sex kann auch ohne SM eine Menge Spaß und Erfüllung bescheren. Aber SM fehlt mir, wenn ich ihn nicht habe. Er ist etwas, was meine Phantasie ganz anders anregt als andere Sexpraktiken. Er ist was für meinen Kopf. Keine Frage, ich bin ein sehr kopflastiger Mensch, weniger der emotionale Typ. Bei SM-Sessions bekomme ich mein Kopfkino.

SM ist aber immer nur ein Spiel. Ein sehr schönes Spiel, wesentlich intensiver als normale Sexualität. Es setzt allerdings auch ein ganz anderes Vertrauen voraus. Wenn ich mit jemandem nur ins Bett gehe, macht das Spaß. Aber ich liefere mich ihm nicht aus. Wenn ich mit jemandem SM praktiziere, vertraue ich ihm mein Leben an. Ich sage ihm: »Ich bin wehrlos. Du kannst mit mir machen, was du willst.«

Dies zu tun, bedeutet mir sehr viel. Ich bin devot, warum, das weiß ich nicht, aber darüber habe ich auch nie nachgedacht. Es spielt keine Rolle. Warum kann ich nicht einfach meine Lust so leben, wie es mir Spaß macht? Ich muss mir keinen Kopf darüber machen. Denn im normalen Leben, so viel ist klar, bin ich der sture Typ, sozusagen mit angeborenem Dickschädel.

Deshalb könnte ich auch niemals rund um die Uhr devot sein. Es gibt ja 24/7-Subs, die keinen eigenen Kopf mehr haben, und es gibt dominante Männer (und auch Frauen), denen das gefällt. Aber bitte, dann könnten sie sich auch einen Hund halten.

2

Mit einer Person, die ich gerade erst kennengelernt habe, kann ich natürlich kein riesiges Szenario aufbauen; ich lasse mich ganz sicher nicht von ihr fesseln und schlagen, mir die Augen verbinden oder mich sogar mit Messern ritzen. Dazu braucht es auf jeden Fall Vertrauen.

Gleichwohl habe ich keinerlei Probleme damit, während des Sex zu sagen: »Fester!« Oder: »Ich möchte, dass du mich schlägst.« Klar, es gibt viele Leute, die dann erst einmal dämlich aus der Wäsche gucken. Aber schlussendlich machen sie es trotzdem, und den meisten gefällt es dann auch.

Eine längere Affäre aber bietet eine Fülle von Möglichkeiten. Meist versuche ich, meine Affären auch in dieser Hinsicht zu steuern, denn einfacher Sex ist mir auf Dauer zu eintönig.

Was nicht bedeuten soll, dass ich deswegen auf Sex verzichte. Ich muss nicht jedes Mal, wenn ich mit jemandem intim werde, SM ausleben. Ich wäre nur unglücklich, wenn ich gar nichts für den Kopf bekäme – außer stinknormalen Sex. Aber zum Glück habe ich mehrere Affären, mit denen ich unterschiedlichste Neigungen ausleben kann.

Damit ich also mit einem Typen oder einer Frau ins Bett gehe, müssen er oder sie mir einfach sympathisch, in irgendeiner Form attraktiv für mich sein. Sie unterliegen keinem bestimmten »Beuteschema«, obschon mir – in Sachen Männer – der Typ Bruce Willis oder Vin Diesel zusagt. Ansonsten müssen Mann oder Frau mir einfach gefallen. Aber sie müssen keinerlei Neigung ausleben. Wenn sie mich fragen, was sie mir Gutes tun können, klar, dann würde ich ihnen sagen, was ich mag – sofern sie es nicht schon erkannt haben, wenn sie mich daheim in meinem Zimmer besuchen. Aber trotzdem würde ich niemals von einem Sexpartner verlangen, dass er mich fesselt oder schlägt, wenn er es nicht mag. Ich würde sicherlich auch nicht versuchen, ihn umzukrempeln. Ich erwarte allerdings auch, dass man nicht versucht, mich zu verbiegen.

3

Unter den Affären, die ich augenblicklich habe, ist beispielsweise ein Mann, der überhaupt nichts mit solchen Spielchen anfangen kann, weder in die eine Richtung noch in die andere. Also keine Fesseln und Schläge, auch keine devot-dominanten Rollenspiele. Das ist in Ordnung. Ich kann es mir ja auch woanders holen.

Problematischer dagegen war es mit jener jungen Frau, die ich kürzlich kennenlernte. Wir landeten im Bett und während wir einander verwöhnten, offenbarte sie: »Ich bin devot!«

»Jetzt haben wir ein Problem«, entgegnete ich.

Sie sah mich verwundert an: »Wieso?«

»Ich kann dich gerne festbinden, hauen oder sonst was, aber ich habe Angst, dass ich dir zu sehr wehtue, weil ich damit überhaupt keinerlei Erfahrung habe. Weil es mich auch überhaupt nicht interessiert. Es bringt mir keine Befriedigung und keinen Spaß – ich selbst bin devot.

Alex
und die peinliche Überraschung

1

Alex traf ich im Februar 2006 auf einer Faschingsparty. Ich knutschte mit ihm herum, was an jenem Tag nicht viel zu bedeuten hatte. Ich war guter Laune, die Abiturprüfungen verliefen zu meiner größten Zufriedenheit, und ausgelassen wie ich war, machte ich mit etwa zehn Typen herum. Zwei davon allerdings waren gute Freunde; die zählen nicht.

Mit Alex ergab sich im Anschluss jedoch noch eine Unterhaltung. Oder das, was man Unterhaltung nennt, wenn man zig Bier, Wodka und Whiskey intus hat und selbst die übelsten Karnevalsschlager längst wie gigantische Oden klingen.

»Du siehst nach ›Apollon‹ aus«, verkündete er mit einer Feierlichkeit, die eine Lösung auf alle Fragen dieser Welt erwarten ließ.

»Da wohne ich«, gestand ich ebenso festlich. »Zumindest zeitweise.«

»Cool«, sagte er. »Ich auch.«

»Komisch«, entgegnete ich. »Du bist mir noch nie aufgefallen.«

Nachdem wir aber jetzt diese Gemeinsamkeit erkannt hatten, tranken wir weiter und machten wieder miteinander rum. Dabei merkten wir nicht, wie die Location sich langsam leerte, die Party sich dem Ende neigte. Und als wir es mitbekamen, war es uns egal.

»Ich möchte drei Dinge feststellen«, sagte ich.

Er sah mich interessiert an.

»Erstens: Ich möchte noch bleiben!«

»Ich bin dabei!«, versprach er.

»Zweitens: Hast du Kondome zu Hause?«

»Ja.«

»Drittens: Ich möchte keine Beziehung!«

Er lachte los. »Ich mag dich!«

»Schön«, konstatierte ich.

Wir feierten, bis die letzten Partygäste – also wir – vor die Tür gesetzt wurden.

Ein Taxi brachte uns zu seiner Wohnung. Meine Überraschung war groß, als das Taxi keine zwei Straßen von meinem Elternhaus entfernt hielt.

»Komisch«, bemerkte ich. »Du bist mir noch nie aufgefallen.«

»Komisch«, wiederholte er. »Warum habe ich gerade das Gefühl, dass sich alles wiederholt?«

»Muss wohl am Alkohol liegen.«

»Wir sollten dafür sorgen, dass was Neues passiert.«

Dem konnte ich nur beipflichten.

Schon in der Diele rissen wir uns fast alle Kleider vom Leib. Als wir in seinem Schlafzimmer angelangten, waren wir nackt. Ich ließ mich aufs Bett fallen – und mir traten die Augäpfel aus den Höhlen.

»Was ist denn das da?«, rief ich mit einer Mischung aus Überraschung und Freude.

»Was?«, wollte Alex wissen, der sich gerade mit einem Kondom abmühte.

»Das da!« Ich wies auf die Zimmerdecke über dem Bett. Aus dem Putz ragten massive Haken.

»Ach das?« Er lächelte.

Bis zu dieser Sekunde war Alex für mich nur ein Kneipenaufriss gewesen. Ich hatte an Sex mit ihm gedacht, ein bisschen Lecken, Blasen, Vögeln, so was eben.

An SM hatte ich keinen Gedanken vergeudet. Wie ich schon sagte: Mit einem One-Night-Stand fällt mir das sehr schwer. Ich brauche Vertrauen. Doch jetzt grinste ich: »Du auch?«

»Du auch?«

»Wieso habe ich das Gefühl, dass sich alles wiederholt?«

Wir brachen in Lachen aus. Danach fickten wir. SM spielte dabei keine Rolle, abgesehen von den Schlägen, die er mir beim Sex auf den Arsch verpasste. Oder dem eisernen Griff in mein Haar, mit dem er meinen Kopf zur Seite zerrte. Ich ließ es geschehen.

»Du bist das gewohnt?«, stieß er hervor.

»Ja«, brachte ich über die Lippen.

»Du bist devot?«

»Ja.« Noch immer krallte er sich in mein Haar.

»Sehr schön«, sagte er und verstärkte den Druck, mit dem er mich von hinten vögelte. »Dann treffen wir uns öfter.«

2

Seitdem treffe ich mich immer mal wieder mit Alex. Mal in der Kneipe, dann trinken wir Bier und quatschen, bevor wir irgendwann zu ihm fahren. Oder wir verabreden uns gleich bei ihm, hören Musik, trinken was. Oder lassen es bleiben und kommen direkt zur Sache. Manchmal schlafen wir nur miteinander. Aber immer häufiger spielen wir. Um ehrlich zu sein: jedes Mal ein bisschen mehr.

Als es im Sommer so heiß war und Deutschland sich im Sommermärchen wähnte, beschlossen wir: »Wir gehen mal raus!«

Da alle Welt hinter der Glotze hing und gebannt die Fußball-WM verfolgte, brauchten wir nicht weit in die Natur reisen. Wir wählten den Bahnhof als unser Ziel. Dort gab es eine Menge Parkhäuser und Lagerhallen. Es war ein fast romantischer Abend, mit Glühwürmchen, die um uns herumtanzten.

Ich stand mit meinen Titten an einen Pfeiler gepresst, nackt bis auf die Stiefel, der Rock lag mir um die Knöchel, um mich herum waren Ketten gewickelt, meine Hände und mein Hals waren an ein Rohr gefesselt. Ich verfügte über einen Bewegungsspielraum von vielleicht vier Zentimetern. Ich war ausgeliefert, bedingungslos. Und es gefiel mir.

Bis ich plötzlich Schritte hörte. Scheiße! Ich raunte: »Mach was!«

»Was?«, fluchte Alex hektisch. Die Schritte kamen näher.

»Ich kann ja nichts machen«, erinnerte ich ihn und musste lachen. Wie absurd! Alex geriet in Panik. Was konnte er in der Kürze der Zeit auch bewirken? Mich anziehen? Wohl kaum, so verschnürt wie ich dastand.

Kurz bevor der Ankömmling aus der Dunkelheit auftauchte, zog Alex mir den Rock ein Stück hoch. Er stellte sich vor mich. Da schlurfte die Gestalt um die Ecke. Ein Penner, zersaust und nach billigem Fusel stinkend. Er baute sich vor uns auf, musterte uns mit großen Augen. Mir schoss das Blut in den Kopf.

Keine Ahnung, was der Penner dachte.

Alex hob die Hände: »Um Gottes willen, ruf bloß nicht die Polizei.«

Ich nickte hastig.

Der Landstreicher ließ den Blick zwischen uns hin- und hergleiten. Irgendwann zuckte er die Achseln: »Okay, Mister, Sex ist Sex. Aber ich muss jetzt schlafen.«

Er trabte an uns vorbei, erklomm einen schmalen Vorsprung und legte sich dort oben schlafen. Offenbar hatten wir als Spielplatz ausgerechnet die Behausung des Penners ausgewählt. Alex sah mich stirnrunzelnd an.

Ich schüttelte den Kopf. »Mach mich bitte los«, sagte ich nur. »Die Stimmung ist raus.«

Als wir ein paar Minuten später in einer Kneipe saßen und auf den Schock ein Bierchen tranken, prusteten wir los. Wir lachten und kriegten uns nicht mehr ein. Wenn der Penner die Polizei gerufen hätte, wäre es vermutlich nicht mehr so lustig geworden. Aber so war es einfach nur skurril und witzig. Noch heute, wenn ich mich mal wieder mit Alex verabrede, müssen wir, bevor wir eine Session beginnen, an dieses Erlebnis denken und lachen.

Silke und der verhängnisvolle Gynstuhl

1

Ben, der mich im Alter von 14 Jahren mit meiner devoten Neigung vertraut gemacht hatte, wollte im Herbst des vergangenen Jahres eine Party veranstalten. Deshalb suchte er Kontakt zu Thommy, der bereits Erfahrung im Eventsektor besaß. Er wollte wissen, ob sich eine Veranstaltung dieser Art überhaupt lohnte.

Die beiden beschlossen, sich eine mögliche Party-Location anzuschauen, eine kleinere Halle mit heruntergekommenem Keller. Genau das Richtige für eine Fetish-Party. Thommy fragte mich: »Hast du nicht Lust mitzukommen?«

»Um mir einen Raum anzuschauen?«, argwöhnte ich. »Da kann ich mir einen angenehmeren Zeitvertreib vorstellen.« Außerdem musste ich mich jetzt, nach bestandenem Abitur, dringend um einen Studienplatz kümmern. Das neue Semester rückte näher, und der Journalismus lockte nach wie vor als mein großes Berufsziel.

»Wir bringen auch was zu trinken mit«, sagte Ben und grinste. Inzwischen kannte ich ihn gut genug, um zu wissen, dass er noch was verbarg.

»Schieß los«, forderte ich ihn auf. Ums Studium konnte ich mich auch noch morgen kümmern. »Was ist denn da noch?«

Thommy schnalzte mit der Zunge. »Ein Gyn-Stuhl.«

Das klang nach einem interessanten Spiel. Und auch, dass Ben ein Mädchen namens Silke mitbringen wollte.

»Wer ist Silke?«

»Silke ist völlig unbedarft«, wich er meiner Frage aus. »Aber sie möchte gerne mal zugucken.«

Aha, ging mir auf. Ich sollte als Lehrstück herhalten.

2

Wir trafen uns im »Taranis«. Silke war von kleiner Statur, mit langen, blonden Haaren und mächtigen Brüsten. Ein attraktiver Typ Frau, der bei mir umgehend einige Begehrlichkeiten weckte. Dass sie einen Rock trug, nahm auch Thommy gleich für sie ein. Ohne viele Worte der Begrüßung zu verlieren, platzierte er sie neben sich auf die Bank. Ich musste grinsen. Silke sah mich verunsichert an. Ich hob die Schultern. Und dachte mir: Nur zugucken? Das wird wohl nichts.

Es dauerte nicht lange, ein oder zwei Bier später, da zog Thommy Silkes Beine ohne Vorwarnung über seinen Schoß. Seine Hände gingen auf Tauchstation. Was immer er unter dem Tisch und ihrem Rock mit ihr anstellte, es schien sie nicht ganz kalt zu lassen. Aber sie wehrte sich nicht. Nur ihr Oberkörper zuckte einige Male. Ich lächelte amüsiert, während ich mit Ben so tat, als würden wir uns unterhalten.

»Sollen wir zur Halle fahren?«, fragte Thommy irgendwann. Seine Hände lagen inzwischen wieder auf dem Tisch. Seine Finger schimmerten feucht. Silkes Wangen dagegen glänzten rosafarben. Aber sie hatte keinen Laut von sich gegeben.

Wir stimmten zu, zahlten und gingen raus zu unseren Autos. »Ich fahre mit Silke«, erklärte Thommy.

Wieder ein fragender Blick von Silke. Und wieder reagierte ich nur mit Achselzucken.

»Soll uns recht sein«, bestätigte Ben.

Thommy fuhr uns voraus. Auf halber Strecke ging das Seitenfenster runter und ein Slip flog über den Randstreifen ins Gebüsch.

»Was war denn das?«, rief Ben erstaunt.

Ich lachte wissend und klärte auf: »Thommy hasst Unterwäsche.«

Wir erreichten die Location, tatsächlich eine ansehnliche Veranstaltungshalle. Die kleine Besichtigungstour, die wir unternahmen, bekräftigte Ben in seinem Vorhaben. Danach holte Thommy einen Kasten Bier aus seinem Kofferraum. Ich trug mein Spielköfferchen in die Halle, das ich vorsorglich daheim gepackt hatte. Wir entkorkten die Flaschen und stießen an.

»Auf die Party!«

»Auf den Benefiz.«

Thommy nahm mich an die Hand: »Komm, Gwen, runter in den Keller. Ich möchte deine neuen Piercings sehen.« Vor kurzem hatte ich mir zwei Intimpiercings stechen lassen.

»Kann ich mit?«, bat Silke.

»Von mir aus«, sagte ich. »Und was ist mir dir, Ben?«

»Wenn's dich nicht stört?«

Ich lachte. »Warum sollte es mich stören?« Immerhin war ich mit ihm eine lange Zeit zusammen gewesen, mehr oder weniger. Aber eigentlich war die Frage auch nicht ernst gemeint gewesen.

Wir stiegen die steinigen Stufen hinab in den Keller. Auf dem Weg in das Zwielicht sagte Thommy: »Ach, und Silke ... egal, was passiert, wenn dir etwas nicht gefallen sollte, dann sag es.«

»Genau«, pflichtete Ben bei.

Ich fühlte mich bemüßigt, auch meinen Teil beizutragen: »Sei bitte nicht so blöd und halte den Mund, nur weil du der Meinung bist, du dürftest uns nicht enttäuschen.«

»Wenn dir etwas nicht passt, dann spuck es aus«, fasste Ben zusammen.

»Ja«, sagte sie schüchtern. Es klang, als würde sie, während wir in das Halbdunkel des geschwungenen Gewölbes hinabstiegen, allmählich begreifen, auf was sie sich einließ. Zeit zu einer ausführlicheren Antwort blieb ihr aber auch nicht, denn wir erreichten die letzte Stufe. Ein Gang führte in den Keller. Alle paar Meter zweigte ein Raum ab. Wir nahmen den zweiten rechts. Es war eine Kammer mit tief hängender Decke, die an einen Kerker erinnerte.

In der Mitte stand der Gynäkologen-Stuhl. Ein prächtiges Stück, chrombehaftet, mit Haltern für Arme und Beine, an denen sich die Extremitäten sicherlich hervorragend fesseln ließen. Allein der Gedanke heizte sofort meine Phantasie an.

Ich ließ mich auf dem Sitz nieder, zog meinen Rock hoch. Unterwäsche trug ich nicht. Die drei hatten freien Blick auf meine neuen Piercings.

Während Silke ein bisschen verschüchtert auf meine Möse schaute, unterzogen die beiden Jungs die Ringe einer so detaillierten Begutachtung, dass ich glaubte, sie würden mit ihren Nasen zwischen meinen Schamlippen verschwinden.

Thommy kicherte. »Schönes Spielzeug.« Er trat einen Schritt zurück, zog Silke an sich und legte die Arme um ihre Hüfte. »Ich glaube, ich würde jetzt gerne eine Weile mit dir alleine sein.«

Während ich von dem Stuhl kletterte, wechselte ich mit Ben einen schnellen, ahnungsvollen Blick.

»Kein Problem«, entgegneten wir unisono. Doch bevor wir wieder in die Halle hoch gingen, entsann ich mich meiner eigenen Begehrlichkeiten und wagte einen Versuch: »Darf ich nachher auch mal?«

Silke warf ihre Stirn in Falten. Ich ignorierte ihren fragenden Blick. Meine Augen lagen auf Thommy. Der setzte ein zuvorkommendes Lächeln auf: »Kein Problem. Aber jetzt möchte ich allein mit ihr sein.«

Also ließen wir die beiden für eine Weile in Ruhe. Wir quarzten Zigaretten, tranken ein, zwei Flaschen Bier und tauschten uns über die Partyereignisse der letzten Monate aus.

3

Nach einer Stunde hatten wir noch immer nichts von den beiden im Keller gehört. Mir reichte es. »Ich trink jetzt noch die Flasche leer«, beschloss ich, »dann geh ich runter und klatsche ab.«

»Mach das«, sagte Ben. »Ich rauch noch die Kippe zu Ende, dann komme ich auch.«

Ich trank den letzten Schluck und begab mich erneut die Stufen hinab. Als ich das Gewölbe erreichte, hockte Silke halbnackt auf Knien, Thommys Schwanz im Mund. Sie hielt inne. Ihre Miene zeigte eine Mischung aus Erregung und peinlichem Entsetzen. Auch Thommy bemerkte mich. Er schnaufte: »Gib mir noch zwei Minuten.«

»Okay«, sagte ich, machte auf dem Absatz kehrt und suchte einen Nebenraum auf. Dort hingen einige Bilder, die ich mit gespieltem Interesse einer Beobachtung unterzog. Vor mein geistiges Auge drängte sich das Bild von eben: Thommy mit herabgelassener Hose, Silke, die seinen Schwanz lutschte. Soviel zum Thema *Zugucken.*

Ein Knall erschallte in dem Kellergewölbe. Ich sah auf meine Uhr. Die zwei Minuten waren vorbei. Also kehrte ich zurück zu den beiden. Jetzt stand Silke breitbeinig vor dem Gyn-Stuhl, nach vorne gebeugt, die beiden Arme auf die Beinhalter gestützt. Es war Thommys bloße Hand, die auf ihre Arschbacken traf.

»Darf ich übernehmen?«, fragte ich.

»Du darfst.«

Ich stellte mich hinter Silke, streichelte ihren geschundenen Po, auf dem sich die Abdrücke von Thommys Hand feuerrot abzeichneten. Sie erzitterte. Ich spürte, dass sie durch seine Behandlung zwar nicht benommen, aber doch in einen Zustand entrückter Erregung versetzt worden war. Ob sie noch wusste, wie ihr geschah? Ich wollte es herausfinden, forderte sie deshalb auf: »Leg dich auf den Stuhl!«

Mit wackelnden Knien wandte sie sich um. Also weilte sie noch unter den »Lebenden«. Ich half ihr dabei, den Sitz zu erklimmen. Sie lehnte sich zurück. Ihre Beine hob ich auf die Halter. Ihre Strumpfhose war völlig zerrissen. Fest schnürte ich die Schnallen um ihre Beine. Jetzt würde sie ihren Unterleib nicht mehr bewegen können. Ich ging vor ihr in die Hocke. Ihre glänzende Möse strahlte mich an.

Ich schob meine Zunge vor, leckte sie. Sie gab ein wohlwollendes Seufzen von sich, reckte sich meinen Lippen entgegen, so weit es die Fesseln erlaubten.

Was mich in meinem Treiben nur anspornte. Während ich den Druck meiner Zunge auf ihren Kitzler verstärkte, nahm ich einen Finger zur Hilfe, führte ihn zwischen das glitzernde Fleisch. Sie war nicht eng, dafür sehr warm. Sie stand kurz vor dem Orgasmus, er floss förmlich aus ihr heraus.

Aus dem Augenwinkel bemerkte ich eine Bewegung. Ben kam ebenfalls in den Keller zurück, gesellte sich zu Thommy. Die beiden lehnten an der Wand, die Arme vor der Brust verschränkt und beobachteten mich und mein Vergnügen.

Für Silke dagegen waren zwei Zuschauer offenbar einer zu viel. Ihre zuckenden Bewegungen erlahmten. Ihr Blick irrlichterte durch das Zwielicht, von mir zu den Jungs, darum bemüht, sich die Unsicherheit nicht anmerken zu lassen. Ihre Erregung ließ nach. Ich dagegen hörte nicht auf. Ich leckte weiter, streichelte dabei ihre Beine, ihren Bauch, die Brüste.

Irgendwann schien sie die Beobachter zu vergessen. Ihr Becken begann sich dem Takt meiner Zunge anzupassen, immer schneller, fordernder. Ich saugte mich an ihrer Klitoris fest. Bis sie kam. Und noch einmal kam. Und noch einmal. Silke stöhnte und ächzte. Ich machte weiter.

Denn wenn ich lecke – oder blase –, dann mache ich weiter, egal ob jemand kommt oder nicht. Denn ich lecke – oder blase –, weil es mir selbst Spaß macht. Ich höre eigentlich erst dann auf, wenn man es mir ausdrücklich sagt. Silke sagte nichts.

Also lutschte und leckte ich weiter und Silke stöhnte und wimmerte. Erst als sie zu dreiviertel neben dem Stuhl hing und nur noch die gefesselten Beine verhinderten, dass sie ganz auf den Boden rutschte, ließ ich von ihr ab. Ich sah sie vorwurfsvoll an: »Ein einfaches ›Hör auf‹ hätte gereicht.«

Ich löste ihre Fesseln. Schnaufend und zitternd setzte sie sich auf. Thommy kam hinzu, nahm sie in den Arm und entzündete eine Zigarette. Dankbar umschlossen ihre Lippen den Glimmstengel. Ich derweil blieb in der Hocke und wartete.

Thommy sagte: »Silke, hock dich auf alle Viere hin.«

Wie in Trance wollte sie sich von dem Sessel erheben. Sie blieb sitzen. Die vielen Höhepunkte lähmten noch ihre Glieder.

Thommy schüttelte den Kopf. Seine mahnende Stimme hallte dumpf durch das Gewölbe. »Das war keine Bitte!«

Silkes Blick wechselte von Thommy zu mir. Hilflos sah sie mich an. Ich hob die Schultern. »Da musst du durch«, flüsterte ich.

4

Thommy fixierte sie an den Stuhl. Sie konnte sich nicht mehr wehren, geschweige denn bewegen, als er ihr die Strafe für ihren Ungehorsam zuteil werden ließ. Er drosch auf ihren Arsch ein. Später durfte auch Ben ihr den Po versohlen.

Irgendwann presste Silke hervor: »Ich habe Durst. Ich brauche was zu Trinken. Einen Schluck Bier, bitte.«

Thommy hielt inne, stellte sich vor sie. »Womit hast du das verdient?«

Sie lag auf dem Stuhl ausgestreckt, bearbeitet und verwirrt. Wusste nichts darauf zu antworten. Ben schien das zu merken. »Was bist du bereit zu geben?«

Für einen Augenblick erlebte ich ein Déjà vu: Ich sah mich selbst vor Ben sitzen, ihm auf Gedeih und Verderb ausgeliefert, verzweifelt um den Preis für einen Schluck Bier oder eine Kippe feilschend. Ja, ich erinnerte mich nur zu gut an meine ersten Gehversuche.

Silke stockte. »Wie bitte?«

Ben strahlte, griff nach meinem Spielköfferchen, öffnete es. »Ich denke, zwanzig Schläge mit dem Paddel sollte dir ein Bier schon wert sein.«

Ihr Blick suchte wiederholt mich, aber ich signalisierte ihr durch meine Miene, dass ich ihr nicht helfen konnte. O ja, ich wusste, wo mein Platz in diesem Spiel war. Ich tat nur das, was man von mir verlangte. Zum Beispiel ihren Kopf halten, ihr das Haar streicheln, während es die Schläge mit dem Paddel setzte. Dafür, dass es ihre erste Session war, war Silke enorm tapfer. Sie schrie nicht ein einziges Mal. Sie vergoss lediglich Unmengen an Tränen.

Schließlich gaben die beiden ihre Behandlung auf. »Leg dich zurück auf den Gyn-Stuhl«, befahl Thommy.

Diesmal leistete Silke der Aufforderung ohne Zögern Folge. Ben zog und ziepte an ihren Brüsten. Thommy grub seine Zähne in die weiche Haut. Und ja, ich wusste mittlerweile, wie tief seine Zähne sich in die Haut graben konnten.

Ich hielt ihr derweil die Hand. Bis Thommy erklärte: »Gwen, sei doch bitte noch ein bisschen nett zu ihr.«

Das konnte allerdings alles oder nichts bedeuten. Zaghaft erkundigte ich mich: »Was soll ich tun?«

»Ich möchte, dass du sie fistest.«

Ich runzelte die Stirn. Ich hatte kein Problem mit der Aufgabe. Aber ich hatte kein Gleitgel. Zaghaft wandte ich an: »Ich widerspreche dir ungern … und ich werde es auch versuchen, aber ohne Gleitgel wird es ein bisschen schwierig.« Es ging mir nicht darum, ihr nicht wehzutun. Schmerz gehört zum Spiel hinzu. *Wenn's nicht wehtut, macht es eigentlich keinen Spaß*. Ich sagte: »Ich möchte sie nicht verletzen.«

Er nickte. Sonst nichts. Also steckte ich einen Finger in ihre Möse. Sie war nicht mehr wirklich feucht. Der Schmerz der letzten Minuten hatte ihr jegliche Erregung geraubt. Ich ließ den zweiten Finger folgen. Einen dritten. Bald hatte ich die ganze Hand in ihr. Ich schob sie vor und zurück.

»Schneller«, verlangte Thommy.

Ich spürte, dass sich eine Prise Feuchtigkeit zwischen meine Finger stahl. Genüsslich beobachteten die beiden Männer die Wirkung, die ich bei Silke erzeugte.

»Härter«, forderte Ben.

Ich folgte den Anweisungen. Denn nach wie vor wusste ich, in welcher Position ich war. Ich war zwar nicht so arm dran wie Silke. Aber wie sie war auch ich nur Befehlsempfängerin. So lauteten die Spielregeln.

5

»Eigentlich wollte ich ja nur zuschauen«, sagte Silke leise, als wir uns wieder auf dem Heimweg befanden. Ich saß mit ihr allein im Auto, hatte mich bereit erklärt, sie nach Hause zu fahren.

»Das mit dem Zuschauen ist so eine Sache«, meinte ich augenzwinkernd. »Das hätte ich dir vorher sagen können.«

»Na ja«, machte Silke. »Ich dachte nur, dass du diejenige bist, die da liegt und …«

Ich unterbrach sie. »Das war nicht meine Entscheidung.«

Verdutzt sah sie mich an. »Wie?«

Ich lächelte. »Das ist der Unterschied zwischen dir und mir. Du fängst gerade erst mit SM an. Ich weiß längst, wo ich hingehöre.«

»Aha«, machte sie nur und versank in Gedanken.

Ich glaube, es war an der Zeit, sie noch ein wenig mehr mit dem Thema vertraut zu machen. Ich sagte: »Eine Session ist und bleibt ein Spiel.«

»Ein Spiel?«, fragte sie und rieb sich wie zum Zeichen ihrer Zweifel den Po.

Als Thommy und Ben schließlich von ihr abgelassen und die Session für beendet erklärt hatten, und Silke sich den Rock wieder hochgezogen hatte, war die Haut auf ihrem Arsch stellenweise aufgeplatzt gewesen.

Die Striemen und Bisswunden auf ihren Brüsten hatten rot geglüht. Anders als das Sperma in ihrem Gesicht, das die Jungs zum Abschluss vergossen hatten, waren die Wunden nicht einfach abzuwischen. Sie brauchten ganz gewiss einige Tage, bis sie abheilten.

»So sehr die beiden dich benutzt und erniedrigt haben, sie sehen in dir einen ganz normalen Menschen, vor dem sie Respekt haben.«

»Mhm.«

»Deshalb solltest du auch nie Angst davor haben zu sagen, wenn dir etwas nicht gefällt. Oder wenn du aufhören möchtest. Niemand wird gekränkt deswegen sein. Es geht darum, dass alle Seiten sich wohl fühlen, auch du.«

»Ja«, sagte sie.

»Und?«, erkundigte ich mich. »Hast du dich wohl gefühlt?«

Ein Schatten zog über ihr Gesicht. Ich ahnte Schlimmes. Doch zu meiner Überraschung antwortete sie: »Ja.«

Ich verstand. »Und das verwirrt dich?«

»Ja«, bestätigte sie.

Ich hatte das Gefühl, dass da noch mehr war, über das sie reden wollte, sich aber nicht traute, es auszusprechen. »Und was noch?«

Sie wandte mir ihren Blick zu. »Ben hatte mir gesagt, Thommy sei dein Herr und Meister.«

»Mein Herr und Meister?«, wiederholte ich. Ich überlegte einen Moment, bevor ich fortfuhr. »Thommy und ich, wir treffen uns regelmäßig zu Sessions. Dann gehöre ich ihm, bin sozusagen seine devote Sklavin. In diesem Sinne ist er auch mein Herr.«

»Aber bist du nicht eifersüchtig, wenn er es dann mit einer anderen Frau macht, so wie mit mir gerade eben?«

Ich lachte auf. »Nein, überhaupt nicht. Erstens: Ich durfte ihm doch bei deiner Behandlung helfen. Das ist doch eine außerordentliche Ehre für mich als seine Sklavin. Zweitens ist die Beziehung zwischen uns ohne jegliche Gefühle. Es gibt zwar eine Sympathie zwischen uns, logisch, sonst könnten wir das alles nicht machen, könnte ich ihm nicht vertrauen, würde ich mich ihm nicht hingeben können.«

»Vertrauen ist wichtig«, stellte Silke fest.

»Ja«, sagte ich und wusste ganz genau, wovon ich redete. Meine Erinnerung fand zurück zu Bea.

Bea
und das Spiel ohne Grenzen

I

Bea hatte ich im »Metal« kennengelernt, wo sie kellnerte. Sie veranstaltete dort einige Fetish-Partys, performte auf der Bühne als Lack- und Lederlady, was mich schwer beeindruckte. Ich suchte den Kontakt zu ihr.

»Stehst du auf das, was du da in der Show machst?«, frage ich sie.

»Wonach sieht es aus?«, gab sie zurück.

Ich trat einen Schritt näher an sie heran. »Nach etwas, in dessen Genuss ich gerne mal kommen möchte.«

Sie rümpfte spielerisch die Nase. »Wer sagt, dass ich dich in den Genuss kommen lassen möchte?«

»Ich werde es mir verdienen«, versprach ich.

Sie umfasste meinen Hals, kraulte mit ihren Fingernägeln meinen Nacken. Noch am gleichen Abend schliefen wir miteinander. Nicht sonderlich hart und fest. Trotzdem führte sie mich mit entschiedener Hand durch die Nacht.

Als wir uns einige Wochen und Sessions später ein weiteres Mal verabredeten, hatte Bea eine Menge Stress: beruflich und mit ihrem Partner, wie sie einräumte.

Ich kannte ihren Freund, er war mir inzwischen einige Male im »Metal« begegnet. Er kannte mich und wusste auch, dass ich gelegentlich mit Bea ins Bett ging.

Bea und ich wollten uns daher entspannen, gemütlich vor dem Fernseher, bei einer DVD und einem oder zwei Gläschen Rotwein. Was ich nicht wusste: Sie vertrug nicht viel Alkohol. Sie war zwar nicht besoffen, aber doch ganz gut angetrunken.

Wir fanden uns im Schlafzimmer wieder und spielten. Was erst einmal nichts Außergewöhnliches war. Doch dieses Mal wurden ihre Griffe fester und stärker. Sie band mich fest und begann auf mich einzuschlagen. Ich hatte nichts dagegen, aber sie schlug immer fester und schneller zu, bis sie nur noch auf mich einprügelte. Die Schmerzen waren dabei nicht einmal das Hauptproblem, was mir die Situation unerträglich machte, war: Ich hatte mir nichts zu Schulden kommen lassen, was die Prügelstrafe erklärte.

Ich begehrte auf: »Was mache ich falsch?«

Sie reagierte nicht. Jetzt wurden die Schmerzen doch langsam unangenehm. Ich rief: »Hör auf!«

Erst jetzt erwachte sie aus ihrem Zustand. Ich forderte sie auf: »Binde mich los! Ich kann nicht mehr.«

Als ich wieder frei war, meinte ich nur: »Ich hole mir was zu trinken.«

In der Küche aber heulte ich Rotz und Wasser. Meine Gefühle waren in Aufruhr. Die Situation überforderte mich. Denn es war nur ein Spiel. Und ein Spiel folgt gewissen Regeln.

2

Ich erwachte nach einer aufwühlenden Nacht. Sie saß neben mir und wirkte, als hätte sie die ganze Nacht kein Auge zugemacht. »Es tut mir furchtbar leid«, stammelte sie. »Ich möchte mich bei dir entschuldigen. Das hätte nicht passieren dürfen.«

Ich wollte ihre Einsicht honorieren, aber so einfach konnte und wollte ich nicht drüber hinweggehen. Sie schien das zu merken. »Gwen, es tut mir wirklich leid.«

»Wie konnte das passieren?«, fragte ich sie.

Sie presste die Lippen aufeinander. Sie schnaufte schwer. »Weißt du«, sagte sie und ihre Stimme brach ab. »Ich hatte ... hatte Probleme im Job. Es ist so stressig im ›Metal‹.«

»Das alleine ist es aber nicht, oder?«

Sie schüttelte den Kopf. »Nein, es waren ... sind auch die ständigen Auseinandersetzungen mit meinem Freund daheim. Das alles ging mir so nahe, so sehr auf die Nerven, an die Substanz, dass ich gestern Abend einfach nur noch ...« Sie ließ den Kopf hängen. »... wütend war.«

In meinem Kopf klingelte eine Alarmsirene. »Wütend. Auf wen? Auf mich?«

»Irgendwie schon«, wisperte sie.

»Irgendwie schon? Was soll das heißen?«

Sie schaute auf. »Eigentlich bist du der Grund, warum es die Probleme mit meinem Freund gibt.«

Das war mir neu. »Ich dachte, für deinen Freund ist es okay, wenn du was mit Frauen hast.«

»War es auch. Aber dann habe ich ihm ständig von dir erzählt, Gwen hier, Gwen dort ...«

»... und dann hat er gesagt: Das ist mir zu viel?«, mutmaßte ich.

»Ja.«

Ich sog scharf die Luft ein. »Ist ja traurig, dass du Probleme in deinem Job, in deiner Beziehung, in deinem Leben hast. Aber dafür kannst du mich nicht verantwortlich machen. Und du darfst das erst recht nicht an mir auslassen, wenn ich mich dir anvertraue. So etwas darfst du nie wieder machen. Damit zerstörst du jedes Vertrauen.«

Fürs Erste war mein Vertrauen zerstört. Und zwar nicht nur zu Bea. Generell in meine Spielpartner. Nach diesem Erlebnis machte ich beinahe drei Monate überhaupt nichts mehr in Sachen SM. Ich hatte höllische Angst davor, dass mir so was noch mal passieren könnte.

Christian, Wolfi und die Sextouristin

I

Das Forum von »schwarzesglueck.de« ist die virtuelle Single-Börse der Gothic Szene.

Hier traf ich allerhand Leute, die mein Interesse weckten. Mein offenherziges Profil mit ansprechenden Fotos löste eine wahre Flut an Mitteilungen aus. Mit einigen schrieb ich ausdauernd, mit manchen telefonierte ich auch, und hin und wieder beschloss ich, jemanden zu besuchen, mit dem ich mich besonders gut verstand. Beinahe jedes Wochenende reiste ich quer durchs Land. Zeit hatte ich nach bestandenem Abitur genug.

Ich reiste nach Hamburg und Berlin, nach Göttingen und Köln, nach München und Heilbronn. Von den Städten selbst freilich sah ich nicht viel.

Meine Freundin Anke spottete über meinen »Sextourismus durch Deutschland«. Und Ben kalauerte: »Statt Städtereisen unternimmst du Schwänzereisen.« Ich ließ sie spotten. Sie sind meine Freunde. Sie dürfen das.

Auf meinen Reisen lernte ich viele nette Menschen kennen, mit denen ich zum Teil noch heute – nach unserem »Date«, was eigentlich nichts anderes als ein »One-Night-Stand auf der Durchreise« war – befreundet bin. Manchmal wurde sogar mehr daraus. Mit Christian aus Kassel verbindet mich nach wie vor eine rege Affäre. Vielleicht ist es von all meinen Affären diejenige, die am unkompliziertesten funktioniert.

Wir gehen nicht miteinander aus, telefonieren nicht, chatten nicht, haben auch ansonsten keinerlei Gemeinsamkeiten. Nur manchmal, da schickt er mir eine SMS und fragt mich: *Hast du Bock zu vögeln? Heute abend? Sag mir bitte bis um 18 Uhr Bescheid, ansonsten suche ich mir was anderes.*

2

Ich verbrachte auch viel Zeit in meiner Lieblingskneipe, dem »Taranis«. Eines Abends hockte dort am Tisch gegenüber ein netter Typ, Marke Rocker, lange, dunkle Haare, ein zotteliger Bart – und strahlend blaue Augen. Ich schätzte ihn auf mein Alter. Eigentlich wollte er nur Zigaretten. Aber vielleicht war es auch eine Anmache. Ich muss gestehen, so genau habe ich nicht darauf geachtet.

Aus der bloßen Kippen-Schnorre entwickelte sich ein Gespräch. Wir verstanden uns prächtig, alberten herum, bis er auf die Uhr schaute. »O Scheiße«, stieß Wolfi hervor. Eigentlich hieß er Wolfgang, aber alle nannten ihn nur Wolfi. »Jetzt ist gerade mein letzter Bus gefahren.«

»Wohin musst du denn?«

Er nannte ein Kaff, von dem ich schon mal ganz entfernt gehört hatte. Ich zuckte mit den Achseln: »Warte noch fünf Minuten, dann wollte ich eh gehen. Ich fahr dich nach Hause.«

Unterwegs bat er mich, an einer Tankstelle anzuhalten. »Ich würde mir gerne noch ein, zwei Bier für zu Hause kaufen, und was zu lesen.«

Ich gab ihm ein paar Euro, damit er mir eine Schachtel Zigaretten mitbrachte. Er gab mir das Geld zurück. »Ist schon okay, du fährst mich ja.«

Ich setzte ihn daheim ab. Er fragte: »Kommst du noch auf ein Bier mit rein?«

Ich dachte mir nichts dabei und willigte ein. Es wurde mehr als nur ein Bier. Wir landeten im Bett. Es war stinknormaler Sex.

3

Als am nächsten Morgen die Sonne langsam aufging, kramte ich meine Klamotten zusammen. »Sehen wir uns wieder?«, fragte Wolfi.

Ich hielt inne. »Wenn daraus nicht mehr wird ... gerne.«

»Ist gebongt.«

Ich ging hinüber ins Bad. Eine ältere Frau kreuzte meinen Weg. »Guten Morgen«, sagte ich, noch ein bisschen benommen.

»Guten Morgen«, sagte sie. »Du bist wer?«

»Ich bin Gwen«, erklärte ich und wunderte mich, warum er mir nicht gesagt hatte, dass er in einer WG lebte. »Und du?«

»Ich bin Wolfis Mutter.«

»Oh«, entfuhr es mir. Schnell eilte ich ins Bad, wusch mich und kehrte zu ihm zurück. Ich sah ihn vorwurfsvoll an. »Ich bin gerade deiner Mutter begegnet. Ich hab ihr gesagt ...«

Er guckte erschrocken. Sein Kopf war eine rote Bombe.

»Keine Bange«, grinste ich. »Ich hab ihr nicht gesagt, was für ein Früchtchen ihr Sohnemann ist.«

»Das ist gut so«, sagte er. »Sonst hätte sie dir wahrscheinlich gesagt, dass ich minderjährig bin.«

Jetzt war es an mir, erschrocken aus der Wäsche zu gucken, obwohl es dafür eigentlich keinen Grund gab. Ich dachte an meine eigene Geschichte. Trotzdem war ich erleichtert, als mir meine neue Affäre gestand: »Ich bin 17.«

Kyra
und der wunderbare Swingerclub

1

Ich war inzwischen 19. Zeit, mich auf die Suche nach einer eigenen Wohnung zu begeben. Ein Blick in die Zeitungen brachte die niederschmetternde Erkenntnis: Mit meinem kargen Taschengeld und dem, was ich mit gelegentlichen Nebenjobs verdiente, war nicht viel zu bekommen. Mit anderen Worten: Mir fehlte das Geld für eine Bude. Ärgerlich!

Der Zufall wollte es, dass die Pornodarstellerin Kyra Shade im April 2006 auf Clubtour durch Deutschland ging, unter anderem machte sie auch im »Blue Velvet« Station, einem Swingerclub in Karlsruhe. Wie ich bereits sagte: Ich bin ein großer Fan von Kyra Shade.

Alleine mochte ich allerdings nicht in den Club fahren. Ich fragte Cora und David, mein Lieblingspärchen aus Speyer, ob sie nicht Lust hätten, mich zu begleiten. Die beiden führen bekanntlich eine offene Beziehung, weshalb David auch kein Problem damit hatte, dass er daheim bleiben und auf die Kinder aufpassen musste, während Cora und ich, nett mit Korsagen, Strapsen und High Heels zurechtgemacht, ins »Blue Velvet« fuhren.

Der Club lag abgeschieden in einem Industriegebiet. Wir klingelten und die Besitzerin öffnete uns. Sie zeigte uns einen Umkleideraum mit Spinten. Anschließend führte sie uns durch den Club, zeigte uns die Bar, die unterschiedlichen Spielräume, die Sauna, das Massagezimmer, die Duschen und die Toiletten. »Essen und Getränke sind umsonst«, erklärte sie.

»Dürfen wir rauchen?«

»Natürlich dürft ihr auch rauchen, überall, nur nicht auf den Spielzimmern. Falls sonst noch was ist, meldet euch. Ansonsten viel Spaß.«

Cora und ich unternahmen einen neuerlichen Rundgang durch den Club, ließen die Räumlichkeiten auf uns wirken. Unten befanden sich die Bar und ein Videoraum. Oben waren die Spielzimmer. Sie waren voller Phantasie ausgestattet, sehr liebevoll und sauber: Ein Raum verfügte nur über ein riesiges Bett. Es gab Separees, deren Türen man verriegeln konnte; einige waren in helles Licht getaucht, anderen stockfinster. Noch andere Zimmer lagen zwar abgeschieden, doch man konnte sie nicht verschließen. Es gab auch matt beleuchtete Separees, die Fenster hatten, durch die neugierige Voyeure das Treiben drinnen beobachten konnten. Ich war sehr beeindruckt. Vor allem von dem Spiegelzimmer. Wer hat zu Hause schon ein komplett verspiegeltes Schlafzimmer? Geil! Und im SM-Zimmer stand ein Andreaskreuz. An der Wand hingen Peitschen und Paddel.

Wir schauten uns Kyras Show an. Ich war ganz begeistert, was sie mit drei Kerzen alles machen konnte, ohne dass sie das Wachs verschüttete.

Anschließend sondierten wir die Frauen und Männer an der Bar, kamen mit einigen sogar ins Gespräch. Lustigerweise zeigten sich zwei ältere Pärchen besonders aufgeweckt. Die beiden Frauen und Männer waren ganz bestimmt über sechzig Jahre alt, wenn nicht sogar siebzig. Sie berichteten, dass sie schon seit Jahren in den Swingerclub fuhren, dass sie schon seit Jahren Partnertausch praktizierten, und zwar nur sie vier, dass sie nicht darauf verzichten konnten und dass es jedes Mal eine helle Freude war. Cora und ich lauschten den Senioren mit wachsendem Interesse.

»Wie oft seid ihr denn hier?«, fragte die Rentnergang uns schließlich.

»Wir sind neu hier«, gestand ich.

»Seid ihr ein Paar?«

»Nein«, erklärte Cora. »Wir sind nur befreundet. Aber manchmal haben wir auch was miteinander.«

»Habt ihr Freunde?«

»Ich nicht«, meinte ich.

»Ich bin verlobt. Mein Verlobter ist daheim und passt auf die Kinder auf. Er hat gesagt, wir sollen uns einen schönen Abend machen.«

»Worauf wartet ihr dann?« Es steckte kein Begehren dahinter. Nur der freundliche Hinweis, dass man doch ins »Blue Velvet« gekommen war, um Spaß zu haben. Worauf warteten wir also noch?

2

Es war eine ungewohnte und im ersten Augenblick fast einschüchternde Situation, als Cora und ich eines der Zimmer betraten. Aber die kuschelige Atmosphäre – der Raum bestand zum größten Teil aus einer weichen Matratze – enthemmte uns und wir begannen uns zu streicheln. Wir küssten uns. Aus dem Augenwinkel bemerkte ich die Zuschauer, die sich am Fenster und an der Tür einfanden.

»Stören sie dich?«, fragte Cora.

»Iwo«, kicherte ich. »Ich find die gierigen Blicke ziemlich angenehm.«

Cora streckte sich auf dem Bett aus, ich beugte mich zwischen ihre Beine. Meine Zunge tauchte in ihre Möse. Cora war bereits ganz feucht.

Einer der Männer, die wir an der Bar kennengelernt hatten, gesellte sich zu uns: »Darf ich mitmachen?«

»Klar, warum nicht.«

Er nahm Coras Brüste in die Hand, massierte sie. Sie griff nach seinem Kopf, zog ihn zu sich herunter, küsste ihn. Irgendwann kam er zu mir herab, übernahm meine Aufgabe und leckte Cora.

Ich winkte einen der Zuschauer zu mir, der mit steifem Schwanz am Fenster stand. Während ich mich seiner annahm, hörte ich, wie Cora neben mir zum Höhepunkt kam.

»Ich möchte eine Zigarette«, teilte sie mir kurz danach mit.

»Ich bleib noch hier. Ist gerade so nett.« Denn inzwischen lag ich mit mehreren Männer in dem Raum. Ich sagte ihnen: »Bedient euch, aber nicht ohne Kondom.«

Einer spielte mit einem Dildo an mir herum. Einem anderen lutschte ich den Schwanz. Und noch ein anderer beschäftigte sich mit meinen Brüsten. Zwischendurch war mal einer in mir drin. Dann der Nächste. Es war ein Gangbang, mein erster. Und es war schön. Ich würde sogar behaupten: Es mit so vielen Männern auf einmal zu treiben, die ich nicht kannte, war das schönste Erlebnis im vergangenen Jahr.

3

Ich ging zurück an die Bar, wo ich Cora antraf. Sie sah mir meine Glückseligkeit an, nahm mich in den Arm und streichelte mich. Später gingen wir beide noch einmal nach oben zu den Spielzimmern, diesmal in einen Raum, in dem lediglich eine kleine, rote Glühbirne für halbseidenes Licht sorgte. Es reichte gerade, um den Gegenüber schemenhaft zu erkennen. Wie spannend! Hier wollten nur wir beide uns vergnügen, in aller Ruhe und ganz entspannt. Dabei passierte es.

Als sie mein Korsett öffnete und es mir abstreifen wollte, verhakten sich die Ösen und Schnüre. Es ließ sich weder über meine Brust nach oben ziehen, noch die Beine hinabstreifen. Ich selbst konnte mich kaum noch bewegen, kniete halb und stand halb auf der Matratze. Keine Ahnung, was für ein komisches Bild ich in diesem Augenblick abgab. Zum Glück gab es nur das matte Licht der roten Glühbirne, so dass niemand etwas von meiner peinlichen Situation mitbekam. Dummerweise konnte ich dadurch aber auch selbst nicht erkennen, an welcher Stelle sich mein Korsett verknotet hatte.

»Ich brauche Licht«, fluchte ich. »Ich muss hier raus.«

»Nach unten?«

»Ich komme nie und nimmer die Treppe runter.«

»Im Flur ist aber auch nicht genug Licht.«

Ich entsann mich einiger Separees, die beleuchtet waren. »Ich muss nach nebenan.«

»Und wenn die's da gerade treiben?«

»Dann kann ich ihnen auch nicht helfen.«

Ich schleppte mich im seltsamen Affengang raus auf den Flur und klopfte an der Tür nebenan. Es dauerte einen Augenblick, bis jemand öffnete. Es war eine der Seniorinnen von der Bar, ausgerechnet. Hinter ihr auf der Matratze lag der Rest der Rentnerbande. O Mann, wie peinlich mir das war!

»Es tut mir leid«, stammelte ich. »Ich will auch gar nicht stören, aber…« Ich strampelte in meiner gebückten Haltung herum. »Ich hab mich verhakt… und ich sehe da drüben nichts… und die Treppe komme ich auch nicht runter.«

Die Omi lachte. Ich entspannte mich ein wenig und musste ebenfalls kichern. »Ist doch kein Problem, mein Kind«, sagte sie. »Komm herein.«

Ich hinkte in das Spielzimmer.

»Soll ich dir helfen?«, fragte sie.

»Danke«, meinte ich. »Aber ich brauche nur Licht.«

Ich befreite mich aus meiner misslichen Lage. Ich dankte den vieren noch einmal und sagte: »Okay, dann könnt ihr jetzt weiter machen.«

Sie lächelten. »Das werden wir auch!«

Rasch schloss ich die Tür und sah zu, dass ich zurück zu Cora kam.

Bis auf dieses Missgeschick war der Abend im »Blue Velvet« auf ganzer Linie gelungen. Als wir zurück in Coras und Davids Wohnung waren, lagen die Kinder bereits im Bett. Wir erzählten David von unseren Erlebnissen, was ihn sichtbar erregte, so dass wir nicht umhin kamen, im für das Babysitting auf angemessene Weise zu danken. Wir boten ihm eine heiße Lesbennummer, bevor wir abwechselnd seinen Schwanz lutschten.

Danach beschlossen wir, unbedingt noch einmal ins »Blue Velvet« zu fahren, und diesmal zu dritt.

4

Doch noch bevor es zu einem weiteren Besuch im Swingerclub kam, stöberte ich mit Anke wieder einmal die Stellenanzeigen durch. Bis zum Beginn meines Studiums wollte ich endlich ein bisschen Geld verdienen.

Doch noch immer war die Auswahl an akzeptablen Jobs eher mau: *Hilfsarbeiter für leichte Fließbandmontage* klang nicht gerade nach viel Vergnügen. Und *Putzkraft im katholischen Studentenheim* weckte auch nicht wirklich meine Motivation. Bis Anke irgendwann vorlas: *Suchen flexible, tageslichttaugliche Fachkraft für unseren Servicebereich.*

Na, das klang doch mal ordentlich. »Was soll das sein?«

Anke amüsierte sich. »Was meinst du denn?«

»Woher soll ich das wissen?«

»Das ist in einem Swingerclub!«

»Da ruf ich an!«, sagte ich wie aus der Pistole geschossen.

»Das ist nicht dein Ernst!«, gab Anke zurück.

»Doch.«

»Nein!«

»Aber das wäre doch optimal.« Die gute Erinnerung an die Nacht im »Blue Velvet« ließ mich in die Hände klatschen. »Das passt besser zu mir als die Putzkraft im katholischen Studentenheim.«

Ich ließ mich nicht davon abhalten, wählte die Nummer und erfuhr, dass die Stelle noch nicht vergeben war. Ich vereinbarte einen Termin für den nächsten Abend.

Da ich ein Kostüm für ein Vorstellungsgespräch im Swingerclub für ungeeignet hielt, wählte ich einen Lackrock und ein Lackmieder, über dem ich eine fast durchsichtige Bluse trug.

Der Chef empfing mich. Bevor er mir den Club zeigte, bat er mich in sein Büro und suchte das Gespräch. »Warum willst du hier arbeiten?«

»Weil ich Geld verdienen möchte.«

Er tat, als habe er meine Antwort gar nicht gehört. »Geht es dir um den Sex?«

Ich überlegte kurz. »Nein, es geht mir nicht um den Sex.«

»Aber du hast gerne Sex? Auch vor anderen Leuten?«

»Klar, wer hat nicht gerne Sex. Und ja, ich mag es, wenn man mir dabei zuschaut – oder ich anderen dabei zuschauen kann. Und wenn ich dabei noch Geld verdiene, umso besser.«

Meine Antwort stellte ihn zufrieden. Er erhob sich und führte mich durch den Club, die Kasse, Garderobe, die Küche, Bar, das Buffet, den Pool, die Spielzimmer. Der Club brauchte den Vergleich mit dem »Blue Velvet« nicht zu scheuen. Dementsprechend leicht fiel mir die Antwort, als der Chef mich fragte: »Und? Kannst du dir vorstellen, hier zu arbeiten?«

»Aber sicher.«

»Du müsstest dich nur noch ein wenig mehr entblättern.« Er deutete auf meine Bluse, den Rock. »Wir wollen schließlich nicht, dass die Gäste sich beobachtet fühlen.«

»Kein Problem«, sagte ich, knöpfte meine Bluse auf und zog mir den Rock aus. »So besser?«

Er starrte mich mit einem verdutzten Gesichtsausdruck an. Dann lachte er. »Ja, wunderbar.«

5

Ich überlegte lange, ob ich meiner Mutter von meinem neuen Job erzählen sollte. Aber dann entschied ich mich für die Wahrheit, denn früher oder später würde sie mich sowieso fragen, wie ich mein Geld verdiente. Ich sagte ihr: »Ich habe einen Job.«

Sie freute sich. »Das ist schön. Was machst du denn?«

»Ich arbeite in einem Swingerclub!«

Ihr entglitten die Gesichtszüge. Entsetzt starrte sie mich an. Jedes Wort betonend fragte sie: »Was – genau – arbeitest – du – da?«

»Ich bin Servicekraft. Ich bin nicht zur Animation da – oder zu was anderem. Ich kümmere mich ums Buffet und um die Bar.«

»Und was hast du dabei an?«

Ich zuckte mit den Achseln. »Nicht Rollkragenpullover und Jeans. Schon etwas freizügiger.«

»Aber nicht nackt, oder?«

Ich antwortete. »Nein, nicht nackt.«

Offensichtlich beruhigte sie das. Mittlerweile hat sie sich daran gewöhnt. Wenn ich samstags sehr, sehr spät nach Hause komme, weil an diesem Wochentag im Swingerclub viel los ist, fragt sie am nächsten Morgen lächelnd: »Na, samstags wird wohl mehr gepoppt als freitags …?!«

Ich bin davon überzeugt: Mein lockerer Umgang mit dem Thema hat inzwischen auch meine Mutter offener gemacht. Meine Freunde sind der Auffassung: »Deine Mutter kann nichts mehr schockieren.«

Recht haben sie. Und auch mich selbst schockt nichts mehr. Nun … fast nichts.

Philipp
und die verflixte
Beziehung

I

Vor kurzem war ich auf »Wacken«. So nennt sich Europas größtes Metal-Festival. Es findet statt in unmittelbarer Nähe des kleinen Ortes Wacken, etwa 70 Kilometer nördlich von Hamburg. Im Schnitt kommen 80.000 Verrückte zusammen, um sich von Donnerstag bis Samstag von dreißig oder vierzig Bands bedröhnen zu lassen. Das Festival hat etwas von Woodstock, nur lauter, nur länger, nur mehr Leute und mehr Bier.

Wer keine Übernachtungsmöglichkeit in der Nähe hat, nächtigt auf einem gigantischen Zeltplatz. In der Regel tummeln sich dort an die 40.000 Metalheads. Für sie alle gibt es insgesamt zehn Duschkabinen. Man kann sich also vorstellen, wie es an den drei Tagen mit der Hygiene ausschaut. Zum Glück gibt es drei Kilometer entfernt ein Freibad, mit kostenlosem Zugang für alle, die ein Festivalticket vorweisen können.

Ich fuhr in einer großen Clique nach Wacken. Alles in allem waren wir etwa sechzig Leute aus der Gegend, verteilt auf etliche PKWs und Kleinbusse. In der Koordination bereitet die Größe der Gruppe freilich einige Probleme, sie hat aber auch einen Vorteil: Wer mit mehr als dreißig Leuten nach Wacken kommt, kann sich auf dem Zeltplatz ein eigenes Areal abstecken lassen.

Mittwochs reisten wir gen Norddeutschland. Die Fahrer wurden ausgelost. Unglücklicherweise traf mich das Pech. Die Mitreisenden in meinem Wagen – Bia, Heiko, Anke und Ben – jubilierten, räumten den Kofferraum mit Bierkästen voll, bis das Blech nur noch 30 Zentimeter über dem Boden hing. Ich warf angesäuert meinen kleinen Plüschrucksack oben drauf. Alle lachten über das grüne Kuscheltier. Ich ließ sie lachen.

Kaum angefahren, da ploppten bereits die ersten Flaschen auf. Na super! Ich drohte ihnen: »Leute, es sind 500 Kilometer bis nach Wacken – in vier Stunden sind wir da!«

»Ha!«, spotteten die anderen. »Das schaffst du nie.«

»Und ob. Ich fahre nämlich durch.«

»Wie? Du fährst durch?«

»Klar, das sind nur 500 Kilometer. Da halte ich nicht an zwischendrin.«

»Und was ist, wenn du aufs Klo musst?«

»Ich muss nicht auf Klo. Schließlich trinke ich ja nicht.«

»Aber wir trinken. Und wir müssen garantiert aufs Klo.«

»Ihr *müsst* nicht aufs Klo.«

»Das ist gemein.«

Ich grinste. »Dann dürft ihr halt nicht so viel trinken. Ich sehe überhaupt nicht ein, dass wir schon am Gießener Ring rechts ran müssen, weil der Erste pinkeln will. Und dann geht das im Fünfminutentakt so weiter. Ohne mich!«

Es hagelte Proteste. Ich ließ mich besänftigen, blieb aber in einem Punkt hart: »Wenn wir rechts ranfahren, dann gehen wir alle zur gleichen Zeit pinkeln.«

Am Ende brauchten wir dann doch viereinhalb Stunden. Aber das lag daran, dass sich der Verkehr in Wacken staute. Wacken ist nur ein klitzekleiner Ort, in den einmal im Jahr an einem Wochenende 90.000 Leute einfallen. Klar, die Einwohner machen den Umsatz ihres Lebens mit den Festivalgästen und sind auch deshalb sehr umgänglich.

Die Kinder aus dem Dorf beispielsweise fangen die Gäste auf den Parkplätzen ab, bieten ihnen mit ihren Bollerwagen für ein kleines Entgelt den Transport der zig Bierkästen zum Zeltplatz an.

Ich griff derweil nach meinem grünen Plüschrucksack. Wieder erntete ich Lacher, doch diesmal rief ich: »Was lacht ihr? Guckt doch mal in den Rucksack rein!«

»Was soll denn da schon drin sein? Dein Schminkzeug!«

»Wer braucht auf Wacken Schminkzeug?« Ich öffnete den Verschluss. Das Rucksackinnere bot gerade genug Platz für eine Whiskeyflasche. »Ich bin gefahren. Ihr habt gesoffen. Jetzt baut ihr die Zelte auf und ich saufe.«

Merkwürdigerweise lachte jetzt keiner mehr über meinen Rucksack.

2

Am nächsten Tag begann das Festival. Laute Musik. Viel Alkohol. Trotzdem machte es Spaß. Slayer spielten gerade, als mein Handy klingelte. Es war Jan, ein guter Freund von mir: »Gwen, bist du auf Wacken?«

»Ja«, sagte ich. »Und wo bist …?!« Ich sparte mir den Rest, als bei ihm im Hintergrund »Slayer«-Rufe, mörderisches Geschrei und lautstarkes Gerülpse erklangen. »Okay, ich höre es.«

»Auf welchem Zeltplatz bist du denn?«

Ich nannte ihm unsere Nummer. »Mit wem bist du denn da?«, wollte ich wissen.

»Ich bin mit Philipp und Sören hier.«

»Aha«, sagte ich. Ich kannte seine beiden Kumpels entfernt. Wir waren uns einige Male im »Taranis« und auch im »Apollon« über den Weg gelaufen. Nette Typen. Deshalb schlug ich vor: »Kommt doch vorbei.«

Keine zehn Minuten später standen sie mit Bier und Grillfleisch vor unseren Zelten. Die Stimmung war ausgelassen, bis uns die Getränke ausgingen. Ich beschloss, mit den drei Neuankömmlingen für Nachschub zu sorgen. Unterwegs nahm mich Jan beiseite. Er sagte: »Hör mal, Gwen. Der Philipp hat dich unheimlich gern.«

Ich schnaubte. »Schön. Was soll das heißen?«

»Na ja, er hat dich halt gern.«

»Wie denn?«, knurrte ich. »Beziehungstechnisch gern? Oder nur freundschaftlich?«

»Das weiß ich nicht«, wich Jan aus, aber es klang, als wüsste er es ganz genau. Seine nächsten Worte bestätigten meine Vermutung: »Ich will nur, dass du Bescheid weißt. Und dass du nichts machst, was nachher ein böses Ende findet.«

»Keine Bange«, grummelte ich. »Auf ein böses Ende habe ich zur Zeit überhaupt keine Lust!« Ich dachte an Alex, Bea, Silke, Thommy und Ben, Cora und David, Wolfi und noch an eine Menge Leute mehr. »Ich bin gerade dabei, extrem viel Spaß zu haben. Nein, auf Beziehung habe ich nun wirklich keinen Bock.«

Wir kreuzten den Metal-Markt, einen Mix aus Jahrmarktsbuden und Händlerständen. Ich kaufte mir eine neue Kette, die ich sogleich an mein Halsband knüpfte.

»Witzig«, sagte Philipp. Und schon hatte er die Kette in der Hand und führte mich daran zurück zum Zeltplatz.

»Da kommt die Mutter aller Sünden«, neckte Heiko, als er mich an der Leine erblickte.

Und Ben setzte noch einen drauf: »Meine Muse mit ›ö‹.«

»Was?«, machte Philipp und klang arg verunsichert.

»Na, Musö«, beeilte ich mich zu sagen. Ich löste mich hastig von ihm, nahm in der Gruppe Platz und sah zu, dass die Party weitergehen konnte. Sören unterlag irgendwann dem Alkohol und schnarchte in der Ecke. Jan hatte ein Mädel aus unserer großen Gruppe kennengelernt und machte mit ihr rum.

Und Philipp? Der knutschte mit mir herum.

Jetzt kann man natürlich sagen: Gwen, wie konntest du bloß so blöd sein? Ja, genau diese Frage habe ich mir währenddessen auch immer wieder gestellt. Aber es passierte einfach. So vieles in meinem Leben ist einfach nur so passiert. Wir tranken viel, wir hatten unseren Spaß. Und, na ja, irgendwann fummelten wir aneinander herum.

3

Später brachten Philipp und Jan den komatösen Sören zurück zu ihrem Zeltplatz. Ich blieb bei meiner Gruppe und sagte laut: »Ich bin ein Idiot. Ich bin ein Idiot. Ich bin ein Idiot.«

Heiko und Anke sahen mich an: »Wieso?«

Ich berichtete ihnen von meiner Unterredung mit Jan. Augenblicklich stimmten die beiden mir zu: »Gwen, du bist ein Idiot! Du bist ein Idiot! Du bist ein Idiot!«

Ich sah sie an: »Was mache ich denn jetzt?«

»Was möchtest du denn machen?«

Ich blickte an mir herab. »Ich habe die Klamotten seit Mittwochmorgen an. Am liebsten würde ich mich jetzt erst einmal waschen. Vielleicht kriege ich dabei auch einen klaren Kopf.«

»Dann geh doch zu den Duschen.«

»Hast du die Schlange gesehen, die davor steht? Da warte ich ja mindestens 'ne Stunde. Außerdem ist das Wasser kalt. Und es kostet 2,50 Euro.« Ich schüttelte den Kopf. »Dann geh ich lieber ins Freibad. Da ist es zwar auch kalt, aber ich muss nicht anstehen und es kostet nichts. Wer kommt mit?«

Meine Freunde schüttelten den Kopf. »Die drei Kilometer dahin latschen? Vergiss es!«

Ich schnaubte. Ich rief Jan an. »Magst du mit ins Freibad kommen?«

»Danke, nein«, sagte er. »Aber Philipp wollte auch ins Freibad. Er kommt dich abholen.« Noch bevor ich etwas sagen konnte, legte er auf. Na toll!

Ich stiefelte mit Philipp zum Freibad. Wir quatschten über belangloses Zeugs, das Festival, die Leute, das Bier. Über mehr wollte ich im Augenblick nicht mit ihm reden. Als wir das Freibad erreichten, fragte er: »Und? Traust du dich?«

»Was?«

»In den Pool.«

»Klar.«

»Auch mit Klamotten?«

»Warum nicht! Dann werden die auch sauber.« Ich sagte es und sprang hinein. Wasser spritzte neben mir auf, als auch Philipp im Becken landete. Wir schwammen einige Runden. Als ich mich an Land ziehen wollte, umarmte er mich von hinten.

Ich hatte es befürchtet. »Ich weiß nicht, ob das so eine gute Idee ist«, warnte ich.

»Was?«

»Das mit uns.«

»Was ist denn mit uns?«

»Noch nichts.«

»Dann ist doch auch alles in Ordnung.«

»Bist du dir sicher?«, fragte ich skeptisch.

»Ja.«

Als wir pitschenass zum Zeltplatz zurückkehrten, packte ich meine Klamotten und zog zu Philipp ins Zelt. Die Zeit, die wir danach auf dem Festival verlebten, war wunderschön. Wir tranken mit unseren Freunden, genossen die Konzerte Arm in Arm, knutschen herum und schliefen miteinander. Fast schon richtig romantisch. Oje …

»Wie geht es mit uns weiter?«, wollte ich kurz vor der Abfahrt wissen.

»Lass es uns langsam angehen«, erklärte er.

Ich zuckte mit den Achseln. »Das soll mir recht sein.«

4

Seitdem haben Philipp und ich eine Affäre; aber eigentlich ist Philipp schon etwas mehr für mich. Aber was? Ich weiß die Antwort nicht. Denn unlängst gestand Philipp mir im »Taranis«: »Ich habe ein Problem mit Frauen, die rumficken.«

»Oh«, sagte ich und war nicht wirklich überrascht. Seine Reaktion auf die Sprüche meiner Freunde auf Wacken war ein deutliches

Zeichen seiner Einstellung gewesen. Ich sagte: »Dann hast du ein Problem mit mir.«

»Ja«, gestand er.

Toll, dachte ich. Denn eines war mir klar: Meine Affären wollte ich nicht aufgeben.

Wir verloren kein weiteres Wort darüber. Der Abend schritt voran, die Nacht kam und mit ihr die Bierlaune. Aus einem Impuls heraus, der mich selbst überraschte, sagte ich mit meiner unübertroffenen Diplomatie: »Du, ich bin mir zwar nicht hundertprozentig sicher, aber ich glaube, ich habe mich in dich verliebt.«

Wie versteinert starrte er mich an. Er sagte nichts. Ich schwieg ebenfalls. Ich ließ mir meine eigenen Worte noch einmal durch den Kopf gehen. Hatte ich das gerade eben wirklich gesagt? Manchmal war ich über mich selbst schockiert. Was hatte mich bloß dazu getrieben?

»Möchtest du einen Schnaps?«, fragte ich vorsichtig nach und hätte selbst gut einen Kurzen vertragen können. »Oder geht es?«

»Es geht«, sagte er, als er sich wieder gefangen hatte. »Aber es ist schwierig, etwas darauf zu sagen.«

»Davon gehe ich aus.«

»Nachdem, was du mir gerade über dich erzählt hast, weiß ich nicht, wie ich damit umgehen soll.«

»Ich wollte es nur sagen«, sagte ich. »Ich wollte damit nicht sagen, dass ich eine Beziehung mit dir anstrebe.«

»Ich bin mir auch nicht sicher, ob ich mit dir eine Beziehung möchte.«

Daraufhin schwieg ich. Und schweige bis heute. Denn so wie es zwischen mir und Philipp gegenwärtig läuft, ist es in Ordnung. Wir sehen uns häufig. Wir gehen gemeinsam auf Partys. Wir machen miteinander rum. Wir haben Sex, zunehmend auch in Richtung SM. Nicht nur deswegen, auch weil wir uns sympathisch sind, möchte ich das, was uns miteinander verbindet, aufrechterhalten.

Aber eine Beziehung? Also das, was man – also er und der Großteil vom Rest der Welt – so unter einer Beziehung versteht? Ich kann es nicht sagen. Fakt ist nur: Wenn ich ihn sehe, geht es mir unwahrscheinlich gut. Wenn ich lange nichts von ihm höre, fehlt er mir. Aber ich habe kein schlechtes Gewissen, wenn ich mich mit einer meiner anderen Affären treffe und es mit ihr treibe. Er weiß sogar, dass ich es tue. Ich weiß, dass es ihm nicht leicht fällt, das zu akzeptieren. Ich bin mir ebenso sicher, dass ich meine Affären reduzieren müsste, wenn wir eine Beziehung eingehen. Und das macht mir Sorgen.

Was also wird aus uns beiden? Und was wird aus mir?

Die Zukunft

Wo ich mich in zehn Jahren sehe? Das Optimale wäre ich mit Nadelstreifenanzug auf eigener Harley. Aber ich glaube, dafür brauche ich länger als zehn Jahre, denn die Dinger sind verdammt teuer.

Wo soll mich mein Leben hinführen? Ich möchte demnächst mein Studium antreten, Journalistin werden. Bei allem, was ich erlebt habe, bin ich nie von diesem Ziel abgerückt. Das Schreiben macht mir Spaß, auch wenn ich zuletzt nur selten dazu gekommen bin.

Klar, ich möchte Karriere machen. Ich glaube, es gibt niemanden, der sich gern mit einer Position ganz unten zufrieden gibt.

Ich möchte meinen Freundeskreis beibehalten. Ich möchte auch meine Affären beibehalten. Okay, wenn die Personen wechseln, damit kann ich leben. Aber Affären als solche möchte ich weiterhin erleben.

Vielleicht auch wieder mal eine Beziehung. Vielleicht mit Philipp. Aber was bedeutet mir eine Beziehung? Wenn ich gerade Single bin, kann ich mir Beziehungen immer nur schwer vorstellen, weil eigentlich alles toll ist, wie es ist. Und doch: Eine Beziehung ist etwas, was ich mir fehlt, wenn ich es über längere Zeit nicht habe, diese Nähe, diese Vertrautheit zu einer Person, der Alltag mit einem anderen Menschen. Aber Beziehungen gehen mir auf die Nerven, wenn ich für längere Zeit in einer lebe. Denn eine Beziehung bedeutet für mich Kompromisse, Einschränkungen, Enge.

Ich habe bisher in drei richtige Beziehungen gelebt. Ich weiß nicht, ob sich mit Philipp eine ergeben wird. Egal. Mit keinem von den Jungs oder Männern, mit denen ich »fest« zusammen war, hätte ich mir vorstellen können, gemeinsam alt zu werden. Ich weiß auch nicht, ob ich je so einem Mann begegnen werde. Philipp gehört ganz sicher auch nicht dazu.

Es wäre natürlich schön, wenn ich einen Menschen finden würde, der als Partner mit dem, was ich mache, klarkommt. Kompromisse sind unvermeidlich und das geht in Ordnung, aber eben nicht in jeder Hinsicht. Im Übrigen: An die ewige Liebe glaube ich sowieso nicht. Liebe ist zwar ein sehr starkes und sehr wichtiges Gefühl, und auch ein sehr schönes, aber man möge mich eines Besseren belehren: Wir haben über sechs Milliarden Menschen auf der Erde. Die Vorstellung, für jeden davon würde es genau ein einziges passendes Pendant geben, ist einfach albern.

Deshalb kann ich mir nicht vorstellen, irgendwann zu heiraten. Wenn ich schon den Typen nicht finde, mit dem ich alt werden möchte, warum sollte ich dann heiraten? Mag sein, dass ich jemandem begegnen werde, mit dem ich glücklich bin. Aber wofür brauche ich dann einen Zettel, der mir sagt, dass wir jetzt auch vor dem Gesetz glücklich sind. Lächerlich!

Kinder? Finde ich süß. Aber am liebsten habe ich Kinder, wenn ich sie wieder abgeben darf, und zwar an ihre Eltern. Ich möchte keine eigenen. Aus einem einfachen Grund: Weil ich die Verantwortung nicht übernehmen möchte.

Ich möchte auch kein Reihenhaus kaufen, davor den VW Golf parken und so die Tage bis ans Lebensende verbringen. Ich möchte mit fünfzig auch nicht so enden, dass es Sex nur noch samstags um viertel nach acht gibt, nach der Tagesschau, mit hochgeschobenem Nachthemd, bei ausgeschaltetem Licht. Ich möchte immer Sex haben. Viel Sex. Vor allem möchte ich guten Sex.

EXTREM!

Zwanzig Frauen, Männer und Paare erzählen über ihre geheimen Obsessionen.

Dieses Buch handelt von Frauen und Männern, die sich auf die Suche nach neuen Geheimnissen begeben haben. Der »normale« Sex reicht ihnen nicht mehr. Sie gehen ein ganzes Stück weiter und leben ihre Fantasien aus. Sie suchen nach dem besonderen sexuellen Kick. In dem Buch »Extrem!« erzählen dreiundzwanzig Frauen, Männer und Paare von ihrer Lust und ihren Leidenschaften, was sie an die Grenze trieb und warum sie noch einen Schritt weiter gingen. Manche geben sich mit einem kleinen Piercing durch die Brustwarze zufrieden, mit denen sie sich von Freunden und Fremden abheben. Einigen Menschen reicht dies aber nicht. Sie forschen nach dem ultimativen Kick – und zwar in der Realität. Sie brechen auf zu neuen Ufern, sie wollen ihr Leben anders leben. Die, die ihre Lust und Leidenschaft, das Ritual der Liebe und des Lebens, im Extremen ausleben, wissen, dass sie damit auf Unverständnis stoßen – bei Familie, Freunden, Kollegen und dem Rest der Welt.
»EXTREM!« ist ein spannendes Lesebuch. Doch es kann auch ein Ratgeber sein. Das Buch eröffnet neue Perspektiven. Es bietet Möglichkeiten, dem eigenen Leben, der eigenen Lust einen neuen Kick zu verpassen. Verboten ist nichts. Alles ist erlaubt. Alles – mit einer einzigen Einschränkung: Es muss Spaß machen, freiwillig sein und aus Lust geschehen.

Christoph Brandhurst
EXTREM!
Zwanzig Frauen, Männer und Paare erzählen
über ihre geheimen Obsessionen
272 Seiten, Taschenbuch
ISBN 978-3-89602-457-2
12,90 EUR

EXTREM! 2

Frauen, Männer und Paare erzählen von der Lust an ihrer Leidenschaft

Die Fachpresse war sich einig: »Extrem!« wird seinem Titel gerecht. Für »Extrem! 2«, den Nachfolger des erfolgreichen Bestsellers, hat sich Christoph Brandhurst erneut auf die Suche nach Menschen gemacht, die ihre Fantasien ausleben. Sechsundzwanzig Frauen, Männer und Paare offenbaren ihre sexuellen Vorlieben. Wie setzen sie ihre Träume und Fantasien um? Alexandra und ihr Mann André schildern ihre Besuche im Swingerclub, Heide und Peter ihre privaten Bondage-Sessions. Rolf will seine körperlichen Grenzen austesten – er ist süchtig nach Intimpiercings. Für Cora sind Sexualität und Schmerz untrennbar miteinander verbunden, sie liebt es »völlig ausgeliefert und überall zugänglich« zu sein. Der Fotograf Tom fühlt sich mit seinen Bildern ganz dem SM verpflichtet. »Extrem! 2« ist ein spannendes Lesebuch, das neue Perspektiven eröffnet und illustriert, wie man dem eigenen Leben und der eigenen Lust einen neuen Kick verpassen kann.

»Bei dem neuen Buch von Christoph Brandhurst handelt es sich um weit mehr als um einen schlichten Erotik-Schmöker. Bücher wie ›Extrem! 2‹ schlagen die Brücke zwischen unterhaltsamer Lektüre und einer Berichterstattung, die zum Nachdenken über die eigene Toleranz anregt. Mit ›Extrem! 2‹ hilft uns Brandhurst beim (sexuellen) Blick über den Tellerrand. Absolut lesenswert.« *Compossible*

Christoph Brandhurst
EXTREM! 2
Frauen, Männer und Paare
erzählen von der Lust an ihrer Leidenschaft
256 Seiten, Taschenbuch
ISBN 978-3-89602-614-9
9,90 EUR

DAS ERSTE MAL UND IMMER WIEDER

Die autobiografische Schilderung einer Prostituierten.
Die erweiterte Sonderausgabe des großen Bestsellers!

»In meinem Leben habe ich circa sechstausendmal sexuelle Handlungen jeder Art mit Männern vorgenommen. Fünfmal wurde mir Gewalt angetan, davon zweimal in meiner eigenen Familie«, so die Bilanz der ehemaligen Prostituierten Lisa Moos. Mit 16 Jahren verkauft sie zum ersten Mal ihren Körper. In einem kleinen Bordell in ihrer Heimatstadt empfängt sie ihren ersten Freier. Viele weitere folgen. 20 Jahre später hat sie alle Höhen und Tiefen des Hurenlebens kennen gelernt: Sie hat ihren Körper für ein paar Euro auf dem Straßenstrich angeboten, in schäbigen Bordellen »angeschafft«, aber auch als Edel-Hure in Luxus-Etablissements. Sie berichtet von der »schnellen Nummer« im Hinterhof, von Sex-Orgien, Sado-Maso-Partys und den Obsessionen und Wünschen ihrer zahlreichen Stammkunden und Freier, von angenehmen und erschreckenden Erfahrungen aus dem Rotlichtmilieu und der Welt der käuflichen Liebe. Lisa Moos hat alle Spielarten der Leidenschaft erfahren, Perversion, Erniedrigung, aber auch Freundschaft, Hoffnung und Liebe. In dem Buch beschreibt sie schonungslos und offen den Liebes- und Leidensweg einer Prostituierten.

Lisa Moos
DAS ERSTE MAL UND IMMER WIEDER
Die autobiografische Schilderung einer Prostituierten
Mit vielen Leserreaktionen zum Buch und neuen Kapiteln
ca. 320 Seiten, Broschur
ISBN 978-3-89602-747-4
ca. 12,90 EUR

DAS LEXIKON DES SADOMASOCHISMUS

Der Inside-Führer zur dunklen Seite der Erotik

Zwischen fünf und zehn Prozent der Bevölkerung bezeichnen sich als Sadomasochisten, eine weit größere Gruppe hat Umfragen zufolge ein generelles Interesse in dieser Richtung – auch wenn diese Menschen lediglich gerne einmal eine erotische Geschichte über Herrschaft und Unterwerfung lesen oder einmal das eine oder andere harmlose Fesselspiel ausprobieren möchten.
Mit diesem Lexikon hat ein langjähriger Insider erstmals ein ebenso umfassendes wie informatives Nachschlagewerk für alle verfasst: für den Neuling in der Szene ebenso wie für den Außenstehenden, der sich z. B. als Journalist einen raschen Überblick verschaffen möchte, aber auch und erst recht für so manchen »alten Hasen«.
Denn die SM-Subkultur umfaßt dermaßen viele glitzernde Facetten, dass die wenigsten sich auf allen Gebieten gleichermaßen auskennen werden.

»Sein Buch ist nicht nur eine technische Anleitung, sondern auch ein Beitrag zur Kulturgeschichte des Sadomasochismus.« *Zitty*

DER AUTOR

Christoph Brandhurst widmet sich seit geraumer Zeit mit besonderem Interesse den dunklen Seiten der Erotik und ihrem Einfluss auf Medien und Gesellschaft. Beim Schwarzkopf & Schwarzkopf Verlag sind von ihm bereits erschienen: *Extrem! – 23 Frauen, Männer & Paare erzählen über ihre geheimen Obsessionen*, *Extrem! 2 – Frauen, Männer & Paare erzählen von der Lust an ihrer Leidenschaft* sowie *Ich nenne es »da unten« – Frauen erzählen über ihre Vagina, die Lust und den Sex*. Christoph Brandhurst hat außerdem den Erotik-Thriller *Das geheime Zimmer* geschrieben.

www.christoph-brandhurst.de

IMPRESSUM
GWEN
Tagebuch meiner Lust
Aufgeschrieben von Christoph Brandhurst

Schwarzkopf & Schwarzkopf Verlag GmbH, Berlin 2007

ISBN: 978-3-89602-771-9

Lektorat: Hannes Windisch
Titelfoto: Gwen

KATALOG
Wir senden Ihnen gern kostenlos unseren Katalog
Schwarzkopf & Schwarzkopf Verlag GmbH
Kastanienallee 32, 10435 Berlin
Telefon: 030 – 44 33 63 00
Fax: 030 – 44 33 63 044

INTERNET
www.schwarzkopf-schwarzkopf.de

E-MAIL
info@schwarzkopf-schwarzkopf.de